CW01312087

# CEUX DE MENGLAZEG

Hervé Jaouen

# CEUX DE MENGLAZEG

ÉDITIONS FRANCE LOISIRS

Site Internet de l'auteur : www.hervejaouen.fr

Édition du Club France Loisirs,
avec l'autorisation des Éditions Presses de la Cité

Éditions France Loisirs
123, boulevard de Grenelle, Paris
www.franceloisirs.com

Le Code de la propriété intellectuelle n'autorisant, aux termes des paragraphes 2 et 3 de l'article L. 122-5, d'une part, que les « copies ou reproductions strictement réservées à l'usage privé du copiste et non destinées à une utilisation collective » et, d'autre part, sous réserve du nom de l'auteur et de la source, que les « analyses et les courtes citations justifiées par le caractère critique, polémique, pédagogique, scientifique ou d'information », toute représentation ou reproduction intégrale ou partielle, faite sans le consentement de l'auteur ou de ses ayants droit ou ayants cause, est illicite (article L. 122-4). Cette représentation ou reproduction, par quelque procédé que ce soit, constituerait donc une contrefaçon sanctionnée par les articles L. 335-2 et suivants du Code de la propriété intellectuelle.
© Presses de la Cité, un département de place des éditeurs, 2011
ISBN : 978-2-298-05504-7

## Note de l'éditeur

Hervé Jaouen s'est donné pour ambition d'écrire l'histoire d'une vaste famille bretonne au XX$^e$ siècle.

Plutôt que de remonter de génération en génération, l'auteur a préféré s'accorder la liberté d'aller et venir dans le siècle – de sauter de branche en branche de l'arbre généalogique, pourrait-on dire –, pour focaliser son attention sur des destins singuliers. Il s'agit en quelque sorte d'une mosaïque dont chaque élément serait un tableau achevé au sein d'une fresque dépeignant une région, la Bretagne, du point de vue spécifique de certains membres d'une famille d'origine rurale.

En conséquence, les ouvrages sont indépendants les uns des autres et peu importe l'ordre dans lequel le lecteur les découvre.

Deux romans ont ouvert ce cycle romanesque, *Les Filles de Roz-Kelenn* et *Ceux de Ker-Askol*, dont le point de départ est le même. A la fin du XIX$^e$ siècle, une jeune femme, Mamm Gwenan, meurt dans l'indigence du côté de Briec-de-l'Odet et laisse derrière elle deux orphelines, Jabel et Maï-Yann, qui survivront en mendiant de ferme en ferme avant d'être séparées, en Argoat, la Bretagne de la terre.

Le troisième volume, *Les Sœurs Gwenan*, est l'histoire d'une branche de la famille qui a fait souche en Armor, la Bretagne de la mer.

*Ceux de Menglazeg* poursuit et achève le destin de *Ceux de Ker-Askol*, à travers l'histoire de leur descendance, du côté de Laz, dans les Montagnes Noires de Cornouaille.


Toute ressemblance avec des personnes existant ou ayant existé et toute homonymie avec des noms propres et des noms de lieux privés seraient pures coïncidences.

# 1

*Mercredi 3 mars 1982, vers 18 heures*

L'histoire de ceux de Menglazeg[1] commence, et peut-être la vie de trois d'entre eux s'achève-t-elle, par une trace, au bord du canal de Nantes à Brest.

Une trace dans le sol détrempé, à l'intersection du chemin de halage et de la devalenn ar c'hanal, la descente grossièrement empierrée et ravinée par les pluies qui dégringole tout droit du hameau de Menglazeg vers l'écluse du même nom, puisque aussi bien, dans ce coin des Montagnes Noires de Cornouaille, la toponymie doit beaucoup à l'ardoise, en breton maen-glas, la pierre bleue.

C'est une double trace où la pluie battante a fini d'effacer le dessin des pneus, et donc, à l'heure qu'il est, réduite à deux parallèles lisses à partir desquelles n'importe quel observateur, ou enquêteur, se doit néanmoins de conclure : traces de freinage et plongée d'un véhicule dans le canal en crue, juste en amont de l'écluse, là

---

1. Ardoisière.

où l'eau est profonde et ténébreuse comme l'entrée d'un tombeau.

Là, peut-être, s'est achevé le séjour terrestre de trois habitants du hameau de Menglazeg.

La première à la découvrir, cette double trace de pneus, indice tragiquement signifiant, est une jeune fille qui vient d'avoir dix-huit ans.

Elle est la seule personne au monde à pouvoir donner tout son sens à cette trace.

Elle est la seule à savoir pour quelles raisons trois corps pourraient flotter à l'intérieur de la voiture, si voiture il y a au fond du canal.

Si voiture il y a au fond du canal, elle est la seule à pouvoir dire sans grand risque de se tromper que c'est la voiture de sa mère.

Et si comme elle le craint c'est la voiture de sa mère, elle est la seule au monde à pouvoir prétendre que la voiture n'a pas plongé dans le canal par accident.

Le prétendre ou l'avouer ? Et devant qui ? On ne déclame pas son acte de contrition en public. Elle est prisonnière de son secret, bouclée à double tour à l'intérieur du confessionnal des éternels remords.

Elle est la seule personne au monde à savoir ce qui s'est passé la veille au soir à la maison. Cette terrible engueulade avec sa mère. Ce sont ses propres paroles qui les ont tracés dans la terre jaune du chemin de halage, ces deux sillons de la mort. Les mots définitifs qu'elle a prononcés : les socs jumeaux de l'amour et de la haine boulonnés à la charrue du « tant pis pour toi, tu l'auras voulu ! ».

La veille au soir, elle a dit à sa mère en larmes : « C'est ça, chiale un bon coup, tu pisseras moins ! » Et puis elle a attelé la jument du « je m'en fous » à la charrue de la vengeance, et fouetté la cavale, d'une phrase odieuse : « Puisque c'est comme ça, samedi j'irai tout déballer à la gendarmerie ! »

Les mots tuent.

La preuve, ces traces de pneus perpendiculaires au canal, et la voiture sous l'eau et trois noyés à l'intérieur, elle n'en doute plus, tout d'un coup.

Moralement, elle est coupable d'un triple assassinat.

Elle a tué sa mère, Aurore. Elle a tué son petit frère, Louis, quatre ans. Elle a tué sa petite sœur, Capucine, deux ans.

Tétanisée par l'horreur du crime dont elle s'accuse sans preuves, elle sonde le canal d'un regard brouillé, le cou en avant et la lippe boudeuse, comme une demeurée. La double trace de pneus s'est répliquée sur son visage. Deux rigoles de

Rimmel forment sur ses joues le masque antique du désespoir.

Mais non, songe-t-elle, ma connasse de mère n'a pas pu faire une chose pareille. Elle a balancé sa bagnole à la baille pour me foutre la trouille. Et je la verrais bien planquée quelque part en train de se marrer.

Elle essaye de deviner sous la surface ocre jaune du canal en crue la toile décolorée du toit de la vieille 2 CV, comme si le simple fait de la distinguer pouvait lui permettre de sauver ses occupants de la noyade, voire de les ressusciter.

Une seconde, elle croit apercevoir une tache claire, l'instant d'après la tache a disparu, balayée par un tourbillon ou par un remous de nuages dans le reflet du ciel, à moins que ce ne soit par un débordement de larmes.

Elle ricane intérieurement : Le canal est en crue et moi je déborde de partout.

Le sombre paysage lui inspire de la répulsion.

Elle se dit : Pas étonnant qu'on devienne maboul dans un bled pareil.

Pour elle, à cette heure, au bord du canal, devant la double trace de pneus, ce pays de crêtes schisteuses est un cheval noir de corbillard qui a piétiné sa jeunesse foutue.

Ma vie foutue.
Dès la naissance.
Paysage de merde.

En des temps immémoriaux, l'Aulne a creusé entre les reliefs de granit et de roche volcanique un lit sinueux que l'homme, au XIX$^e$ siècle, décida de canaliser à grand renfort d'écluses découpant les méandres du fleuve en courtes portions navigables.
Au lieu-dit Menglazeg, sur environ deux kilomètres, le canal longe une paroi abrupte par endroits entaillée de la base au sommet de profondes encoches, elles-mêmes cariées de grottes suintantes qu'éclairent des lucarnes aux bords découpés, portes d'entrée et de sortie des ardoisiers qui autrefois ont exploité les carrières de schiste.
Orientée au nord, cette muraille s'oppose, par-delà le canal et jusqu'aux tourbières des monts d'Arrée, aux cultures et aux pâtures de la plaine centrale, sorte de Terre promise que les natifs de Menglazeg n'ont pas voulu conquérir, préférant demeurer dans l'ombre de leur colline d'ardoise que les anciens ont taillée, non seulement pour bâtir et couvrir leurs maisons, mais aussi pour fournir aux prêtres inhumés dans leurs églises ces

pierres tombales sur lesquelles les noms des recteurs ont été effacés par les pas des fidèles.

Menglazeg se trouvait autrefois au carrefour d'un réseau de chemins vicinaux qui permettaient aux charrettes et aux piétons d'aller de Briec-de-l'Odet à Pleyben, en franchissant l'Aulne par un pont, Pont-Maenglas, en amont de l'écluse. A présent, voitures et camions empruntent la route départementale, et seuls les locaux et les clients du bistrot franchissent le pont, plus quelques pêcheurs de brochet et parfois un promeneur bizarre muni d'une carte d'état-major, géographe des solitudes et poète des ermitages de saints oubliés, quelqu'un qui ne craint pas les maléfices que des individus superstitieux attribueraient à ce paysage oppressant.

Comme le pont, au lieu-dit Pont-Maenglas, coupe un méandre qui n'en finit pas de tourner, quand on regarde vers l'aval le regard épouse la courbe du cours d'eau, et on a l'impression que le paysage tout entier penche à gauche sous la poussée des Montagnes Noires. Il faut s'efforcer d'équilibrer la vue à l'horizontale et alors, ce qui capte le regard, ce ne sont pas, à main gauche, les champs que la boucle enlace, mais à main droite cette muraille de forteresse dont le canal serait la douve et que la lumière du jour n'éclaire jamais de face. Le soleil se contente de la raser à l'aube et au crépuscule, et à midi, en illuminant le sommet d'une tonsure dorée, la plonge dans un contre-jour encore plus profond. Ce ne sont que couleurs froides, bleu-noir du schiste, vert funéraire des taillis de chênes et de saules, anthracite des ifs qui laissent accroire que ce coteau est la vaste nécropole d'un peuple adorateur des ténèbres.

Les pupilles se dilatent, le regard s'affûte et peu à peu perçoit dans le tableau des détails qui témoignent d'une présence humaine. A un endroit de la muraille, c'est la salière d'une clavicule, une découpe qui forme un glacis en pente douce, et sur ce balcon dominant le canal on devine les formes géométriques de maisons basses en tenue camouflée. Bâties en schiste sur le schiste, couvertes de schiste au milieu du schiste, ton sur ton elles demeureraient invisibles au promeneur qui ne s'attarderait pas sur le pont.

On imagine le travail de fourmi qu'a exigé l'empilement des pierres plates sans utiliser de mortier, sinon un peu de glaise prélevée dans le lit des gisements d'ardoise. A l'origine, c'étaient les maisons des ardoisiers. Aujourd'hui, qui voudrait habiter là ? Personne, à part des allocataires d'aides sociales que visitent les travailleurs sociaux, et puis des reclus volontaires, des marginaux, des originaux, des je-m'en-foutistes du confort, des artistes, des visionnaires, peut-être.

C'est le hameau de Menglazeg proprement dit.

Où habite Sylviane Yvinou, la jeune fille qui vient de découvrir la trace de pneus au bord du canal.


Elle est prostrée au bord du canal, hypnotisée par cette tache claire qu'elle voit ou qu'elle croit voir sous l'eau, suaire d'angoisse, molle méduse qui se joue de sa raison. Un tourbillon : la méduse s'évanouit. Un remous : elle réapparaît et ondule, criblée de gouttes de pluie.

Saloperie de bagnole, se dit Sylviane, tu peux pas te montrer une bonne fois pour toutes ? Faut que je sache.

Elle anticipe le dialogue avec les gendarmes. Nom, prénom, date et lieu de naissance, profession... Tap-tap-tap de la machine à écrire... Yvinou Sylviane, née le 26 février 1964 à Saint-Quelven, technicienne de surface. Sylviane ou Sylvie-Anne ? demandent les gendarmes. Sur mes papiers c'est écrit Sylvie-Anne mais on m'appelle Sylviane. Ah bon ? Sylvie-Anne, un drôle de prénom pour une Bretonne. Qu'est-ce que ça peut vous foutre, qu'elle répond aux uniformes, non mais, de quoi on s'occupe ? Pas de ma faute si ma mère est une conne, qui elle-même se prénomme Aurore, un vrai gag pour une grosse truie. Et heureusement que j'ai eu mon mot à dire, et comment !, pour les deux petits venus sur le tard, sinon elle les aurait appelés Sono et Guitare, ah ! ah ! ah ! Louis et Capucine, qu'ils s'appellent.

*S'appelaient* Aurore, petit Louis et Capucine.

Sa mère, son petit frère et sa petite sœur.

Qui gisent maintenant au fond du canal ?

Elle supprime le point d'interrogation.

Elle en a le souffle coupé.

Je vais faire pareil, se dit-elle.

Se décide-t-elle. C'est ça, faire pareil qu'eux, me jeter à l'eau, me noyer. Oui c'est ça, adieu pompiers, adieu gendarmes, adieu remords.

Sa Mobylette est béquillée dans la glaise, d'un quart de tour de pédale elle essaie de lancer le moteur, la béquille s'enfonce, le vélomoteur bascule et lui meurtrit la cuisse. Elle le redresse et le pousse en ouvrant les gaz, le moteur ronronne, elle enfourche l'engin, remonte le raidillon sur une cinquantaine de mètres, fait demi-tour, freine brutalement. Son casque, accroché au guidon, bringuebale. Je vais le mettre, ça me fera couler plus vite. Elle le met et reçoit une douche sur ses cheveux trempés. Le casque était plein d'eau et elle avait oublié la pluie. Elle rigole : N'importe comment, dans vingt secondes je serai trempée de partout. Et elle lance sa Mobylette, pleins gaz, vers la méduse, cette tache mouvante. Non mais, on va bien voir s'il y a quelque chose là-dessous.

A l'approche de la berge, elle est prise de convulsions. Ses bras ne lui obéissent plus. A l'instant où la roue avant mord le chemin de halage, le guidon tourne tout seul, l'engin dérape, Sylviane est propulsée de la selle et s'étale dans la boue tandis que la Mobylette continue de glisser et tombe, doucement, sans un bruit, dans le canal.

A genoux, Sylviane se relève et scrute la surface du canal. Plus de Mobylette, plus rien, sauf, peut-être... A cause du clin d'œil vicieux d'un remous, la méduse qui ondule ?

Chuis dans la merde.

Son cœur s'arrête de battre. Comment je vais expliquer aux gendarmes que ma bécane est tombée à l'eau ? J'ai dérapé. Hum ! Tu n'aurais pas voulu te noyer toi aussi par hasard ? Mais non, pourquoi ? Pourquoi j'aurais voulu me foutre à l'eau ?

C'est complètement tarte ! Parce que tu avais une idée en tête, ma belle. Mais non, pourquoi ? Et quelle idée, d'abord ? Parce que tu savais que ta mère et ton petit frère et ta petite sœur étaient dans la voiture. Mais non, pourquoi ? A toi de nous le dire. Qu'est-ce qui s'est passé chez toi ? Mais rien du tout ! C'est un accident ! Peut-être ben que oui, peut-être ben que non. Allez, raconte-nous ta journée d'hier, ta journée d'aujourd'hui, et quand tu es rentrée ce soir, qu'est-ce qui a bien pu te faire penser que la voiture pouvait se trouver dans le canal ? Raconte, on te dit ! Parle, nom de Dieu !

Que dalle, je raconterai que dalle. Pourtant, ma vieille, hier soir tu as bien dit à la grosse pouffe samedi j'irai tout déballer aux gendarmes. C'était pour la faire chier ma mère, je le pensais pas vraiment. Mais si, ma vieille, tu le pensais vraiment. D'accord, mais je le pense plus aujourd'hui.

Trop tard. Elle éclate en sanglots. Toute cette bouillie de pensées dans sa tête, c'est trop, c'est lourd, ça pèse des tonnes.

Elle ôte son casque et le pose sur la berge en songeant au Petit Poucet. Dans un quart d'heure, en pleine nuit noire, on n'y verra plus rien. Marquer l'endroit pour que les pompiers et les gendarmes le retrouvent en vitesse.

Puisqu'il faudra bien que j'alerte quelqu'un..

Sylviane Yvinou dirige son regard vers Menglazeg. Il y a de la lumière dans des maisons du hameau. Parmi ces étoiles d'espoir, elle essaie de deviner les fenêtres de chez elle. Elle prend pour repère la forme ovale d'un grand if dont le faîte dépasse de la ligne de crête. Elle sait que la maison de ses parents se situe en contrebas, au bout de l'allée en zigzag qui dessert les habitations et se termine en impasse, dans le vide, devant l'à-pic d'une carrière éboulée, sur un trou qu'on a barré de vieilles souches pour éviter qu'un petit vieux distrait ou des gosses imprudents n'y tombent et ne se tuent, vingt mètres plus bas, sur les arêtes coupantes des ardoises qui hérissent le fond comme les lames d'un piège.

Elle-même est piégée. Par la méduse qu'elle a entrevue, ou cru entrevoir – voilà qu'elle en doute de nouveau. Piégée par les gendarmes, qui ne veulent pas lui lâcher la grappe. Bon, on reprend, ma petite. Tu rentres du boulot, il n'y a personne à la maison, tu descends au canal et tu découvres la trace de pneus. Pourquoi tu descends au canal ? Qu'est-ce qui t'a fait penser que ? Et pourquoi, au lieu de prendre par le chemin de halage pour aller téléphoner du bistrot de Pont-Maenglas, tu es remontée chez toi ?

Ben ouais, faut que je remonte, je peux pas laisser ÇA sur la table de la cuisine, ce serait pire que tout, ça mettrait une sacrée puce à l'oreille des gendarmes.

Elle frissonne. Le truc sur la table, c'était comme un serpent qui lui tirait sa langue venimeuse.

Il n'y avait personne à la maison, rien ne mijotait sur la gazinière, le couvert n'était pas mis, sauf le sien, à sa place habituelle, avec une surprise, un drôle de plat de résistance, tellement lourd qu'elle n'aurait pas assez du reste de ses jours pour le digérer.

Posé sur son assiette, LE LIVRET DE FAMILLE !

Oui ma fille, sur ton assiette, le livret de famille.

Ah la vache, le livret de famille. Qu'est-ce que je suis conne de l'avoir laissé sur la table. Y a pas à tortiller du cervelet, faut que je remonte le planquer. Oui mais quelqu'un risque de me voir. Une de nos vieilles taupes de voisines, ces fouille-merde. Me demandera où sont ta mère et les petits, Sylviane ? Y a un problème ? Et qu'est-ce que je répondrai, hein, qu'il n'y a pas de problème ? Un rêve ! Faudra bien que je leur parle de la trace au bord du canal et alors là ce sera le branle-bas de combat, tout le hameau en ébullition, et comme personne n'a le téléphone quelqu'un descendra à Pont-Maenglas appeler les gendarmes. Ce serait pas plus mal que d'autres y aillent à ma place, téléphoner aux gendarmes, j'aurais pas besoin de chercher quoi leur dire... Remarque, je pourrais leur dire je suis inquiète, maman n'est pas rentrée, sa voiture n'est pas là et mon petit frère et ma petite sœur non plus. Rentrée d'où ? Ben elle a dû aller promener les petits au bord du canal. D'ailleurs, j'ai vu des traces de pneus. Halte-là ma vieille ! Rappelle-toi, si tu parles des traces de pneus, les gendarmes te demanderont pourquoi t'es remontée à la maison au lieu de filer direct par le halage téléphoner de Pont-Maenglas. Ben, je dirais, je suis remontée parce que j'espérais qu'ils seraient à la maison. Les traces de pneus, j'ai pensé, ça pouvait être la voiture qui avait patiné en reculant.

Ça se tient. Je remonte. Comme ça je pourrai remettre le livret de famille à sa place.

Ah putain quelle salope ma mère d'avoir fait ça. Le livret de famille sur mon assiette. Tiens, bouffe-le ou torche-toi le cul avec, qu'elle a dû dire.

Le livret de famille, Sylviane le connaît par cœur.

*Extrait de l'acte de mariage, en date du 13 avril 1963, mairie de Saint-Quelven. Devant nous ont comparu publiquement en la Maison Commune :*

*ÉPOUX*
*YVINOU Michel*
*Invalide civil*
*Né à Laz le 25 août 1938*
*Fils de Martial YVINOU, journalier agricole*
*Et de Léontine HÉNAFF, sans profession*

*ÉPOUSE*
*COUBLANC Aurore*
*Sans profession*
*Née à Pont-sur-Sambre (Nord) le 10 avril 1940*
*Fille de Louis COUBLANC, métallurgiste*
*Et de Madeleine MÉROUR, vendeuse.*

Tournons la page... Voyons voir les naissances...
Ma pomme, Sylvie-Anne, en 1964. Johnny en 1965. Eddy en 1967. Paraît que j'aurais dû m'appeler Sylvie tout court, mais le père avait fait de la résistance. Réclamé que je sois consacrée à sainte

Anne, la patronne des Bretons. Ils avaient coupé la poire en deux.

Pour les deux suivants, la grosse pouffe avait eu gain de cause : Johnny et Eddy. Voulait les prénoms de ses idoles, et les avait eus. Sylvie comme Vartan, Johnny comme Hallyday, Eddy comme Mitchell. Twist again et chauffe Marcel.

Johnny et Eddy, mes frères inconnus : récupérés par la DDASS à la maternité, plus aucune nouvelle depuis. M'en porte pas plus mal.

Dix ans après la naissance du nommé Eddy, retour de flamme dans le lit des parents. Qu'on avait dit. Vous m'en direz tant. Les prénoms à la mode avaient changé, alors les deux petits derniers, ma conne de mère avait voulu les baptiser Jonathan comme le goéland et Pamela comme une actrice quelconque je suppose. Compte là-dessus, je l'avais contrée. N'avait qu'à la boucler, et elle l'avait bouclée, sa grande gueule. Pas qu'un peu que j'avais mon mot à dire. N'empêche qu'avec un petit Louis et une petite Capucine inscrits sur son livret de famille, j'étais mal barrée.

Quand on est mal barrée, on est mal barrée.

Nous autres, ceux de Menglazeg, on était tous mal barrés dès le départ. Qui remonte à loin. Y a qu'à voir : une arrière-grand-mère qui paraît-il avait essayé de tuer son fils, mon pépé Martial, à coups de tisonnier. Crevée dans un asile à Morlaix. Sans doute que ça pèse son poids de mauvaise destinée. Peut-être que je suis dingo moi aussi. Les gendarmes m'accorderont les circonstances atténuantes.

Ils m'accorderont rien du tout. Parce que je leur dirai que dalle. Faut pas qu'ils trouvent le livret de famille sur mon assiette, un point c'est tout.

Tu te répètes ma vieille, tu commences à délirer. Ben quoi, faut pas que j'aille le récupérer avant d'aller téléphoner de Pont-Maenglas ? Bien sûr que si. Ah mais merde y a ma mob dans la flotte. Qu'est-ce que je vais dire ? Hé ben ma vieille ce que tu pensais y a une minute, que t'as dérapé toi aussi. Ah bon, juste là où se trouve la bagnole sous l'eau ? Ben ouais, en revenant du boulot, comme je l'ai déjà dit y avait personne à la maison, alors je suis descendue voir si ma mère promenait pas les petits au bord du canal.

Ça glissait vachement. Du coup, je me suis dit que ma mère avait pu avoir un accident avec mon petit frère et ma petite sœur.

Noyés dans la bagnole, mon petit Louis et ma petite Capucine.

Et on repart pour un tour.

Et comment tu sais que la voiture est au fond du canal ? Tu l'as vue ? Ben non, pas vraiment. Y a des traces de pneus et une sorte de tache blanche sous l'eau. Et qu'est-ce qui te fait penser que ta mère et ton petit frère et ta petite sœur sont dedans ? Rien, c'est juste un mauvais pressentiment.

Voilà, c'est ça que je dirai. J'ai bien le droit d'en avoir, des mauvais pressentiments. Et les pressentiments, neuf fois sur dix, c'est des conneries.

N'empêche, ce livret de famille, je peux pas le laisser posé sur mon assiette. N'importe qui se poserait des questions. Et n'importe comment, il n'y est plus. A l'heure qu'il est, la grosse pouffe est en train de donner leur dîner aux petits et elle a rangé le livret de famille dans le tiroir du buffet. La méduse sous l'eau, je l'ai rêvée. Aucune voiture n'a plongé dans le canal.

Combien de fois, seule à la maison, Sylviane ne l'a-t-elle pas pris dans le tiroir du buffet, ce livret de famille ? Vingt fois, cinquante fois, cent fois ? Pour le lire et le relire, et le graver dans sa chair, de la pointe du couteau des regrets. Pour se scarifier la peau du ventre à coups de scalpel, tout autour du nombril.

Elle ricane : Ouais, c'est ça, j'ai le nombril balafré comme un œil d'Apache sur le sentier de la guerre.

J'ai déclaré la guerre à ma mère sans penser que ça pourrait se terminer au fond du canal.

Mais non, c'est pas possible. Personne, même pas la grosse pouffe, n'est capable de faire une chose pareille. Ah, putain, comme je voudrais revenir au point de départ. Y a des conneries que je referais plus.


Guidée par les lumières de Menglazeg là-haut, dans la nuit noire et sous la pluie battante, Sylviane bute sur les cailloux du sentier et trébuche sur son passé. Elle saute à pieds joints les décennies, cases d'un jeu de marelle qui ne mène pas au ciel.

De la vie de ses aïeux la jeunesse ne connaît le plus souvent que des bribes.

Sylviane sait que ses grands-parents, pépé Martial et mémé Léontine, se sont installés avant la guerre à Karn-Bruluenn, près de Laz, à une quinzaine de kilomètres de Menglazeg, où ils n'ont pas eu la vie rose.

Qu'ils n'ont eu qu'un fils, Mikelig.

Qu'à l'âge de douze ans il a chopé la polio et qu'il est resté infirme.

Que pour trouver une femme il a répondu à une annonce du *Chasseur français* et qu'une Aurore Coublanc a débarqué du nord de la France.
Que les épousailles de ses géniteurs sont entrées dans la légende locale.
Elle se dit en regardant les lumières du hameau : Tu parles, Charles, c'est pas donné à tout le monde de se marier au beau milieu d'un enterrement.
Si c'est pas être mal barrés, ça, je rends mon tablier de technicienne de surface.

# 2

*Samedi 13 avril 1963*

Les devins de l'antécédent, les aruspices sondeurs d'entrailles depuis longtemps putréfiées et illisibles, les vaticinateurs du surlendemain augurèrent à retardement qu'avec un tel mariage leur sort avait été réglé : déjà peu gâtés par l'existence, le Mikelig et l'Aurore ne pouvaient que capoter dans le lagenn [1], parmi les crapauds porte-malheur.

Pourtant, ce mariage-là, extraordinaire, délirant et clownesque, aurait tout aussi bien pu annoncer une vie pleine de fantaisie.

On qualifiait Saint-Quelven de « bourg », bien qu'il méritât plutôt le nom de village. Briec-de-l'Odet et Pleyben étaient de gros bourgs, Edern et Langolen de petits bourgs, mais Saint-Quelven ? Un détail sur une carte postale jaunie, sans un seul personnage ni même un chien pour l'agrémenter, un village fantôme au croisement de deux routes secondaires

---

1. Fondrière, marécage.

désertées ; une église de la taille d'une chapelle de noblaillon, une mairie pas plus grande qu'une maison de poupée, quelques maisons dans le giron d'un café-tabac et alimentation générale, avec ici et là des ateliers délabrés qui dataient de la prospérité des ardoisières et des métiers associés, scieur de long, menuisier, charpentier, forgeron.

Le matin du samedi 13 avril 1963, la carte postale en noir et blanc s'anima et des personnages la colorièrent de leurs costumes de mardi gras. D'un car immatriculé 59, ce qui était déjà quelque chose, débarquèrent les parents de la mariée et leurs invités, pour la plupart drôlement déguisés. Ils avaient sans doute cru que les Bretons de la noce porteraient le chupenn glazik et le chapeau à rubans, et les Bretonnes la coiffe et le tablier brodé, si bien qu'ils étaient venus en tenue folklorique de nordistes, un costume à rayures noires, jaunes et rouges, décoré de blasons représentant des lions et des étoiles, avec une collerette ourlée de dentelle sur les épaules, un bonnet rond sur le crâne et une ceinture de grelots autour de la taille qui les faisait sonnailler comme des biquettes, et pour finir des boutoù koad rehaussés de courtes guêtres plissées, tout cela bien blanc et repassé de frais.

— Biskoazh kemend-all[1] ! murmurèrent les vieilles planquées derrière leurs rideaux.

Qui avait déjà vu des gilles, dans les Montagnes Noires ? Personne. Il aurait fallu, pour cela, se rendre tous les ans à la Fête des Reines de Quimper, où les gilles, à une époque, étaient le clou du défilé, certaines années. Ceux-ci n'avaient pas apporté tout leur bataclan. Ils avaient notamment laissé à la maison leurs immenses chapeaux à plumes, trop difficiles à transporter. Mais une demi-douzaine d'entre eux, constitués en petite fanfare, avaient apporté leurs instruments : un saxophone, une trompette, un trombone à coulisse, un tambour et deux tambourins.

Les vieilles écartèrent plus franchement leurs rideaux quand la mariée descendit du car, belle et rose comme une jeune truie habillée par un grand couturier.

— Celle-là au moins, on voit qu'elle n'a pas eu faim, commentèrent-elles.

Les plus méchantes parleraient d'épouvantail à moineaux fabriqué aux Champs-Elysées : sur ces formes rebondies devant et derrière, sur toute cette chair, regardez

---

1. « Jamais autant » ou « Du jamais vu ».

donc cette robe cheuc'h[1], enrichie – pour rappeler la collerette des gilles ? – d'un mantelet en satin, aussi seyant à cette tête bouffie, à ces petits yeux derrière des lunettes d'écaille, à ces bajoues et à cette lèvre supérieure surlignée de duvet brun, qu'un col de gilet de sauvetage à une tête de veau sur l'étal du boucher.

Le bouquet, c'était une capeline de la taille d'un couvercle de lessiveuse, mais ramolli au chalumeau, qu'elle portait relevée sur le front pour ne pas être aveuglée, si bien que le couvre-chef lui flagadadassait dans le dos, couvrant ses omoplates à la façon d'un sombrero sur le dos d'un gaucho.

Plus tard dans la journée, on apprendrait que la mariée compensait sa mocheté par sa gaieté et son appétit de réjouissances. A table, Aurore n'était pas du genre à laisser sa part au voisin, et jamais elle ne mettait sa main entre une bouteille de vin et son verre, et en pleines libations Madame n'était pas la dernière à pousser la chansonnette cochonne.

Acclamée à sa descente du car par ses compères les gilles, elle en bouscula quelques-uns pour le plaisir de recevoir en retour des mains au cul, puis soudain tout

---

1. Chic.

le monde retrouva son sérieux : le marié et ses parents arrivaient dans la 2 CV dont le volant était équipé d'une espèce de bouton de porte pour que Mikelig puisse le tenir de cette foutue main tordue au bout de son bras gauche atrophié, tout en passant les vitesses de la main droite.

Mikelig coupa le contact. Comme si elle avait une âme, la voiture grelotta à la vue des nordistes qui l'entourèrent tel un pack de rugbymen. Prévenu par Aurore de la présence des déguisés, Mikelig se contenta de plisser ses yeux rieurs, qu'il tenait de son père, qui les tenait de sa mère, Maï-Yann, la folle qui avait fini ses jours à l'asile, chez les Augustines de Morlaix.

— Quel comité d'accueil ! dit Martial en riant.

Tous ces grands gars, blonds comme les blés et bâtis comme des armoires à glace, lui rappelaient les boches de ses années de captivité, mais ceux-ci avaient l'air francs du collier sinon de la collerette, avec de bonnes figures de bons vivants qui promettaient de l'ambiance au bal de noce.

— Ma[1] ! Sûr qu'on ne s'attendait pas à ça, dit Léontine. Et vous allez jouer de la musique, aussi ?

---

1. Exclamation polysémique : « Ça alors ! », « Eh bien ! ».

Martial et Léontine s'étaient mis sur un trente et un auquel leur fils Mikelig avait contribué en leur donnant un peu de sous. Tout invalide qu'il était, il ne manquait pas d'économies. Il arrondissait sa pension en réparant des postes de radio et de télé au noir, et c'est ce qui lui avait permis, à son âge, de devenir propriétaire du pennti d'ardoisier à Menglazeg. Il avait donc donné à son père de quoi s'acheter un costume chez Sigrand à Quimper ; quant à la chemise blanche de Martial, sa cravate au nœud jamais défait et ses souliers noirs aux éraflures recouvertes d'une bonne couche de cirage, c'étaient ceux qu'il portait aux enterrements. Avec les sous de son fils, Léontine avait pu s'acheter une robe et des chaussures neuves ; son sac à main, son chemisier grège et son foulard en soie qui sentaient l'antimite lui feraient jusqu'à son lit de mort, fallait croire, car ni elle ni son Martial ne voyaient d'où, de quels cieux, pourraient leur tomber des sous.

Pendant la semaine qu'elle avait passée à Menglazeg pour préparer le mariage, en couchant bien sagement dans un hôtel de Pleyben, Aurore s'était préoccupée de la tenue de son futur, selon ses canons du moment qu'elle piochait, malgré ses vingt-trois ans, dans les magazines d'adolescents rock and roll et twist again.

Dans son costume de scène à la Elvis Presley, le pauvre Mikelig n'était pas moins déguisé que les gilles : veste cintrée à lui rabougrir encore le torse, futal moulant qui tirebouchonnait sur des bottines pointues et, apothéose, une chemise à jabot qui lui moussait du menton à la ceinture, en deux dégorgements, de part et d'autre de l'étranglement formé par l'unique bouton nacré de la veste.

Les vieilles à l'affût s'en déchaussèrent le dentier :

— Ma ! Ça c'est quelque chose ! Le marié, on dirait un termagi[1]. Déjà qu'il est tout a-dreuz[2], et klañvidik[3] en plus !

Aurore attrapa son homme par le jabot et le serra contre ses mamelles. Un observateur émotif aurait pu craindre qu'elle ne le broyât. Elle lui cloqua un gros bouch trouz[4] sur la joue, comme un coup de tampon d'agent des hypothèques certifiant un titre de propriété. Des « youpi » et des hourras retentirent : c'était parti pour une quinzaine d'heures de festivités.

---

1. Romanichel.
2. De travers.
3. Chétif, à l'air maladif.
4. Baiser qui fait du bruit.

Personne ne prêta attention à des mouvements plus ou moins furtifs sur le placître de l'église située en face de la mairie, de l'autre côté de la place. Les aurait-on remarqués qu'il n'y aurait pas eu lieu de s'y intéresser : des vieilles à l'allure compassée de chaisières, le dos rond et tête basse sous leur foulard, s'en allant probablement réserver une bonne place devant l'autel, afin d'assister à la messe de mariage, une rare distraction, et de qualité !, riche en commérages subséquents, qui nourriraient les goûters mieux que le pain beurre et le quatre-quarts aux pruneaux.

Le témoin et garçon d'honneur du marié arriva sur sa moto, silhouette bizarre, la jambe droite normalement pliée à partir du cale-pied, la gauche tendue presque à l'horizontale, tel un bélier, reposant sur une pièce de métal rajoutée. Un infirme aussi, pied bot au bout d'une patte folle, le meilleur collègue de Mikelig au CAT, le Centre d'aide par le travail.

Le motocycliste fut suivi du maire, dans sa 403 de paysan enrichi par la culture des petits pois et des haricots verts, puis du secrétaire de mairie, venu à pied car il habitait à deux pas du bourg. Ils ouvrirent la mairie miniature et la noce s'y tassa comme dans le métro aux heures de pointe.

Sous le portrait du Grand Charles, le maire, ceint de son écharpe tricolore, lut les obligations des époux, qui répondirent vite fait bien fait « oui » à sa question « voulez-vous prendre, etc. », on signa le registre d'état civil et Mikelig empocha le livret de famille avec les meilleurs vœux de bonheur du maire et du secrétaire de mairie. A onze heures tapantes, tout le monde sortit et le maire referma la mairie.

C'est alors que, de l'autre côté de la place, le glas retentit. On en resta estomaqué. Il n'y avait pas à se tromper, c'était bien le glas.

— Le bedeau ne doit pas être dans son état normal, rigola Martial. Il a dû commencer à mettre dedans de bonne heure ce matin.

— Le curé ne vous a pas prévenus ? demanda le maire.

— Prévenus de quoi ?

— D'un enterrement. Les croque-morts sont venus chercher le cheval et le corbillard chez moi hier soir.

En effet, au pignon de l'église, un cheval était attelé à une charrette sans ridelles, un ancien tombereau retapé et agrémenté à ses quatre angles de panaches fanés pour honorer les morts en route vers leur dernière demeure, le cimetière neuf, à trois cents mètres du bourg, où l'on avait, au nom de l'hygiénisme, transbahuté tombes et reliques qui autrefois entouraient l'église.

— C'est comme ça que ça se passe en Bretagne, un enterrement et un mariage à suivre ? se renseigna prudemment le père Coublanc, soucieux de ne pas vexer les autochtones.

— Le corps ne pouvait pas patienter plus longtemps, dit le maire. Quand il a été trouvé hier à midi, il y avait déjà plusieurs jours qu'il mûrissait.

— C'est qui ? demanda Martial.

— Oh tu le connais sans doute. Le vieux Loeiz Gouritin de Kroazh-Dibenn.

— Loeiz kozh ? Sûr que je le connais. J'ai eu travaillé avec lui dans les fermes, quand il était encore d'attaque. Après la mort de sa femme, le pauvre il s'était laissé aller bien bas.

— C'est souvent comme ça, philosopha le maire. Quand leur femme n'est plus là pour les arranger, beaucoup d'hommes tombent dans la débine.

— Il n'y a plus qu'à attendre, soupira Léontine.

— Il faudrait peut-être téléphoner à l'Auberge du Saumon pour dire qu'on sera en retard, suggéra la mariée.

— On peut téléphoner de la mairie ? demanda Mikelig.

— Pas la peine, dit le maire en consultant sa montre. Je dois passer par là-bas avant midi. Je m'arrêterai pour les prévenir.

— Mat tre[1], dit Martial.

— N'importe comment, pour un repas de noce on n'est pas à une demi-heure près, dit Léontine.

Le père Coublanc traduisit l'opinion générale du groupe des nordistes :

— Vous faites pas de bile, une chose comme ça peut arriver n'importe où...

— On peut toujours approcher de l'église, dit Martial. Ils doivent plus être loin de la fin de la messe.

Aurore agrippa Mikelig par le bras.

— T'es mon petit mari, maintenant, même si le curé nous laisse en rade !

— Tss ! Tss ! Tss ! rigola un gille. Tout doux, vous deux. S'agirait pas d'aller caramboler dans le foin !

— Ça te dirait, mon Mikelig, qu'on prenne un acompte ?

Mikelig plissa les yeux et la tança.

— Ce serait pas bien.

— Oh toi alors ! T'inquiète pas, tu ne perds rien pour attendre !

---

1. « Parfait, très bien. »

Mikelig gloussa à la perspective de délarder de sa robe ce morceau de choix.

A pas lents, la noce traversa la place et se réunit sur le placître dans un silence respectueux. Les croque-morts – en l'occurrence les deux cantonniers de Saint-Quelven, car on était encore à la belle époque où les communes ne faisaient pas payer leur trou aux citoyens canés – fumaient une roulée près du corbillard, en tendant l'oreille vers la porte latérale entrouverte, du seuil de laquelle, moitié dehors, moitié dedans, ils suivaient le déroulement de la messe.

Le cheval, paisible, allongeait le cou vers les herbes folles. Un gille lui caressa le chanfrein.

— C'est un joli cheval. De quelle race il est ?

— Oh de la race bohémien ! répondit un cantonnier.

Deux ans auparavant, quand le bidet de Briec de la commune était mort de sa belle mort, le maire avait hésité : peut-être était-il temps de se moderniser ? D'acheter une Frégate commerciale, voire un tracteur pour tirer le tombereau-corbillard ? Mais bon, comme la commune n'enterrait pas de macchabée tous les jours, ni toutes les semaines, loin s'en fallait, la dépense eût été somptuaire, et de toute façon

Saint-Quelven n'en avait pas les moyens. Alors ? Emprunter le corbillard de Briec, de Pleyben ou de Châteauneuf-du-Faou ? Possible sûrement, mais humiliant. Déjà que ces trois communes avaient des visées hégémoniques sur Saint-Quelven. Alors bon, il fut envisagé qu'on emprunterait à Pierre, Paul ou Jacques un cheval de circonstances funèbres, à condition d'en dégotter un qui n'ait pas peur des morts. Parce que les chevaux, quand ça renifle un cadavre dans leur dos, ça se défausse. Macache pour le faire reculer entre les brancards du tombereau. Merde alors, comme on ferait ? A défaut de cheval qui n'a pas froid aux yeux, on emprunterait un Massey Ferguson quelque part dans les alentours ? Pas très séduisant non plus. Un tracteur, ce ne serait pas très charitable vis-à-vis des gens en deuil à suivre le corps, à cause du boucan et des relents de gasoil. Remerde alors. Enfin, tant que personne ne passait l'arme à gauche, le problème ne se posait pas. On reporta la question aux calendes saint-quelvinoises.

— Peut-être que plus personne crèvera sur la commune, galéja le maire.

L'occasion de trancher le débat se présenta d'elle-même. Un don du ciel, un vrai miracle.

Des bohémiens, en transit dans le coin à l'époque du braconnage des saumons d'été, tournaient de ferme en ferme, à essayer de troquer la bonne aventure contre des vieux trucs en cuivre ou en alu, et de vendre, cette année-là, un petit cheval, sous prétexte, prétendaient-ils, que leurs gosses crevaient de faim. Comme s'il fallait croire ces gens-là. Le hasard les mena chez le maire. Le petit cheval de course lui plut. Fin négociateur de cochons de lait et de veaux de huit jours, il rabattit les prétentions des romanichels des quatre cinquièmes, pour remonter, pied à pied, jusqu'au tiers du prix réclamé. Ensuite, comme il fallait se méfier des termagi – fallait pas chercher midi à quatorze heures, s'ils vendaient ce cheval, c'est qu'il était taré –, la bête fut examinée sous toutes les coutures par les paysans du conseil municipal et, mieux encore question garantie, par le vétérinaire de Briec qui, venant à passer par là, l'ausculta gratis, estima son âge à quinze ans et déclara qu'il était dans un état de santé remarquable, comme s'il n'en avait que huit, l'âge annoncé par les vendeurs, comme quoi les romanos n'avaient pas menti sur toute la ligne. Et l'affaire fut faite, et les termagi parurent bien contrits, presque au point d'avoir du chagrin, on aurait dit.

Ce cheval, payé sur le budget de la commune, le maire l'hébergerait. Ce ne serait pas un peu de foin et d'avoine qui le ruinerait, d'autant que, compensation en agrément, le cheval servirait d'animal de compagnie à ses enfants.

Aux élections suivantes, l'animal lui valut un véritable plébiscite. Certes, face à un socialiste dont les sympathisants étaient aussi dispersés dans le bocage que les rhinocéros dans la savane, il aurait été réélu, mais pas de façon aussi triomphale. Le bilan ordinaire de son mandat échu plaidait déjà en sa faveur, avec en point d'orgue la modernisation des toilettes publiques – chasse d'eau côté dames, inox en remplacement de l'ardoise entartrée côté messieurs –, mais qu'était-ce tout cela, sinon du pipi de chat, comparé à ce titre de gloire qui marquerait à jamais ses quatre mandats : avoir su acheter aux romanichels ce magnifique cheval ! Ah quel plaisir de suivre aux enterrements le plumet qu'on lui fixait au front ! Quel honneur d'être transporté jusqu'à son trou par cet aristocrate chevalin ! Pour un peu, on aurait eu hâte de mourir afin de profiter de ses services, de peur qu'il ne décanille avant vous au Valhalla des mustangs et qu'à sa place vous transporte un tracteur, ou un corbillard d'occasion. On imaginait déjà de lui donner une sépulture, son maudit jour venu. Qui oserait envoyer à l'équarrissage la star funéraire de Saint-Quelven ?

— Et il est obéissant ? demandèrent les nordistes.

— Doux comme un agneau ! répondit un cantonnier.

— Il connaît la route et il garde le pas tout seul, répondit le second.

— Et il connaît son nom ! Un nom à rallonge, Nabuchodonosor. Hein, Nabu, que tu connais ton nom ?

Nabu fixa le cantonnier, comme un toutou.

Du seuil de la porte latérale de l'église, son compère lui fit signe.

— Ça se termine... C'est le Kantik ar Baradoz[1]... Nabu adore ça. Hein, Nabu que t'aimes ça ?

Le cantonnier entrouvrit plus largement la porte et Nabu dressa les oreilles. A l'intérieur de l'église, on chantait l'allégresse de ceux qui, enfin, sont assis au paradis auprès de Dieu, pour l'éternité. Ça ne chantait pas très fort, l'enthousiasme n'était pas flagrant, on ne pouvait pas dire. Il n'y avait pas grand monde aux obsèques de Loeiz Gouritin de Kroazh-Dibenn. Les

---

1. « Cantique du paradis. »

gens ont peur d'attraper les puces d'un vieux crevé dans sa saleté. On va plus facilement à la messe d'enterrement d'un mort qui vous honore, d'un penvidic[1] dont la fortune portera bonheur à votre porte-monnaie, d'un médaillé du Mérite agricole et de la Légion d'honneur qui jettera sur vous quelques grains d'or de sa poussière de notoriété.

Un cantonnier alla ouvrir les deux battants de la porte principale, l'autre fit reculer Nabu au bas des trois marches et entra à son tour dans l'église. Les gens sortirent et se regroupèrent autour de la porte. Les gilles ôtèrent leur bonnet, les hommes de la noce se découvrirent, et puis, précédé du porteur de croix et suivi du curé, le corps sortit de l'église, sur la carriole à roues de vélo que poussaient les deux croque-morts. Des gilles les aidèrent à soulever le cercueil et à le poser sur le plateau de la charrette. Nabu piaffa, secoua son panache et se mit en route de lui-même, sans qu'on le tienne par la bride, direction le cimetière, encadré par les cantonniers les mains dans les poches et les pieds dans les galoches. Le curé emboîta le pas au cheval, en compagnie d'une poignée de vieux et de vieilles plus

---

1. Riche.

ou moins tombés dans la cloche comme celui sur lequel ils allaient postillonner un peu d'eau bénite, au bord de son trou gratuit dans le carré des indigents.

De la place de l'église – rebaptisée « de la mairie » du temps du petit père Combes –, la route filait en ligne droite sur trois cents mètres, jusqu'à une patte-d'oie : à droite, la route de Briec ; à gauche, le chemin des tombes, signalé par un grand if dont la présence bi ou tricentenaire avait décidé du déplacement du cimetière à cet endroit, d'autant que le terrain était bon – de la bonne glaise facile à creuser et qui conserve bien les cercueils – et assez vaste pour héberger les morts d'au moins un millénaire, et avec cet if on avait déjà le symbole, comme si l'endroit avait été de longue date signalé par les dieux.

— Le curé va être obligé de faire le chemin inverse à pied, dit Léontine à son fils Mikelig. Tu ferais mieux d'aller le chercher dans ta 2 CV, on gagnera du temps pour la messe de mariage.

— Pour pas suivre le cortège, t'as qu'à faire le tour par Penity, dit Martial. Tu te retrouveras au cimetière par-derrière, juste quand le curé aura dit la dernière prière.

— C'est une bonne idée, dit Mikelig.
— Je vais avec lui ! lança Aurore.

La suspension de la voiture encaissa le fardeau dans un soupir, le moteur grelotta et les mariés démarrèrent.

Lorsque le cortège funèbre fut arrivé à une distance de chrétien de la noce sur le placître, les gilles s'ébrouèrent. Ils remirent leurs calottes, empoignèrent leurs instruments de musique et commencèrent à jouer un air entraînant, une sorte de valse rapide et saccadée, très jolie à entendre.

— Ça change du biniou, dit Léontine.
— Oui ma foi, convint Martial.

Nabuchodonosor avait l'ouïe fine. A quelque cent mètres du placître, il entendit, lui aussi, la musique des nordistes.

Et c'est alors que cette chose incroyable se produisit : Nabu, ex-cheval de cirque, se mit à danser !

D'abord, ce fut comme un pas d'esquive, de ses deux jambes de devant : les cantonniers crurent qu'il avait vu un crapaud sur la route – pour les vipères, c'était encore bien trop tôt. Mais non, il recommença de l'autre côté, avança de trois pas, toc toc toc, en opinant du panache, et de nouveau un pas d'esquive, à gauche, à droite.

— Hoooo ! Nabu ! Qu'est-ce qui te prend ?

Les cantonniers n'avaient pas l'oreille musicienne, qui ne firent pas le rapprochement entre la foucade du cheval et les tambours et les trompettes des gilles. En revanche, le chef de clique des nordistes nota illico une harmonie entre la mélodie et les mouvements du tombereau. Il changea de tempo et les gilles, se tournant comme un seul homme vers le corbillard qu'ils tenaient au bout de leurs notes tel un charmeur de serpent le cobra au bout de sa flûte, se mirent à jouer une valse lente.

La-la, la-la-la, pom-pom, pom-pom…

Et Nabu, d'un mouvement ample, de valser sur la gauche.

La-la, la-la-la, pom-pom, pom-pom…

Et Nabu, d'un mouvement ample, de valser sur la droite.

La-la, la-la-la, pom-pom, pom-pom…

Et le corbillard, d'un mouvement ample, de chasser sur la gauche.

La-la, la-la-la, pom-pom, pom-pom…

Et le corbillard, d'un mouvement ample, de chasser sur la droite.

La-la, la-la-la, pom-pom, pom-pom…

Et le cercueil, d'un mouvement ample, de riper vers la gauche.

La-la, la-la-la, pom-pom, pom-pom…

Et le cercueil, d'un mouvement ample, de riper vers la droite.

— Hoooo ! Hoooo ! Nabu ! Nabu ! criaient les cantonniers.

Nabu n'écoutait pas, ou plutôt n'écoutait que la musique qui sous les chapiteaux avait enchanté ses jours de cheval du voyage gavé d'applaudissements.

La-la, la-la-la, pom-pom, pom-pom...

Derrière le corbillard les gens s'égaillèrent.

Malheur ! Le Malin avait suborné l'esprit de l'ongulé.

Le porteur de la croix leva bien haut le Christ, à bout de bras.

Le curé se signa.

La-la, la-la-la, pom-pom, pom-pom...

— Hoooo ! Hoooo ! Nabu ! Nabu ! criaient les cantonniers.

Les gilles gonflèrent leurs joues, pressèrent des lèvres à présent rigolardes sur leurs embouchures, tortillèrent du cul pour faire sonner leurs sonnailles.

LA-LA, LA-LA-LA, POM-POM, POM-POM...

Lesté du corps de Loeiz kozh, le cercueil glissait d'un côté et de l'autre, de plus en plus vite, de plus en plus violemment.

La musique enfla, le rythme s'accéléra.

LALALALALAPOM-POMPOM-POM...

Rapide, fringant, joyeux, Nabu oscillait de droite et de gauche et bientôt, aurait-on pu croire, allait s'élever dans les airs pour des entrechats de vedette de la piste aux étoiles.

Le tombereau bringuebala de plus en plus vite, le cercueil fut éjecté et glissa dans le fossé.

Le chef d'orchestre leva ses bras croisés et les abaissa.

Rideau. Fin du récital.

Nabuchodonosor marqua le pas.

Les gilles, hilares, se congratulèrent. Ils avaient bien fait de venir, nom d'un petit bonhomme : la Bretagne, c'était quelque chose ! Atteler un corbillard à un cheval de cirque...

— Biskoazh kemend-all ! souffla Léontine.

— Ah vous pouvez vous vanter d'avoir joué un sacré tour aux croque-morts, dit Martial. Peut-être qu'il faudrait aller leur donner un coup de main pour remettre Loeiz kozh sur la charrette...

Les cantonniers s'en démerdèrent, aidés par le porteur de croix et le curé. Le cortège reprit sa marche, l'inhumation fut vite expédiée, et c'est un curé fulminant qui débarqua de la 2 CV de Mikelig.

— Vous l'avez fait exprès ! reprocha-t-il aux gilles.

Ils s'en défendirent.

— Je ne suis pas sourd, j'ai bien entendu quand vous avez accéléré la cadence. Vous l'avez fait exprès pour balancer ce pauvre Loeiz au fossé. Enfin, maintenant on saura que c'est un cheval de cirque. Prenez place dans l'église pendant que je me change...

La messe de mariage fut célébrée dans une bonne humeur inouïe. Les nordistes se régalaient à l'avance du récit qu'ils feraient au retour de cet enterrement en fanfare, avec cheval qui danse et cercueil volant. Le témoin de Mikelig brûlait d'enfourcher sa moto pour aller répandre la nouvelle : Nabu est un cheval de cirque ! Que ferait le maire ? Tirerait-il parti de ce trésor ? Monnayerait-il les prestations de son danseur étoile dans les festou noz ? Grâce à ce cheval, Saint-Quelven allait-elle devenir aussi célèbre que Sainte-Anne-la-Palud ?

Le curé lui-même eut du mal à garder son sérieux. Ces nordistes déguisés pour mardi gras, cet homme et cette femme qu'il mariait, à la fois mal assortis en taille et en poids, et bien assortis dans l'infirmité – un bras tordu pour l'un, une tournure de barrique pour l'autre, et visiblement un peu droch[1] tous les deux.

A la question « Voulez-vous prendre pour époux... », Aurore répondit :

---

1. Idiots.

— Oui, oui, oui, oh oui !
Ce qui déclencha les rires de l'audience.
— Eh bien voilà un « oui » franc et ma...
Le curé allait dire « massif », il se reprit à temps.
— Franc et magnifique !
Les nordistes applaudirent, comme au théâtre.
— Du calme, voyons ! Nous sommes dans la maison de Dieu ! les tança le prêtre, un large sourire aux lèvres.
La noce à immortaliser sur la pellicule étant peu nombreuse, le photographe de Briec n'eut pas besoin d'installer ses tréteaux. Il fit la photo de groupe contre le mur du placître, un rang les pieds dans l'herbe – les mariés, les parents, le garçon et la fille d'honneur encadrés de gilles debout – et un second rang de gilles accroupis sur le mur pour ne pas dominer le premier de toute leur hauteur, ce qui aurait posé un problème de cadrage au photographe.
Déjà que la symétrie n'était pas respectée, à cause du volume de la mariée qui à elle seule remplissait le centre du cliché.
— Attention le petit oiseau va sortir... Souriez...
Le petit oiseau s'envola, la noce embarqua dans le car, les mariés montèrent

dans leur 2 CV, le garçon d'honneur fit pétarader sa motocyclette et doubla les deux véhicules pour ouvrir la route au cortège nuptial, direction l'Auberge du Saumon, entre Laz et Châteauneuf-du-Faou, au bord du canal.

## 3

*Mercredi 3 mars 1982, vers 19 heures*

A mesure que Sylviane gravit la pente vers les lumières du hameau, le fracas du déversoir de l'écluse se dilue dans la pluie et le vent. Bientôt ce n'est plus qu'un chuintement, comme un blablabla de vieux pervers qui vous chuchote à l'oreille un tas de trucs dégueulasses.

Ta gueule ! Ta gueule ! Ta gueule ! lui répond Sylviane à chaque pas.

Elle perd le sentier, s'égare sur la pierraille, tombe dans une dépression, et le canal se tait. Le silence l'enveloppe comme une chemise de nuit mouillée, lui colle à la peau et l'oppresse. Le souffle coupé, elle s'allonge sur le flanc, côté cœur.

J'ai plus qu'à rester là. Peut-être que demain je serai morte de froid. T'as qu'à croire. On crève pas de froid en Bretagne, un 3 mars. Bon alors, allons-y Alonzo, quand faut y aller faut y aller. Elle se relève et reprend sa marche dans le noir. Ses pieds butent contre des brisures d'ardoises, ses pensées contre des tessons d'évidence :

la trace de pneus, la méduse sous l'eau et le livret de famille sur son assiette.

Trois boomerangs affûtés comme des rasoirs qui tournoient et ricochent à l'intérieur de sa tête en faisant d'affreux cliquetis.

Comme les boutons d'un jean dans un lave-linge qui essore à mille tours. C'est moi qui suis en plein dedans, dans le tambour de la machine à laver. Vais en sortir en lambeaux.

Pense à autre chose, ma vieille. Regarde là-haut, c'est peut-être chez toi que la lumière brille. Ouais, c'est ça, ma grosse pouffe de mère est revenue avec les petits. Araignée du soir, lumière d'espoir : guidée par une étoile, je suis un roi mage, ah pardon, faut accorder les genres. Puisque je suis du sexe féminin, et sacrément, comment on doit dire ? Une reine magesse ? Ce que je peux être conne, à me poser des questions comme ça, dans un moment comme ça.

Pense à autre chose, raconte-toi une histoire. Quelle histoire ? Eh ben, raconte ta vie. Ma vie, pour ce qu'elle est belle. Quand il faudra la raconter aux gendarmes... Ou peut-être pas, si j'arrive à planquer ce putain de livret de famille avant que quelqu'un le voie. Et si ma salope de mère n'a pas... Pense à autre chose, je te dis. S'agit de raconter ta vie, pas de lire l'avenir dans la vase du canal.

Bon ben alors, ce que j'en sais, moi, de mes débuts sur cette terre, c'est seulement ce qu'on m'a raconté. Qu'on m'a collé dans le nez, comme des gnons. Par exemple les copines, à l'école primaire, pour me faire chier : alors paraît que ta mère quand t'étais petite changeait tes couches tous les trente-six du mois ? Des trucs qu'elles avaient entendus chez elles, forcément, à l'heure de l'apéro.

Mémé Léontine m'en a raconté aussi, mais avec des mots gentils, ah qu'elle est mignonne ma mémé Léontine, ah qu'est-ce que je pouvais l'adorer quand j'étais petite, et fallait voir ses sourires gênés quand elle venait à la maison, pas souvent, quatre ou cinq fois par an, et qu'elle savait pas quoi dire ni quoi faire, avec tout ce bordel partout et ma grosse pouffe de mère affalée au milieu en train de s'empiffrer de chocolat par tablettes entières.

Tu devrais pas dire ma grosse pouffe de mère. Si ça se trouve, elle est noyée à l'heure qu'il est.

Avec les petits.

Pense à autre chose, pense à autre chose, pense à autre chose je te dis !

Quand j'ai commencé à déconner sérieusement, vers mes douze ans, mémé Léontine me disait comme c'est dommage, toi qui apprenais si bien, toi qui promettais tant.

Ah j'ai pas fait que promettre, j'y suis allée gaiement. Si les gendarmes me forcent à cracher le morceau, ils en tomberont à la renverse.

Pense à autre chose.

Pépé Martial m'aimait bien, lui aussi, quand j'étais petite. Après, quand j'ai commencé à me maquiller, son regard a changé. On aurait dit qu'il refusait de me voir telle que j'étais devenue.

Si j'ai tourné look de pute, c'est à cause des parents que j'avais. Voilà, c'est dit, je les accuse. Le père, je devais bien lui dire papa quand j'étais môme, mais à partir de je sais pas trop quand, j'ai plus su comment l'appeler. Le paternel? L'infirme? Le nullard, c'est exclu. Un pauvre type, quoi. Qui s'est laissé mener par le bout de la bite par la grosse pouffe. Encore que, je me demande bien comment. Dès que j'ai su que les gosses ne sortaient pas d'un chou-fleur, ça m'a paru totalement dingue de l'imaginer en train de la fourrer. L'être humain a ses mystères, comme dirait l'autre. Toujours est-il qu'il l'a fourrée, puisque je suis née.

Nous y voilà, à l'origine de mes origines, le 26 février 1964.

Les pochetrons du trocson de Pont-Maenglas m'ont dit que la veille de ma naissance Cassius Clay était devenu champion du monde poids lourds en battant Sonny Liston par K.-O. au septième round. J'ai lu quelque part que les Beatles étaient en tête du hit-parade avec *I Want to Hold your Hand*. La grosse pouffe avait le disque et si ça se trouve elle l'écoutait en m'expulsant de son gros bide.

Bref, je suis née là-haut dans cette bicoque sans chauffage, ni chiottes, ni eau courante. L'eau courante, la mairie l'a fait venir jusqu'au village quand toute une chiée de villageois ont attrapé la filante avec l'eau du puits. Pas nous. Le paternel, à cause de sa polio, faisait vachement gaffe à l'eau, qu'il faisait bouillir. Heureusement, sans ça, comme la grosse pouffe m'a pas nourrie au sein, j'aurais été empoisonnée, comme les petits Africains. Ç'aurait mieux valu.

Je suis née à neuf heures du soir. Mauvais signe, d'après les vieilles taupes du village qui commencent jamais le beurre par les deux bouts ou font une croix sur le pain avant de se couper une tartine. Les gens qui naissent le matin bosseront toute leur vie comme des malades, les gens qui naissent le soir ont un poil dans la main qui résiste à toutes les crèmes épilatoires. Faut croire que la grosse pouffe est née au milieu de la nuit, vu qu'elle passe l'essentiel de son temps allongée, à pioncer ou à se faire tringler. En tout cas, en ce qui me concerne, la prédiction des rombières d'ardoisières est une connerie sans nom. Depuis mes seize ans, je bosse comme une malade, à la fumerie de saumon scandinave.

Le père n'a pas eu à hésiter entre amener la mère à la clinique de Châteaulin ou à la maternité de Quimper. La grosse pouffe a vêlé en moins de deux, à domicile. En ce temps-là, dans ces bleds pourris, on avait l'habitude de ça. Deux vieilles ont joué les sages-femmes. Paraît qu'elles auraient dit bizarre, en général pour un premier on a le temps de voir venir. Toujours est-il que ç'a été un accouchement sans douleur, ni pour la mère, ni pour moi, malgré mes quatre kilos cent cinquante, une championne catégorie poids lourds, comme Muhammad Ali. Tout s'est très bien passé. Il était né le divin enfant. C'est après que ça a foiré.

Le paternel m'a déclarée le samedi suivant, jour de permanence à la mairie de Saint-Quelven. Sylviane, donc, d'après Vartan, l'idole des jeunes et de la grosse pouffe, et de Anne, sainte patronne des Bretons. Amen.

Le paternel, qui se tapait tout le boulot à la maison, est resté comme un gland avec un bébé sur les bras. Normal, qu'il sache pas s'y prendre. Et puis à chacun son boulot. Pouponner, c'était pas le sien. Forcé qu'il pense que la grosse pouffe aurait un minimum d'instinct maternel. N'importe qui l'aurait pensé aussi. Tintin, pour ça vous repasserez.

A l'âge d'être salement amochée par ce que j'entendais dire sur moi à l'école, fille de la truie et tout le tremblement, à l'âge où j'ai été capable de m'interroger sur le pourquoi du comment j'avais paraît-il deux frères que je verrais jamais, mémé Léontine, avec ses mots gentils à elle, a cherché des excuses à la grosse pouffe. Oh quand je venais te voir dans ton berceau, je disais à ta mère que c'était pas comme ça qu'il fallait s'y prendre avec toi, mais elle ne m'écoutait pas. Ça ne t'a pas empêchée de grandir, il ne faut pas lui en vouloir.

Les gendarmes, si j'arrive pas à planquer le livret de famille avant que quelqu'un le voie, vont me les demander, les autres raisons que j'ai de lui en vouloir, à l'Aurore boréale.

Marrant que ça me revienne comme ça, à la minute présente, l'Aurore boréale. Un vrai délire. Je suis une fille du Nord et je m'appelle Aurore, je suis l'Aurore boréale, qu'elle s'égosillait en ouvrant grand les bras comme une diva. Il a fallu que j'arrive en cinquième pour comprendre son astuce. En cours de géo. Boréal, un autre mot pour le Nord. Le déclic. D'après le prof, c'est fantastique à voir, une aurore boréale. Pas le cas de celle dont je parle. Enfin, tout dépend comment on comprend le mot fantastique. Si on pense à des histoires de créatures inimaginables, genre nains à trois bras et vaches à deux têtes, là on peut avoir tout bon, avec elle, cette grosse pouffe monstrueuse, au physique comme au moral.

L'Aurore boréale m'a collée dans mon berceau, si on peut appeler berceau cette espèce de cercueil en bois massif fabriqué par son père pour le paternel quand il est né je sais pas où, à Ker-Askol, un bled encore plus paumé que Menglazeg, à cinquante bornes d'ici, où zonaient mes aïeux encore plus tarés que mes géniteurs, d'après la rumeur des bonnes âmes. Mon arrière-grand-mère Yvinou, bonne sœur dans sa jeunesse, morte à l'asile d'aliénés de Morlaix. Mon arrière-grand-père Yvinou, une sorte de sorcier un peu timbré, qui aurait été ni homme ni femme, incapable d'être le père de mon grand-père, n'avait pas ce qu'il fallait dans le calcif. De qui je descends, alors ? Du Saint-Esprit, comme le petit Jésus ? Parlez d'une hérédité chargée que je me tape. Voyez où ça mène, à une trace de pneus au bord du canal.

Et à deux petits noyés dans la voiture ?

Oh non, non, non...

Pense à autre chose, pense à autre chose, je te dis.

Pour en revenir au berceau fabriqué par le faux père du paternel, on peut dire que l'Aurore boréale m'a enterrée vivante dedans. M'a collée dans le caveau pour plus m'en sortir. Si le paternel n'avait pas été là pour me torcher et laver mes pointes, elle m'aurait laissée dans mon caca. Je l'emmerdais, la grosse pouffe, pouvait pas écouter ses disques à fond les manettes. Si je chialais, elle me gavait. Elle a découvert les vertus de la bouillie bien épaisse un siècle avant l'âge qui est écrit sur les boîtes. M'assommait, la salope. A l'âge où on commence à donner un peu de viande, de poisson et de légumes à un bébé, que dalle. Bouillie, bouillie, bouillie. Si elle avait pu, elle m'aurait reliée par un tuyau direct dans la bouche à la casserole sur la gazinière. A l'âge d'un an, alors que j'aurais dû me balader à quatre pattes un peu partout, j'étais pas encore sortie d'entre les quatre murs du berceau, sauf par mon père, quand il me langeait sur la table de la cuisine. Mémé Léontine voulait me prendre chez elle, mais la grosse pouffe l'envoyait aux pelotes. Vous voulez me voler mon enfant, qu'elle ululait. On se demande comment j'ai pas crevé.

En fait, j'ai été sauvée par une fièvre du tonnerre. J'ai chopé je sais pas quelle maladie, une angine blanche ou une bronchite carabinée, à faire péter le thermomètre. Mes géniteurs ont été obligés d'appeler le toubib, et quand il a vu le tableau il en a bégayé du stéthoscope. Un gosse, ça ? Une masse de gélatine, flasque comme un champignon pourri. J'avais des joues de castor et un bide de petit Biafrais, mais des toutes petites jambes, des tout petits bras aussi mous que le reste, pas un gramme de muscle. J'étais en retard sur tout, presque édentée comme une vieille. Carencée à dix mille pour cent. Le toubib n'a fait ni une ni deux, il m'a fait hospitaliser en pédiatrie à Quimper, où je suis restée quatre mois. Ils m'ont requinquée. Quand je suis revenue à la maison, je marchais, je mangeais toute seule, j'étais propre. Un vrai miracle.

Evidemment, le toubib avait signalé le truc à la DDASS. C'est une assistante sociale qui m'a ramenée, avec dans son cartable un max de recommandations pour les parents. Elle a failli s'arracher les cheveux quand elle a vu que l'Aurore boréale était en cloque de sept ou huit mois, ce qu'elle s'était bien gardée de dire. Le paternel, lui, il était comme il l'est toujours maintenant, rigolard des yeux et amoureux de ses transistors. Drôle de numéro, pas méchant pour un rond mais con comme la lune.

N'empêche que j'aurais préféré qu'il soit là hier soir. Parti en stage au centre de formation pour adultes de Quimper, à se perfectionner en réparation de télés et de magnétoscopes, pour suivre le progrès. Au lieu de dormir sur place, il aurait pu rentrer tous les soirs. En bagnole, combien de temps ? Une demi-heure ? S'il avait été là hier soir, la grosse pouffe et moi on n'aurait pas réglé nos comptes. Ça aurait sans doute changé beaucoup de choses, aujourd'hui. J'aurais pas trouvé le livret de famille sur mon assiette et...

Pense à autre chose, pense à autre chose, pense à autre chose.

D'accord.

L'Aurore boréale en cloque, ça signifiait un max de boulot pour l'assistante sociale.

Elle venait une fois par semaine, d'abord voir comment je m'occupais de moi-même, ensuite organiser l'accouchement du gros tas.

Le dénommé Johnny, comme Hallyday, a vu le jour à l'hôpital de Quimper et huit jours après il était à la maison, au fond du funeste berceau. Pas pour longtemps, lui. La grosse pouffe a recommencé son cinéma. Indécrottable qui ne décrottait pas Johnny. Moi, j'ai aucun souvenir de ça, bien sûr. Paraît que j'étais dingue de l'électrophone, fan des idoles de ma maman, qu'à trois ans je twistais comme une grande. Un beau jour le Johnny a disparu. Placé dans une famille d'accueil par la DDASS, le veinard. Pourquoi ils m'ont laissée avec les deux horribles, moi ? Ont pensé que j'étais sauvée ? Je l'étais, faut croire, puisque je suis là à remonter la pente – façon de parler, parce que si par malheur...

Pense à autre chose, pense à autre chose, pense à autre chose...

D'accord, ma vieille.

Moins de deux ans plus tard, on prend les mêmes et on recommence. L'Aurore boréale en cloque, l'assistante sociale qui surveille son bide comme un paysan le tour de taille de son cochon à l'engraissement, et la voilà à point, crac direction la maternité, et Madame pond son œuf, le dénommé Eddy, comme Mitchell. Si elle avait continué à pondre, tout le hit-parade y serait passé. L'œuf, il a été ramassé tout frais pondu sous le cul de la pondeuse. Comme si elle avait accouché en haut d'un toboggan. Poussez, poussez, qu'on lui dit, et hop, elle expulse le produit de la bête à deux dos, et hop il glisse direct dans le couffin de la DDASS. Adieu, couvée ! C'est pas beau ça ? Quand on pense aux gens qui font des pieds et des mains pour adopter des petits Jaunes ou des petits Noirs qui leur coûtent toutes leurs économies... Alors qu'il suffit de passer commande à une Aurore boréale et neuf mois après le colis est livré.

Y en a pas eu d'autres après, enfin, avant que... Disons : entre le dénommé Eddy et petit Louis et Capucine.

Pense à autre chose, pense à autre chose, pense à autre chose.

D'accord, d'accord, d'accord.

Je devais avoir neuf ou dix ans quand la grosse pouffe m'a dit comme ça, un jour qu'elle avait dû licher trop de porto, faut pas t'étonner d'avoir pas d'autres petits frères ou d'autres petites sœurs, ta maman s'est fait opérer. Opérer ? J'y comprenais que couic, jusqu'au jour où j'ai surpris une conversation entre la grosse pouffe et l'Artiste.

Tiens, j'ai pas encore parlé de celle-là... Les bicoques de Menglazeg, vu comment elles sont paumées et à moitié en ruine, ça peut qu'attirer des bêtes de foire parmi la demi-douzaine de vioques qui n'ont nulle part où aller. Comme propriétaires, en plus du paternel qui a été assez con pour acheter une baraque dans ce trou pourri et ramener dedans son Aurore boréale, y a deux vieux garçons, qui vivent comme mari et femme, discrets comme on peut pas imaginer, mais serviables, on peut pas dire le contraire. Et puis y a l'Artiste. Une bonne femme largement ménopausée, avec une tignasse noir corbeau qui lui tombe jusqu'à la raie du cul, des sourcils complètement épilés et remplacés par deux traits de crayon qui remontent vers les tempes, des cils plombés de mascara et des paupières lourdes de romano devant sa boule de cristal, et des robes de gitane, je vous dis pas, froufrous, volants et fausses perles, une vraie gravure dissimulée derrière l'écran de fumée d'une clope puante qui pendouille du milieu de sa bouche peinturlurée. Une artiste, quoi, qui se donne des airs de Picasso femelle. Elle peint des trucs bizarres, des gros pâtés de peinture à coups de truelle. Et puis elle grave, sur l'ardoise, sa matière première qu'elle va récolter dans les vieilles mines. Elle grave des lunes et des soleils, des petits bonshommes comme on en dessine en maternelle, et elle signe tout ça, ardoises et peintures, de son nom d'artiste : Bohémia. Elle expose chez elle, mais on voit jamais de clients. S'il faut croire les pochetrons du trocson de Pont-Maenglas, elle serait divorcée d'un rupin parigot. Il s'en serait débarrassé en lui refilant une rente. Elle toucherait du pognon tous les mois, recta. Ce serait pas étonnant, vu qu'elle est loin de manquer de tune.

Entre crevures, on se comprend. C'était fatal que la grosse pouffe et l'Artiste deviennent copines. A rien branler ensemble de la sainte journée, sauf siroter du porto fourni par l'Artiste, qui en a rendu l'Aurore boréale accro, mais jamais au point de rouler par terre. Juste un peu gaie, pour le plus grand bonheur du paternel : les soirs d'après-midi de porto, elle devait être encore plus chaude de la pince. Moi, tout en mangeant mon quatre-heures et en faisant mes devoirs, j'écoutais l'Artiste déblatérer sur les druides, le culte du soleil et l'astrologie. Les astres, c'était son passe-temps favori. Elle avait un tas de bouquins pour faire les thèmes. Elle disait qu'à condition d'avoir un max de temps pour faire un max de calculs, elle pouvait prédire le jour de votre mort, d'après la position des astres.

La grosse pouffe a écrit à ses vieux, mes grands-parents maternels qui n'ont jamais remis les pieds dans le bled après les noces, pour avoir l'heure exacte de sa naissance, un truc essentiel, à ce qu'il paraît. Quand ses vieux ont répondu, l'Artiste a dessiné un rond sur une feuille, tiré des lignes, écrit un tas de signes cabalistiques, et fait le thème astral de l'Aurore. Rien que du bon, intelligente et tout le bazar. Rien que des conneries, autrement dit. Et puis un jour l'Artiste a dit tiens je vais faire le thème de la petite. Signe des Poissons que je suis, un signe d'eau qu'elle a dit.

Ooooooh, non ! Eau, le mot qu'il fallait pas prononcer. Eau sale, eau propre, eau potable, eau de vaisselle.

Eau du canal.

J'en ai par-dessus tête, comme peut-être... Ah si les petits y sont, là-dessous, ils nagent plus comme des poissons. Ah putain j'ai beau faire tout me ramène à ce foutu canal.

Pense à autre chose, pense à autre chose, pense à autre chose.

D'accord.

Y a des trucs qui me sont restés gravés dans la tête, de son diagnostic psycho machin astronomique me concernant, à l'Artiste.

« Accepte les tâches de la vie quotidienne avec philosophie. » Ben tiens, il en faut de la philosophie, pour balayer au jet des boyaux et de la peau de saumon du matin au soir et puer comme une poissonnière.

« Attirance pour les voyages. » Ah pour ça, si j'avais pu me tirer de cette merdouille.

« Difficulté à accepter l'autorité, à commencer par celle du père. » Manquerait plus que ça, que je lui obéisse, à ce trouduc à moitié manchot.

« Tendances destructrices et angoisses profondes. » Dans le mille, l'Artiste. J'y suis en ce moment, dans l'angoisse profonde.

« Côté frondeur en société. » Ben ouais, y a qu'à voir comment je fais chier le monde depuis mes treize ans. La grosse pouffe pourrait dire aujourd'hui, ah pour ça vous m'en direz tant.

« Refuse d'être esclave de l'argent. » Peut-être bien, mais j'aime pas qu'on me le pique, mon blé. Pour ça que j'ai réclamé mon pognon à la grosse pouffe, hier soir. Ah merde, j'aurais pas dû. Sûr qu'elle a fait une connerie.

« Le sujet doit axer son action sur la chaleur d'une famille, donner de la tendresse à ses enfants. » OK, disons que j'aurais bien voulu.

« Association des valeurs maternelles et d'un désir libertaire, difficulté à les faire coexister. » Si c'était pas le cas, je serais pas là en train de crapahuter pour aller récupérer un livret de famille dans une assiette.

« Risque d'avoir du mal à se faire comprendre de son entourage, de ses frères et sœurs. » Ah ben ça, tu parles, je risque plus de me faire comprendre d'eux s'ils sont au fond du canal.

Pense à autre chose, pense à autre chose, pense à autre chose.

D'accord.

Donc, un après-midi que ces dames s'arsouillaient au porto, j'entends l'Artiste s'étonner que la grosse pouffe ait cessé de se reproduire après Johnny et Eddy. Comment se fait-il, Aurore, que vous... Elles se vouvoyaient, la grande classe !... Comment se fait-il, Aurore, que vous n'en ayez plus eu après ceux que la DDASS vous a pris ? Vous n'avez plus de euh... de rapports avec votre mari ? La gelée de graisse s'est trémoussée de rire. Oh vous inquiétez pas, pour ça on en a des rapports, avec mon Mikelig j'ai tout le temps le buisson ardent. Mais alors ? Vous utilisez des préservatifs ? Non c'est pas ça, et faudra pas le répéter parce que les médecins n'ont pas le droit de faire ça, enfin sauf dans certains cas. Après la naissance d'Eddy, on m'a ligaturé les trompes. Ah bon ? Ah c'est formidable ! Ben oui, avec ça je suis tranquille, y a plus besoin de prendre de précautions, on y gagne en... (elle a baissé la voix et minaudé), on y gagne en jouissance. Ah je comprends, a dit l'Artiste, c'est une tranquillité libératrice. Elle avait l'air envieux de celle qui n'a pas de mec pour la troncher. Jamais vu un loulou rôder autour de chez elle.

Plus tard, quand j'ai appris à mes dépens comment fonctionnent les organes, j'ai pigé. A l'usine du saumon fumé, une fille m'a dit que ça se faisait en douce. Un gynéco communiste qui veut soulager le peuple de familles trop nombreuses, ou à l'inverse un facho qui veut arrêter la multiplication des déchets sociaux, ou bien un mec charitable tout simplement. A l'occasion d'un accouchement ou d'une opération, il vous ligature les trompes, ni vu ni connu. Mieux que la pilule pour des bonnes femmes qui n'auraient pas les moyens de se la payer, ou pour des grosses pouffes qui oublieraient de la prendre avec leur verre de porto.

Hé ben ma vieille, te voilà au village après cette remontée de l'Himalaya ardoisier. Comme diraient les soiffards de Pont-Maenglas au moment du dernier verre qui va les assommer pour de bon : C'est ici que les Athéniens s'éteignirent.

Il y a de la lumière dans la turne. J'ai oublié d'éteindre en partant, tout à l'heure ? Non, j'ai pas allumé, il faisait jour. Ouf, c'est bon, ils sont tous les trois à table. Et la méduse sous l'eau, alors ? La bagnole qui aura dérapé toute seule, le frein à main qui aura lâché et la grosse pouffe qui sera remontée à pinces avec les petits. Obligée de trimballer son poids tout du long de cette grimpette casse-gueule avec Capucine qui se laisse traîner ou qui réclame qu'on la porte, sûr que ça lui aurait pris une paie. Peut-être qu'elle était devant moi, dans la montée ? Rêve pas, ma Sylviane. T'as voulu ton drame, tu vas l'avoir.

Pense à autre chose, pense à autre chose, pense à autre chose.

NON ! JE PEUX PLUS PENSER A AUTRE CHOSE !

C'est l'heure de vérité. Quand faut y aller faut y aller.

Ouvrons la porte.

Ah merde, c'est pas vrai ! L'Artiste et la vieille Channig, avec ses petits yeux fouineurs comme des billes d'acier trempées dans la méchanceté.

Des petits yeux fouineurs et des paupières lourdes braqués sur le livret de famille posé sur mon assiette. Je l'entends déjà, cette vieille, susurrer aux gendarmes mais oui, parfaitement, quand je suis entrée, posé sur l'assiette qu'il était, le livret de famille.

Elles me reluquent toutes les deux comme si j'étais une apparition.

— Ah Sylviane, dit l'Artiste, je suis très inquiète. Tu sais où est ta mère ?

— Je l'ai vue partir en voiture avec les petits, dit la vieille Channig. J'avais fini mon goûter, j'ai regardé la pendule. Il était cinq heures dix.

Et combien de secondes ? La salope. Comme si elle était déjà en train de témoigner.

— Et ton père ? demande l'Artiste.

— Il est en stage à Quimper jusqu'à vendredi soir, je réponds d'une voix de confesse.

— C'est vrai, j'avais oublié, dit l'Artiste. Mais ta mère, elle ne t'a pas dit qu'elle avait l'intention d'aller quelque part ?

— Non-on, je dis.

— Peut-être qu'elle est allée voir tes grands-parents à Karn-Bruluenn et qu'elle est restée traîner, dit la vieille Channig.

— Peut-être, je murmure.

— Il n'y a rien de préparé pour le repas du soir et pourtant elle avait mis un couvert avant de partir, continue la Channig. Et puis c'est bizarre quand même, pourquoi un seul couvert et le livret de famille sur une assiette ?

— Ah bon ? je fais, l'air de découvrir la chose.

— Oui, c'est très étrange, dit l'Artiste.

— Des fois ma mère a de drôles d'idées.

— Elle a pu avoir un accident de voiture, dit la Channig.

— J'espère pas, je bredouille.

La Channig retourne le couteau dans la plaie :

— Elle a l'habitude d'aller promener les petits sur le chemin de halage...

Qu'est-ce que je fais ? Je parle ou je parle pas de la trace de pneus ? Je parle ou je parle pas de la méduse sous l'eau ? Si j'en parle pas, comment je ferai pour expliquer que ma mob est au fond du canal, au même endroit ? J'aurais vraiment dû me foutre à l'eau.

— Il faudrait prévenir quelqu'un, dit la Channig.

— Qui, Channig ? demande l'Artiste.

— Les gendarmes de Briec, peut-être. On ne sait jamais.

— Qu'est-ce que tu en penses, Sylviane ?
— Ben oui, je dis. Il faut prévenir...
— Tu pourrais aller d'un coup de vélomoteur téléphoner de Pont-Maenglas.
— Si c'est pas malheureux qu'on soit isolés comme ça, se lamente Channig. La mairie aurait dû faire monter le téléphone jusqu'ici depuis longtemps.
— Je suis venue à pied, je murmure.
— De ton usine ? s'étonne l'Artiste.
Channig en remet une couche :
— C'est pour ça que tu es tellement en retard par rapport à ton habitude ?
Je parle de la trace de pneus ou j'en parle pas ? Putain, je sais pas quoi faire. Je peux juste dire que j'ai vu la trace par hasard, que je suis revenue du boulot en longeant le canal. Et pourquoi en longeant le canal ? Parce que, tiens, justement, je sais bien que l'Aurore a l'habitude de promener les petits par là-bas et que je pensais leur faire coucou. J'aime bien mon petit frère et ma petite sœur, moi, c'est mes chéris, ça je peux bien le dire.
— Ben oui.
Si je leur parle de la trace de pneus, ça va déclencher le ramdam. Et cette vieille salope de Channig va manger le morceau, parler du livret de famille sur mon assiette.

Oui mais, de toute façon, si la grosse pouffe et les petits ne reviennent pas, il y aura des recherches, et les gendarmes verront bien la trace de pneus.

Et la méduse sous l'eau, si j'ai pas rêvé ?

Et ma Mobylette avec.

Et trois noyés ?

Ah non, pas ça.

PITIÉ PAS ÇA !

Je voudrais crever.

L'Artiste m'offre une de ses clopes qui puent, on tire une bouffée, et elle me dit :

— Alors, Sylviane, que fait-on ?

Je me lance. Peux pas faire autrement.

— Je suis revenue par le halage. J'ai vu une trace de pneus au bord du canal.

# 4

*Samedi 13 avril 1963*

Le menu rassasia les nordistes : apéritif, langoustines, lotte à l'armoricaine, langue de bœuf sauce madère, pintadeau frites, plateau de fromages, bombe glacée, café et digestif. Entre les plats et les bouteilles de muscadet et de bordeaux supérieur, les gilles allèrent biberonner de la bière au bar, et la mariée itou, qui par atavisme sacrifiait bellement au jus de houblon, sans craindre les mélanges.
A la fin du repas, en attendant qu'on débarrasse les tables pour le bal, la noce alla se désembuer les mirettes au bord du canal. Les gilles ne vacillaient pas d'un poil sur leurs jambières à grelots : aucun doute, ces gars du Nord tenaient la marée bretonne !
Original et endiablé, le guinche aurait bien plu à Nabu, le cheval de ballet. La fanfare des gilles joua de tout, pour un marié incapable de danser quoi que ce soit. Mais la mariée, pardon !
— Ma ! Qui aurait cru ça d'elle ? dit Léontine.

— Pour être hardie, elle est hardie, dit Martial.

Malgré le poids et l'envergure de son popotin, une princesse du twist ! Une reine du rock and roll qui secouait ses miches comme une pouliche sauvage au bout du lasso ! Faut dire que ses cavaliers les gilles étaient de taille à baratter le morceau, mais pas au point de l'envoyer valser dans les airs, tout de même ; seul un catcheur vedette de l'époque, l'Ange blanc, qu'on voyait à la télé, aurait pu réaliser l'exploit, et encore, pas sûr.

— Si elle met autant d'ardeur au lavoir, dit Martial, elle pourra s'installer comme blanchisseuse. Mikelig n'a pas de bile à se faire pour les corvées.

Mikelig, enamouré, regardait sa femme suer son eau.

— On va te l'essorer, lui disaient les gilles. Elle va s'écrouler sur ton lit. Elle sera plus bonne à rien, tout à l'heure.

Mikelig plissait ses yeux rieurs. Tout se passait à merveille. Il y eut juste un court moment de tension. Alertés par la foiridon et les accents de musique sauvage, une bande de blousons noirs de Quimper, débarqués en scooter et BB Peugeot, entrèrent dans la salle avec l'intention de semer leur zone. Toisés par les Vikings, ils se carapatèrent. Dommage. On aurait eu bien du plaisir à leur faire une tête au carré.

A minuit et demi, Mikelig et Aurore s'éclipsèrent sans opposition. Les nordistes ignoraient la coutume bretonne qui consiste à pister les mariés pour leur servir au lit une soupe à l'oignon et à contrarier jusqu'au petit matin leur partie de jambes en l'air, voire à les contraindre à la remettre au lendemain.

A une heure, le chauffeur du car battit le rappel. Ce ne fut pas une mince affaire d'arracher les gilles à la tireuse de bière pression. Le car fit d'abord route sur Châteauneuf-du-Faou pour déposer les nordistes à l'hôtel des Amériques, ainsi nommé parce qu'il était tenu par des « Américains », c'est-à-dire des gens de Gourin ayant émigré au Canada et revenus au pays investir leur fortune.

Devant l'hôtel, Martial et Léontine descendirent du car pour saluer les parents de la mariée. On se quitta contents. Les parents Coublanc d'avoir casé leur dondon, Martial et Léontine d'avoir marié leur fils, contre toute espérance en ces lieux où les filles, déjà, ne rêvaient que d'épouser un gars de la ville. Alors, un gars de la campagne, et mal fichu qui plus est... Aurore n'avait aucune chance de monter sur le podium au concours de Miss France, mais c'était une femme costaude, un avantage quand il faut crocher dans le travail. Quel travail ? On verrait bien.

Martial et Léontine rembarquèrent et s'assirent côte à côte, seuls passagers du car, à présent. Léontine se laissa aller contre l'épaule de Martial.

— Je commence à être un peu skuizh[1], dit-elle.

— On n'a pas l'habitude.

— Les Coublanc étaient bien gentils, pour des gens d'ailleurs. Et les gilles aussi.

Martial tâta l'enveloppe dans la poche intérieure de sa veste. Il y avait glissé quinze billets de cent francs, leurs économies de six mois.

— Ils auraient dû nous laisser payer notre part.

Les Coublanc avaient tout réglé, y compris le repas des Yvinou et du garçon d'honneur.

— On a l'impression qu'on nous a fait la charité, continua Martial.

— Ils ont dit que les gilles s'étaient déplacés sur le compte de leur groupe folklorique.

— Sûrement que les beaux-parents n'ont pas payé pour tout ce monde, mais quand même, pour nous c'est vexant.

---

1. Fatiguée.

— Un peu, oui. Mais c'est bien la première fois qu'on ne paye pas quelque chose après nous, alors... On achètera un cadeau aux jeunes mariés avec les sous.

— Mikelig a déjà tout ce qu'il faut. Avec sa pension d'invalidité, son salaire au CAT et les sous qu'il gagne en fabriquant des transistors et en réparant des télés, il a plus que nous à dépenser.

— Quand il y aura un petit, ils auront des frais supplémentaires.

— Ils auront toujours mon berceau, que j'ai ramené de Ker-Askol.

— Peut-être que pour maintenant il est bouffé par les vers.

— Oh je ne crois pas, c'est du châtaignier.

— Les jeunes veulent des choses modernes, au jour d'aujourd'hui.

— Je me demande s'ils ont raison.

— Il faut vivre avec son temps.

— C'est ce qu'on dit, convint Martial.

Le chauffeur habitant Trégourez, où le car resterait garé devant chez lui jusqu'au lundi matin et sa première tournée de transport scolaire, il remonta vers Laz et fit un crochet pour déposer Martial et Léontine au bas du bourg, à Karn-Bruluenn, cette butte austère qui surplombait la plaine du canal et faisait comme un pendant au mont Saint-Michel-de-Brasparts, dans le lointain.

Le car s'arrêta au milieu de la route, Martial et Léontine descendirent.

— Vous faites pas bouffer par les loups ! plaisanta le chauffeur.

— Aucun risque, dit Martial, depuis le temps on les a apprivoisés !

La portière du car chuinta, le moteur gronda pour affronter la côte, ses feux arrière semblèrent monter au ciel. Martial et Léontine s'engagèrent dans le chemin qui menait à leur pennti, sur le flanc de la butte. Heureusement qu'ils en connaissaient les ornières, chaque trou et chaque motte, car il faisait nuit noire. Mais ils avaient appris – *depuis le temps !* – à s'y diriger comme des aveugles, et à ne pas avoir peur. Peur de quoi, peur de qui ? Peur des ululements de chouettes et des galopades de blaireaux ? Peur de quelles gens ? Les boued ar groug[1] n'attaquent pas les pauvres. Il n'y avait rien à voler à Karn-Bruluenn. Encore que... Martial songea aux quinze billets de cent francs dans sa poche, une petite fortune...

— Pour une fois, on aurait pu laisser l'ampoule de dehors allumée, dit Léontine.

---
1. Gibiers de potence.

— On n'allait pas la laisser brûler toute la journée et la moitié de la nuit...

Dans les années cinquante, le syndicat intercommunal avait fait tirer une ligne électrique jusque chez eux. Le progrès avait été formidable, mais ça coûtait, alors on économisait l'électricité, comme on économisait les deux piles, bien nécessaires en hiver si on voulait aller le soir chercher des œufs dans le poulailler ou vérifier si une lapine qui venait de mettre bas n'avait pas écrasé ses petits sous elle.

Ils arrivèrent devant le pennti. Léontine alluma l'ampoule extérieure au-dessus de la porte, afin d'y voir clair pour introduire la clé. Un coq chanta dans le poulailler.

— Torr-revr[1] ! lui lança Martial.

Sitôt entré, il alluma le grand feu de la gazinière. Encore un luxe tombé du ciel des années cinquante, cet appareil acheté d'occasion à un des fermiers chez qui Martial était journalier. Comme on ne pouvait pas faire avec une seule bonbonne de gaz, il avait bien fallu investir dans deux bonbonnes de butane dont les précieux *contrats* – reçus des consignes versées – étaient rangés dans la boîte à biscuits en fer, avec le livret de famille et le livret militaire de Martial. Le confort du gaz lui

---

1. « Casse-cul. »

coûtait de terribles suées : arrimer la bouteille vide sur le porte-bagages de son vélo, pédaler jusqu'à mi-pente, mettre pied à terre quand ça devenait trop dur, pousser son vélo jusqu'au bourg de Laz, arrimer la bouteille pleine et redescendre en freinant des talons, avec l'arrière du vélo qui branziguellait[1]...

— Pourquoi tu mets de l'eau à chauffer ? demanda Léontine.

— Tu sais bien pourquoi. Je vais boire un grog.

— J'en prendrai un aussi. Laisse, je vais les faire.

— On n'a pas trop bu, dit Martial.

— Non, on ne peut pas dire.

— Par contre les nordistes, qu'est-ce qu'ils ont mis dedans.

— Ils buvaient de la bière pire que des vaches.

— Comme des gens qui font danser les chevaux.

— Oh ça c'était incroyable quand même, dit Léontine. Le cheval du corbillard qui dansait.

— Ouais, je n'aurais pas aimé être dans le cercueil à la place de Loeiz kozh.

— Peuh ! Espèce de droch !

---

1. Du verbe breton « bransigellat », balancer, chanceler, cahoter.

Ils avaient gardé l'habitude de boire un grog au lambig une fois le temps, pour l'avoir prise à Ker-Askol, en compagnie de Ténénan, le père nourricier de Martial. A condition de ne pas en abuser et d'en boire seulement avant d'aller au lit, le grog vous réchauffait le ventre et vous remontait le moral, et vous plongeait dans un bon sommeil sans cauchemars. En plus, c'était une médecine gratuite. Martial en avait tant que tant, du lambig à l'œil, chez ses patrons, surtout ceux qui par ailleurs le payaient à coups de lance-pierre.

Léontine prit deux verres incassables dans le buffet, versa un doigt de lambig dans le sien, deux dans celui de Martial, rajouta du miel, laissa les cuillers dans les verres et versa l'eau bouillante. Martial mit ses mains en conque autour de son verre.

— Tu n'as pas l'air de bonne humeur, dit Léontine.

— Non, je ne suis pas de bonne humeur.

— Pourtant, on a marié notre fils unique.

— Justement. Sa femme ne m'inspire pas beaucoup confiance.

— Parce qu'elle n'est pas d'ici ?

— Parce qu'il l'a trouvée dans les petites annonces.

— Il n'est pas le premier ni le dernier.

— Sans doute, sans doute, convint Martial. Mais j'ai comme l'impression qu'il aura du bec'h[1] avec celle-là.

— Elle s'accoutumera à la campagne.

— Espérons...

Ils lampaient leur grog brûlant à la petite cuiller, conscients de vivre un moment volé à l'ordinaire des jours, assis de chaque côté de la table, au milieu de la nuit, pour des gens qui ont l'habitude de se coucher avec les poules et de se lever avec le coq. C'était leur modeste façon à eux de finir la fête, de clôturer cet important chapitre de leur vie – le mariage de leur Mikelig –, que de s'attarder à réfléchir ; au lieu d'aller au lit, siroter ce liquide magique qui embrumait la triste réalité et vous ramollissait les pensées.

Sans lever la tête, comme s'il parlait tout seul, Martial demanda à Léontine, elle aussi perdue dans ses rêves :

— Tu te rappelles ce que je t'avais dit le jour où on est arrivés ici, au printemps 1938 ?

Elle opina en suçotant une cuillerée de grog.

— Sûrement. C'est gravé dans ma tête. A l'époque, on se vouvoyait encore, comme c'était la mode en ce temps-là.

---

1. Difficulté, embarras.

Ils revécurent la scène. Louis Valdour, le marchand de patates de Coatarlay, les avait amenés, eux et leurs maigres affaires, dans son camion, de Ker-Askol à Karn-Bruluenn, puis il était reparti et ils étaient restés seuls à évaluer cette métairie offerte par les châtelains de Laz, grâce aux bonnes sœurs de l'asile de Morlaix où Maï-Yann, la mère de Martial, était enfermée.

Au coin du pennti, dans la terre meuble, des petites guêpes fouisseuses, noir et jaune comme les grosses, avaient fait leur nid. Une buse était occupée à le démolir. Elle déchiquetait les alvéoles et se goinfrait de larves, indifférente aux centaines de guêpes qui bourdonnaient autour d'elle. Martial avait tapé dans ses mains, la buse s'était envolée.

« Les guêpes ne vont pas entrer dans la maison nous piquer ? s'était inquiétée Léontine.

— Non. Les nuits sont encore fraîches. Maintenant que leur nid est ouvert, ces guêpes-là seront mortes de froid avant demain matin. »

Martial avait levé les yeux vers l'épine rocheuse au-dessus de laquelle la buse planait.

« Voyez-vous, ici nous sommes comme la buse. Aucune guêpe à figure humaine ne viendra nous piquer. »

— Et qu'est-ce que j'ai dit après ?

— Tu m'as dit : Ici, Léontine, nous avons trouvé notre place.

— Oui, on avait trouvé notre place. Malheureusement, depuis on a fait du surplace.

— Mais qu'est-ce que tu racontes ?

— C'est ce que je pense. Que je n'ai pas su avancer.

— On a vécu notre vie.

— Je n'ai pas su me tirer les pattes du métier de journalier. Je suis resté esclave des patrons.

— Et alors ? On n'est pas heureux comme ça ?

— Oh sûr que si, qu'on est heureux tous les deux. Heureux comme deux bêtes qui se collent l'une contre l'autre pour pas crever de froid.

— Ah ben alors, on peut dire que ça t'a fait un drôle d'effet de marier ton fils.

— On n'aura jamais rien devant nous, Léontine.

— Et de quoi on a besoin ? On n'a pas tout ce qu'il faut ? Des lapins dans les clapiers, des poules dans le poulailler, la vache dans sa crèche, et pour les patates et les légumes le bon carré de terre que tu as amendé.

Martial ricana.

— Parce que mes patrons m'ont fait la charité de leur fumier !

— Ils t'ont rendu service, c'est tout.

— Parce que je suis à leur service.

— Tu dis n'importe quoi. Finalement, je crois que tu as bu plus que je ne le pensais, à l'Auberge du Saumon. Il est temps d'aller au lit, là au moins tu fermeras ton bec.

Martial rajouta un coup de lambig sur son grog, le lampa d'un trait et fixa Léontine. Ses yeux étaient humides. Elle attendit.

— Tu aurais eu une meilleure vie en ville, avec un fonctionnaire, ma pauvre Léontine.

— Je me fiche de la ville et des fonctionnaires !

Du dos de la main, Martial essuya les larmes qui coulaient sur ses joues.

— Je suis heureux avec toi, Léontine.

— Gros bêta ! Viens te coucher, au matin ça ira mieux avec toi. Le dimanche les gens sont plus gais.

— Demain après-midi, j'ai promis une demi-journée à Louis Kermoal de Coat-Ribin.

— Personne ne t'oblige à travailler le dimanche.

— Si je refuse, ils ne me prendront plus.

— Eh ben tant pis, on s'en passera !

— Toi au moins tu ne démissionnes jamais, hein, Léontine ?
— Non, parce que c'est déjà beau d'être en vie et en bonne santé.
Martial haussa les épaules.
— C'est vrai.
Sur cette bonne parole il alla se coucher et se mit aussitôt à ronfler.

Dans son lit de jeune mariée, Aurore ronflait aussi, repue d'amour.
Au départ de l'Auberge du Saumon, elle s'était laissée tomber sur le siège passager, et de concert la 2 CV et la passagère avaient couiné : la voiture, du surpoids ; la mariée, d'impatience.
— Hiiiii ! Démarre donc ! J'ai hâte, moi…
L'embrayage centrifuge lança la Citroën sur le chemin de halage, le plus court chemin pour rejoindre Pont-Maenglas, en longeant la haie d'honneur des grands aulnes qui semblaient flageoler dans la lumière des phares. En quelques minutes ils arrivèrent au pont, Mikelig vira à gauche et rétrograda. La voiture peina à grimper le raidillon.
— Allez, monte, monte ! Monte donc ! l'encouragea Aurore en donnant d'avant en arrière des coups de boutoir impératifs

qui préfiguraient les coups de reins de l'union charnelle.

Mikelig dut s'arrêter pour passer la première à mi-côte. La voiture grignota le reste de la pente en secouant ses passagers et, enfin, zigzagua sur le faux plat qui serpentait entre les maisons du hameau. Mikelig se gara sur le triangle d'herbe folle du délaissé en face de son pennti. Aurore descendit en vitesse.

— Ta bagnole m'a secoué la vessie, j'en peux plus avec mon envie.

Elle troussa sa robe de mariée sur ses hanches, baissa sa culotte et s'accroupit à côté de la voiture. Pendant qu'elle pissait, Mikelig ouvrit la porte, alluma la lumière et attendit sur le seuil. Aurore se reculotta.

— Tu m'as regardée, cochon ! dit-elle en poussant son mari à l'intérieur.

— Mais non...

— T'avais le droit, mon mignon ! T'as le droit de tout voir, maintenant. Et toi, tu pisses pas, avant ?

— J'ai pas envie, rigola Mikelig, enchanté par le tour que prenait la nuit de noces.

Pour lui, les choses se simplifiaient. S'il n'était pas totalement ignare – au CAT, un manuel d'éducation sexuelle circulait, dont il avait mémorisé les dessins –, il n'en avait pas moins été, toute la journée, hanté par la question du comment s'y prendre, complexifiée par les conseils retors des petits malins qui avaient déjà trempé leur biscuit, ou prétendaient l'avoir fait : faut limer jusqu'à ce qu'elle grimpe aux rideaux ; te trompe pas de trou, les filles en ont deux, comme les vaches ; pour pas la foutre en cloque du premier coup, fais marche arrière (ô mystérieuse *marche arrière* !) ; et va pisser avant de remettre le couvert (quel *couvert* ?). Tout cela était déconcertant.

Il avait lu quelques romans rose pâle, vu des films du dimanche soir à la télé où des gens se mariaient et où la mariée, languide et les yeux clos, laissait le marié faire tout le boulot, lui enlever son diadème, déboutonner les cent boutons de son corsage, dégrafer son jupon, l'allonger sur le lit et lui baiser tendrement les lèvres. Et après ? Après, dans les romans roses ou dans les films, on revoyait la mariée le lendemain matin, radieuse... La question du comment le marié s'y était pris restait en suspens.

Au diable toutes ces interrogations ! Aurore prenait le manche !

— Même si t'as pas envie, faut pisser avant. Autrement ça pourrait te bloquer.

— Comment tu sais ça ?

— Des copines me l'ont dit !

— Ah ben alors...

Mikelig alla se soulager derrière la voiture. Quand il entra dans la maison, Aurore était déjà au lit, sur le dos, en petite chemise et jambes ouvertes.

— Déshabille-toi vite, mon loulou !

Il demeurait fasciné par sa motte.

— T'as assez regardé, viens toucher maintenant !

Décidément, avec une épouse comme Aurore, c'était fastoche, de perdre son berlingot. Ses collègues du CAT n'en reviendraient pas, quand il leur raconterait sa nuit de noces.

Il garda son tricot de corps et ses chaussettes et s'agenouilla près d'elle. Son pissou s'était dressé tout seul, comme quand il regardait le taureau grimper la vache, ou l'étalon la jument, ou les chiens qui restaient collés. Il gloussa. Elle empoigna son truc et s'extasia :

— Ah je savais bien qu'il était gros ! La nature est bien faite. Elle compense, chez les infirmes.

— Je ne suis pas infirme, protesta-t-il.

— Te vexe pas. Tu vois bien ce que je veux dire... Donne-le-moi que je l'embrasse...

Elle lui colla sur le bout un tas de baisers qui font du bruit.

— Ah qu'il est mignon... Ah qu'il est mignon... Ah on va bien s'amuser ensemble, mon p'tit zobig.

— Zobig ?

— Ben oui, tu trouves pas que c'est un joli p'tit nom ? Le zobig de mon Mikelig... Huummm !... A toi, maintenant, touche... Tu vas voir, je suis toute mouillée.

Elle lui prit la main droite, la fourra entre ses cuisses et ne la lâcha pas. Elle se frotta avec.

— Là, là, comme ça... Oh ! là ! là ! là !

Elle referma vivement les cuisses, il crut qu'il lui avait fait mal, mais elle sembla s'évanouir, et puis soudain elle l'empoigna sous les aisselles et le bascula sur elle comme un fétu de paille. Il n'eut pas besoin de chercher, elle se le fourra elle-même et commença de s'agiter.

Et c'est ainsi que Mikelig, le plus facilement du monde, posséda son Aurore, en moins de deux, comme un ramoneur émérite. Il balança la purée et elle râla de plaisir.

Mikelig était un homme.

L'homme d'une Aurore qui était femme depuis un bout de temps. Engrossée à seize ans par un don Juan de banlieue, à dix-sept elle avait accouché sous X d'un garçon, entrevu quelques minutes, le temps qu'on le nettoie. Ensuite, sous la menace d'être placée en foyer, elle se tint à carreau, dans l'attente du prince charmant que lui dégotteraient ses parents.

Mikelig avait épousé une femme déjà rodée, vive à l'allumage, mais qui broutait de l'embrayage méningé.

# 5

*Mercredi 3 mars 1982, vers 19 h 30*

L'Artiste a poussé des grands cris :
— Des traces de pneus au bord du canal ? Il faut téléphoner tout de suite à la gendarmerie !
— Ben oui...
— Vas-y ! Fonce !
Je réponds sans réfléchir :
— Ah non, pas moi !
— Et pourquoi pas toi ?
— Y a plein de connards à Pont-Maenglas. Je veux pas les voir.
— Pourtant tu les as beaucoup fréquentés, je crois, dit la vieille Channig.
Quelle punaise ! De quoi je me mêle ? Si ça se trouve elle est au courant de toutes les conneries que j'ai faites là-bas. Je vois pas trop comment, mais va-t'en savoir, avec ce putain de téléphone arabe du terroir. La Channig me regarde par en dessous en se bouffant les lèvres, un tic qui la prend quand elle médite une saloperie.
— Puisque ça te dérange, on n'a qu'à demander au gentil couple de descendre téléphoner.

Le « gentil couple », c'est comme ça que les vieilles appellent nos deux homos de service. Des mecs super sympas. Moi, dans ma tête, je les appelle plutôt B & B, à cause de leurs prénoms, Boris et Basile, et à cause du panneau Bed and Breakfast que des British ont planté sur la route de Pleyben, près de mon usine à fumer le saumon. Bed and Breakfast, voilà au moins deux mots d'anglais qui me restent de mes années de collège.

Difficile de leur donner un âge, à Boris et Basile. Plus de cinquante-cinq ans, en tout cas, puisqu'ils sont tous les deux retraités de la Poste. Ils travaillaient à Paris, dans le même centre de tri, et c'est là qu'ils ont filé le parfait amour, qu'ils sont venus cacher ici, en pleine brousse. On dirait deux bons pépés, de taille moyenne, et juste enrobés comme il faut, à force de se mijoter des potées au lard. Boris est chauve, Basile a encore tous ses cheveux, qu'il teint en noir et peigne en arrière et qui rebiquent joliment dans le cou.

— Ils sont comme ils sont, mais ils sont serviables, ajoute la Channig.

— Ah pour ça, opine l'Artiste, on ne peut pas rêver mieux comme voisins.

Ils ont tout pour plaire aux vieilles du hameau. Bavards comme des pies, ils acceptent les invitations à caféter, comme elles disent, et les rendent au centuple en mettant les petits plats dans les grands, tartes aux pommes et babas au rhum maison, un verre de monbazillac en apéro, café bien noir cent pour cent arabica, et une goutte de liqueur en digestif. Des vrais cordons-bleus. Et si y avait que ça. En plus, ils sont toujours prêts à aller à la pharmacie acheter les médicaments des vieilles, sans jamais tricher sur la monnaie ni accepter un pourboire pour l'essence. Cerise sur le gâteau, ils sont bricoleurs pire que le mec de l'entretien à l'usine à saumon, et que ça vous remplace les ampoules, vous répare un robinet qui fuit, vous recolle un bout de tapisserie, vous débouche un puisard. Des vraies perles.

— Je vais de suite jusqu'à chez eux leur demander, dit Channig. Sûrement qu'ils ne refuseront pas.

Elle a hâte de mettre en route la machine infernale, en espérant que le pire est arrivé. Sinon, où serait le plaisir ?

Seule à seule, l'Artiste essaye de me cuisiner.

— Je suis vraiment inquiète, tu sais. Hier je n'ai pas vu ta mère, mais avant-hier elle n'avait pas l'air dans son assiette.

*Assiette !* Putain, le livret de famille.

Je le prends et le range vite fait dans le tiroir du buffet.

Sous le regard de l'Artiste, qui pèse des tonnes de sous-entendus.

— Il s'est passé quelque chose entre vous ?

Putain, pareil que pour la vieille Channig. Et si elle savait tout ? La grosse pouffe lui aurait raconté notre vie, *ma vie*, de A jusqu'à Z ? Non, pas possible. Elle a beau être tarée jusqu'à la moelle, elle est pas conne à ce point-là.

— Ben non, rien.

— Tant mieux. Enfin, cette trace de pneus au bord du canal, ce n'est pas rassurant.

— Ben non, ça fout la trouille.

On allume une autre clope, elle une des siennes, minces comme des brins de paille, moi une des miennes.

— Pourvu que...

— Ben oui, pourvu que...

— Et ton père qui n'est pas là...

— Ben non.

B & B se sont pointés, le cœur sur la main et l'œil en alerte SOS.

— Alors, dit Boris, ta mère et les petits ne sont pas rentrés ?

— Ben non.

— Et tu as vu une trace de pneus au bord du canal ?

— Ben oui.

— Une trace qui va vers le canal ?

— Ben oui.
— Où ça exactement ?
J'ai expliqué, ils ont réfléchi.
— Bon, voilà ce qu'on va faire...
Basile ira tourner en voiture dans les environs voir si la 2 CV n'est pas dans un fossé quelque part, Boris descendra avec moi au canal, à l'endroit de la trace de pneus, et, au cas où je n'ai pas rêvé, ce qu'il préfère vérifier avant de sonner l'alarme, on rejoindra Pont-Maenglas par le chemin de halage. Ça me dit rien du tout de redescendre, mais qu'est-ce que je peux faire d'autre ? Rien.

Vraiment rien. Je suis ligotée par le secret de famille.

Qui n'est pas piqué des vers.

Boris est retourné à la maison s'équiper. Il est revenu en imper, avec un chapeau de cow-boy sur son crâne chauve, des bottes aux pieds et une pile électrique dans chaque main. Il m'en refile une.

— Il faudrait que tu te changes. Tu n'as pas un ciré sec ? Il recommence à pleuvoir.
— Je m'en fous.
— Tu vas être trempée.
— Je le suis déjà.
— Mets au moins quelque chose sur ta tête.

Il a sorti un bob de la poche de son imper et me l'a enfoncé jusqu'aux oreilles.

Je lui en ai voulu parce que je devais avoir l'air complètement tartignole avec ce truc de touriste sur la tête.

Il flotte de nouveau. Pas le déluge, pas la bruine non plus, une vase régulière entre les deux, à coller le bourdon à quelqu'un qui vient de gagner au Loto. Alors, à quelqu'un qui a vu ou cru voir une méduse sous l'eau...

Heureusement qu'on a des lampes électriques. Les ardoises pilées du raidillon, déjà casse-gueule par temps sec, deviennent une vraie patinoire quand elles sont mouillées. Je sais pas comment j'ai fait pour remonter dans le noir sans me casser une patte.

Au départ, Boris a voulu rester près de moi pour tailler une bavette. Et puis il s'est rendu compte qu'il causait à un mur.

— Tu ne veux pas parler, hein ?
— Non.
— Je comprends... Je passe devant, reste le plus près possible de moi. Si tu tombes, tu tombes sur moi, je te rattrape, pas de problème, j'ai des semelles antidérapantes.

Pour une fois que quelqu'un s'occupe de moi... Ça m'a remuée à l'intérieur et j'ai eu un gros coup de cafard qui m'a ramenée à mon enfance. Encore une autre façon de penser à autre chose. Pense à autre chose, pense à autre chose, pense à autre chose, comme je me disais en remontant.

Et là, en redescendant voir si la méduse est vraiment là, voilà que je me dis maintenant que j'ai pas été une gosse si malheureuse que ça, jusqu'à ce que je me mette à déconner.

Enfin, je sais pas trop.

J'étais comme une fille unique, puisque les dénommés Johnny et Eddy avaient été embarqués par la DDASS. Fille unique mais pas choyée, avec la mère que j'avais. Comme on était loin de tout, j'ai pas beaucoup fréquenté l'école maternelle et pour l'école primaire ça aurait posé un sacré problème, si, coup de bol, les gens s'étaient pas mis à construire des maisons neuves à la campagne. A Saint-Quelven, un lotissement de pavillons clés en main a poussé. Faut pas s'illusionner, c'est pas devenu New York, mais il y a eu juste assez de maisons pour qu'ils rouvrent une école primaire, avec une classe unique. La plupart du temps, comme la grosse pouffe n'avait pas encore passé son permis, j'allais et je rentrais à pied, quatre bornes aller-retour. Je restais à la cantine. Des fois, quand ses horaires de boulot concordaient, le paternel m'amenait et me ramenait de l'école en 2 CV.

Il s'était tâté, à l'époque, pour faire construire une maison neuve à Saint-Quelven. J'aurais bien aimé. J'aurais eu des copines. J'aurais été une petite fille normale. Macache. Le paternel en avait discuté avec les grands-parents. Mémé Léontine était pour, pépé Martial contre. Il ne voulait pas que son fils se mette des nouvelles dettes sur le dos, alors qu'il avait presque payé sa maison. Le paternel avait emprunté ici et là à des particuliers pour acheter la ruine de Menglazeg qu'il avait eue pour une bouchée de pain rassis. Propriétaire à ton âge, qu'est-ce que tu veux de mieux ? lui disait pépé Martial. Il date pas d'hier, son côté philosophe. Mémé Léontine disait, elle, qu'une maison neuve ce serait quand même mieux, les banques prêtent facilement au jour d'aujourd'hui. Ouais, les banques prêtent facilement, répondait pépé Martial, mais t'es marié avec elles pour vingt ou vingt-cinq ans, elles te tiennent par la peau du porte-monnaie. Mikelig a assez de place comme ça à Menglazeg, un jour il y aura l'eau de la ville et le téléphone, la maison prendra de la valeur, et en plus Mikelig a une voiture pour se déplacer, alors qu'est-ce que tu veux de mieux ? Sans crédit sur le dos, il pourra économiser pour ses vieux jours. Il est déjà mieux que nous, il le sera encore plus. Pourquoi se casser la tête avec une maison neuve ?

D'autant que le paternel aurait eu la tête en marmelade et les finances à zéro, parce que l'Aurore boréale, elle, c'était pas d'une maison de cité qu'elle rêvait tout haut, dans les discussions, mais de villa hollywoodienne, salon en cuir, salle de bains en marbre et robinets en or, tant qu'à faire. Le paternel a reculé en vitesse, la grosse pouffe est redescendue de son petit nuage sans grogner. Elle s'en foutait aussi, en définitive, d'une maison neuve. Pourvu qu'elle ait le porto de l'Artiste à siroter et un pieu où se faire ramoner, ça lui suffisait.

Y a des bonnes femmes, des mères d'enfants de l'école primaire de Saint-Quelven qui m'ont prise en pitié. M'invitaient à des goûters. Putain, j'en avais les glandes, de voir des gosses normaux avec des mères normales, de voir ce qu'il y avait sur la table, des gâteaux, des bonbons, du Pschitt orange et du Pschitt citron. Le paternel a suggéré qu'on rende la pareille, moi j'ai pas voulu. Pas voulu que les copines voient la crèche et ma grosse vache de mère qui aurait été capable de leur servir un verre d'eau du puits et un paquet de cacahuètes.

Finalement, c'est entre mes dix et treize ans que j'ai été le plus heureuse, du moins pendant les grandes vacances. Je me suis socialisée. Je bossais aux petits pois et aux haricots verts. Une idée de mémé Léontine, sacrée mémé Léontine, elle était pas bête, elle avait bien pigé que j'avais besoin de me tirer de là, de voir du monde, si je voulais pas devenir une espèce de sœur jumelle de Tarzan, jamais sortie de sa jungle, parlant petit nègre, moi Sylviane, toi l'homme singe, et putain y en a un paquet par ici, dans la savane ardoisière, d'hommes singes retardés de la comprenette.

J'attige un peu, parce qu'à l'école il y avait des petits garçons intelligents et moi j'étais bonne, une des meilleures en lecture et en récitation. J'aimais les belles poésies, comme la souris verte qui courait dans l'herbe. J'étais pas vraiment destinée à devenir une traînée.

Avec les petits sous que je gagnais quand j'ai eu l'âge d'aller aux haricots verts, je m'achetais des bouquins de la bibliothèque rose, d'occasion, à la kermesse de l'école. J'étais pas si mal barrée que ça, finalement. J'aurais pu devenir quelqu'un. Y a des exemples, on lit ça dans les revues et on voit ça à la télé, des gens qui sont nés dans la merde et qui s'en sont sortis.

Ce sera pas mon cas.

Pourtant, bosser en été ça m'avait appris à me démener, ça m'a aidée pour me faire embaucher à l'usine à fumer le saumon d'élevage. Et on en revient toujours à la même constatation à vous filer le bourdon : si j'avais pas déconné, avec un boulot, et plutôt bien roulée comme je suis, j'aurais pu me dégotter un mari pas trop con et avoir une vie normale.

Avec la bagnole dans le canal, ça risque plus...

Ah merde, voilà que ça me reprend, et en pire.

Tout à l'heure, en remontant dans le noir, j'étais poussée aux fesses par l'espoir de les trouver tous les trois à table, les petits m'auraient sauté au cou en criant Sylviane ! Sylviane ! et petit Louis qui parle bien pour son âge aurait dit on a eu un accident, on a eu drôlement peur, et la grosse pouffe m'aurait dit de ses lèvres orange comme des moules marinière, j'ai eu un gros pépin avec la 2 CV, depuis le temps que je tarabuste ton père pour qu'il répare le frein à main.

Maintenant, en descendant avec Boris à la lumière des lampes électriques, c'est moi qui freine des pieds et des mains, parce que si la bagnole est au fond du canal avec dedans quelque chose de pas rigolo du tout, mais alors là, de pas rigolo du tout...

Tu te rends compte, si jamais...

Pense à autre chose, pense à autre chose, pense à autre chose.

Pense à de jolies choses, comme celles que tu racontais dans tes rédactions. Pense à des jours ensoleillés, à des champs écrasés de chaleur, au bonheur de transpirer, à la fraîcheur de l'ombre des talus. C'était le bon temps, on dirait que ça remonte à l'Antiquité, pourtant je suis pas vieille comme Hérode.

J'allais ramasser des haricots verts et j'ai l'impression que ça durait tout l'été. La récolte s'étalait sur plusieurs semaines, à cause des différentes sortes de haricots : les gros mange-tout, les haricots fins sans fils et les haricots beurre. Le bonhomme qui organisait le ramassage s'appelait Jean quelque chose, mais les gens le surnommaient Yann Favenn-c'hlas, Yann haricots verts, et quand il avait abusé du vin rouge, Yann Favenn-schlass. Ça donnait Yann Favenn-c'hlas est schlass, et ça faisait marrer tout le monde.

C'était le dernier représentant d'une espèce aujourd'hui disparue, un grossiste fournisseur en semences, qui s'occupait des récoltes des paysans qu'il avait sous contrat et de la livraison aux conserveries, en prenant sa commission au passage. Dès le lever du jour, il faisait la tournée du patelin pour embarquer les gens dans son camion et les amener aux champs. Il y avait des arrêts de camion comme il y a les arrêts de car. Pour moi, c'était à Pont-Maenglas, où on était quelques gosses et une poignée de grandes personnes à embarquer. On se tassait parmi les autres sur le plateau découvert, et en avant la zizique, qu'est-ce qu'on était secoués, et ce cochon de Yann Favenn-c'hlas faisait exprès de prendre des virages serrés, et on criait et on riait comme des dératés.

Des fois, tout dépendait du sens de la tournée, mémé Léontine était déjà dans le camion et elle me faisait une place à côté d'elle, des fois elle montait au bord de la route en bas de Karn-Bruluenn et je lui faisais une place à côté de moi. Elle casait son cabas entre ses jambes, un sac où il y avait une thermos de café et des tartines de pain beurre pour la pause de dix heures et le goûter.

Bientôt le camion cahotait sur un chemin de campagne et s'arrêtait au bord d'un champ. On sautait tous à terre, dans une joyeuse débandade. La première fois, quand j'ai vu le champ de haricots, je me suis dit jamais on n'arrivera à ramasser tout ça. Yann Favenn-c'hlas installait sa balance romaine près du camion, distribuait les cageots et les sacs de jute et chacun savait ce qu'il avait à faire : choisir une rangée, remplir son cageot, le vider dans le sac et une fois le sac plein aller le faire peser. Dans un petit carnet fermé par un élastique, sous le nom de chacun Yann Favenn-c'hlas notait le poids des sacs, faisait le total à la fin de la journée et payait les gens. Comme ça faisait des comptes à la noix et qu'il arrondissait pas, il avait en plus des billets un tas de pièces rangées dans un monnayeur. C'était pas très cher payé. Aujourd'hui personne bosserait pour ce prix-là, mais bon, faut dire que c'était du black. Riches de quelques sous durement gagnés, on rembarquait, complètement lessivés mais heureux comme des papes.

Pauvre mémé Léontine, elle en a perdu des sous à cause de moi, la première année. D'abord, il a fallu qu'elle m'apprenne quels haricots ramasser. La première fois que je suis allée aux champs, on s'est mises à genoux côte à côte au début de la rangée qu'on nous avait attribuée, si longue que je me demandais si on arriverait au bout avant le soir, elle a empoigné un plant un peu comme on chercherait des poux dans la tête de quelqu'un et m'a dit ce haricot-là est bon, il est assez gros, et celui-là aussi, mais pas celui-là, il attendra la semaine prochaine ou la semaine d'après. C'était tentant de tout ramasser, pour faire du poids, mais ç'aurait été comme manger son blé en herbe disait mémé Léontine, parce que huit jours plus tard les petits feraient des gros, bien plus lourds.

Quand j'ai à peu près su estimer les bons haricots venus à point, mémé Léontine m'a laissée me débrouiller, mais pour repasser derrière moi vérifier, si bien qu'on était les dernières à finir notre rangée. Les autres dames, super habituées à ce boulot, avançaient comme des moissonneuses, remplissaient leur cageot, et puis leurs sacs, et hop sur l'épaule, direct à la pesée. Mémé Léontine et moi on faisait sac commun, et à la fin de la journée elle partageait les sous moitié moitié, alors qu'elle avait ramassé les trois quarts.

Vers midi, le paysan propriétaire du champ arrivait avec des marmites de patates à l'eau et on piochait dedans autant qu'on en voulait, pour les manger avec ce que mémé Léontine avait apporté, cuit la veille, du lard, du poulet, du rôti de porc. Des fois, quand elle avait des sous et voulait me faire plaisir, elle apportait aussi une bouteille de limonade achetée au bourg de Laz, autrement on buvait de l'eau, au contraire de certaines femmes qui buvaient du cidre.

La deuxième année, question efficacité, ça allait beaucoup mieux avec moi, comme aurait dit mémé Léontine. J'avais grandi, j'avais eu mes premières affaires, j'étais plus costaude, mémé Léontine n'avait plus besoin de repasser derrière moi.

Après la récolte, il y avait l'équeutage des haricots verts sans fils et des mange-tout, encore un moyen de gagner des petits sous. Yann Favenn-c'hlas les entreposait chez lui en attendant de les livrer à la conserverie. Mémé Léontine allait en chercher sac par sac, qu'elle transportait sur le porte-bagages de son vélo, et moi j'allais dormir chez elle et du matin au soir on équeutait. On fredonnait des vieilles chansons bretonnes, des sortes de comptines auxquelles je comprenais que dalle, mais je saisissais les rimes et c'était drôlement chouette. A force d'équeuter, on avait le dessous de l'ongle du pouce presque à vif.

A la fin de la journée, mémé Léontine ramenait le sac de haricots équeutés plus les queues dans un pochon en tissu, et Yann Favenn-c'hlas repesait le tout, voir si on n'en avait pas carotté au passage. Il payait, et mémé Léontine me donnait ma part, et moi, quand il n'y avait plus de haricots à équeuter, je retournais à la maison me taper la grosse pouffe et mon paternel tordu, et à l'intérieur j'étais toute retournée, plus triste que l'acrobate sur sa croix, à regretter la fin de la saison des haricots.

C'est marrant, alors que ce bled pourri et tous ces cons de ploucs autour me débectent, j'ai l'impression que c'était le bon temps, les meilleures années de ma vie, et pourtant ça n'a pas été vraiment le cas. Parce que pendant ma dernière saison de haricots verts, ça s'est corsé. C'était l'année de mes treize ans. Je suis tombée amoureuse et on dit qu'un premier amour, ça s'oublie jamais.

J'aime autant vous dire que dans mon cas, ça risque pas.


Boris et moi, on arrive au canal, et je trébuche. Je trébuche sur rien du tout, y a pas de racines ni de cailloux ni quoi que ce soit sur ce foutu chemin, lisse comme une mayonnaise. C'est ma tête qui m'a fait trébucher. J'ai dû avoir un éblouissement. Dans la nuit noire, faut le faire, un éblouissement. Une syncope d'angoisse aiguë. Panique à bord devant les traces de pneus. Jusqu'à présent, j'étais la seule à les avoir vues, je pouvais m'illusionner, me dire que j'avais rêvé, mais maintenant que la pile de Boris les éclaire, sous son regard elles prennent du relief, horriblement menaçantes. Y a quelque chose sous l'eau, c'est sûr. D'ailleurs, Boris de dire :

— Ma pauvre Sylviane, des traces comme ça, c'est pas bon signe. Pas bon signe du tout.

Il braque sa torche, on s'approche du bord.

La méduse est là, molle et visqueuse.

— J'ai bien peur que ce soit la toile du toit de la 2 CV de ta mère, dit Boris, tout bas, presque comme s'il ne voulait pas que j'entende. Ma pauvre Sylviane...

J'éclate en sanglots.

— Ecoute, Sylviane, même si la voiture est dans le canal ça ne veut pas dire...

— SI ! Je suis sûre qu'ils sont tous les trois dedans.

— Mais non, mais non...

— SI !

— Calme-toi... Tu viens avec moi à Pont-Maenglas téléphoner à la gendarmerie, ou bien tu restes là ?

Rester là, moi ? A regarder cette méduse qui va sortir de la baille et m'engloutir ?

— Je vais avec vous.

— Dépêchons-nous.

Dépêchons-nous. Il est bien bon, le brave Boris. Comme s'il y a une chance de récupérer quelqu'un de vivant de cette bagnole.

J'ai aucune envie de me dépêcher, moi.

Se dépêcher, pour moi ça veut dire...

Qu'ils sont tous les trois dedans...

PENSE A AUTRE CHOSE ! PENSE A AUTRE CHOSE ! PENSE A AUTRE CHOSE !

Tous les trois dedans, ça veut dire mes deux chéris tout froids et tout gonflés, ah merde plus qu'à m'ouvrir les veines...

PENSE A AUTRE CHOSE ! PENSE A AUTRE CHOSE ! PENSE A AUTRE CHOSE !

Va falloir que tu t'expliques, les gendarmes ils vont pas te lâcher comme ça. Et pourquoi ci, et pourquoi ça, taratata.

PENSE A AUTRE CHOSE ! PENSE A AUTRE CHOSE ! PENSE A AUTRE CHOSE !

C'est ça, pensons à autre chose, marchons le long du canal, vers une autre lumière, vers ce putain de café-tabac, arrêt des cars, foutoir et baisodrome de Pont-Maenglas.

# 6

Des collègues du CAT avaient prévenu Mikelig : « Te fais pas d'illusions, une fois qu'elles t'ont alpagué les bonnes femmes se refroidissent pire que des icebergs. Question radada, t'as plus qu'à t'acheter une chèvre... »

Mikelig en riait, de ces cassandres qui n'avaient pas épousé une Aurore. A Menglazeg, la glaciation de la couche conjugale n'était pas pour demain. Gourmande de tous les jeux du lit, et gaillarde le matin aussi bien que le soir, Aurore en demandait et en redemandait, de l'amour. Le matin, pour retenir Mikelig prêt à partir au boulot, elle rejetait draps et couvertures, exposait monts et vallées, pointait deux doigts impudiques sur son ornière, et geignait : « Tu vas pas me laisser me consumer toute la journée... Chuis toute brûlante là en bas... Viens mon loulou, viens mon zobig, viens éteindre le feu qui couve sous la motte... » Et le soir, à peine la soupe avalée, c'était rebelote.

Mikelig nageait dans la félicité des sens. Il bénissait les petites annonces du *Chasseur français* et fermait les yeux sur les petits défauts de son Aurore.

La cuisine n'était pas son fort. C'était tout juste si elle savait cuire un œuf sur le plat sans brûler le blanc dans le beurre noir. Mikelig s'en fichait, d'autant qu'au CAT les repas de midi étaient copieux. Si bien qu'au dîner, en semaine, il pouvait se contenter de peu de chose, avant la partie de trampoline. En semaine, seule du matin au soir, Aurore se nourrissait à toute heure de pain confiture trempé dans du café au lait et de biscuits que Mikelig lui achetait à Pont-Maenglas. Le week-end, il faisait de la grande cuisine. Un pot-au-feu le samedi, pour avoir du bouillon pendant plusieurs jours et de la viande à passer à la poêle avec des oignons ; le dimanche, un gros poulet ou un rôti de porc qui feraient de bons restachoù[1]. Arrosés d'un côtes-du-rhône bien raide, ces repas substantiels donnaient à Aurore encore plus de startijen[2], les samedis et dimanches, pour rebondir matin et soir sur les ressorts du matelas.

---

1. Restes.
2. Tonus, dynamisme.

Régalé de gros câlins, Mikelig se tapait allègrement le ménage. Léontine, sa mère, si soigneuse de nature et de par le métier qu'elle avait exercé chez les riches de Coatarlay et plus tard au château de Laz, lui avait inculqué la propreté. Elle se plaisait à répéter : « Quand on est pauvre, on doit être encore plus propre sur soi. »

Mikelig avait appris à se débrouiller avec son bras tordu et c'était avec vivacité qu'il balayait le ciment de la cuisine, époussetait la chambre, aérait la literie, récurait les casseroles, faisait les carreaux et vidait le jules dans le trou de fumier au fond du jardin, un seau émaillé qu'il rinçait à l'eau de pluie récupérée du toit de la cabane, torchait d'une poignée de foin et garnissait d'un peu de paille dans le fond, arrosée d'une goutte d'eau de Javel pour tuer les mauvaises odeurs.

Aurore lavait elle-même ses petites affaires dans une bassine, mais pour la grande lessive Mikelig était encore de corvée. Quand cela se sut, car à la campagne tout se sait, plusieurs fois Léontine proposa à son fils d'apporter son linge en voiture à Karn-Bruluenn, mais au bout d'un moment, face à ses refus répétés, elle n'insista plus.

— Il a sa fierté, commenta Martial.

— Ce n'est pas une question de fierté, dit Léontine, c'est parce qu'il ressemble à son père.

— Quoi ? Comment ça ? Je ne fais pas la lessive, moi.

— Non, mais tu fais beaucoup de choses pour moi.

— Toi, tu mérites qu'on soit gentil avec toi. Tandis que la grosse coche...

— C'est notre belle-fille. Elle est comme elle est. On ne va pas déjà lui jeter la pierre.

Mikelig s'attelait à la grande lessive environ une fois par mois, quand il n'avait plus de caleçons ni de chemises propres et que les draps étaient si crasseux qu'il aurait eu honte que sa mère les voie. Et puis ça correspondait à la nécessité de faire bouillir les serviettes hygiéniques d'Aurore. Il sortait la lessiveuse de la cabane, la posait sur son trépied, la remplissait de l'eau du puits, ajoutait du savon en copeaux et dessous allumait un feu de bois de lande qui faisait bouillir l'eau en vitesse. Ensuite, il fallait aller au lavoir, au bord du canal, rincer le linge, le ramener, le mettre à sécher.

— Ma ! Celle-là a rendu ce pauvre garçon esclave, se délectaient les vieilles du hameau devant le spectacle inédit d'un homme s'adonnant à la plus féminine des tâches.

La pitié l'emportait cependant, quand elles voyaient Mikelig pousser sa brouette, lui penchant d'un côté et la lessiveuse de l'autre, à cause de son bras plus court que l'autre.

— Ma ! Si c'est pas triste !

Elles avaient essayé de copiner avec l'étrangère en l'invitant à caféter, et la grosse vache ne s'était pas fait prier pour accepter. Seulement voilà, elle bouffait tous les boudoirs qu'on mettait sur la table, et qu'elle eût la bouche pleine ou la bouche vide, elle ne parlait presque pas, ce qui constituait le pire des sacrilèges. Alors qu'on aurait tant aimé qu'elle donnât sa propre version de l'histoire du cheval de cirque qui avait dansé à l'enterrement de Loeiz Gouritin de Kroazh-Dibenn, elle ne se foulait pas la langue, répondait aux questions par oui ou par non, ou par des « hein ? » de droch quand elle ne comprenait pas le mélange de français et de breton.

« Alors comme ça, ton Mikelig te fabrique du pot-au-feu tous les samedis ? Et arrivé au jeudi ou au vendredi d'après, la soupe n'est pas trop trenk[1] ?

---

1. Aigre.

— Hein ? »

Et par-dessus le marché, jamais elle ne rendait les invitations. Si bien que la sanction tomba, irrévocable :

— Qu'elle reste chez elle à parler toute seule avec sa langue !

— A tourner en rond, vous voulez dire.

— Oh elle ne doit pas tourner beaucoup, étant donné que son Mikelig fait tout le travail à la maison.

— C'est pas elle qui tourne, c'est son pikeub comme disent les jeunes de maintenant.

— Ah pour ça, on l'entend, son appareil à musique. A vous casser les oreilles à chaque fois qu'on passe devant chez elle.

La dot d'Aurore tenait dans deux valises, dont une pour des objets qu'elle chérissait plus que tout : un pick-up et une collection de quarante-cinq et de trente-trois tours de ses idoles du moment : Johnny Hallyday, Sylvie Vartan, Eddy Mitchell, et puis, un cran en dessous dans son hit-parade personnel, Richard Anthony et Dick Rivers.

Elle les écoutait du matin au soir et ils auraient été vite rayés si Mikelig n'avait pas régulièrement changé les diamants. Quand elle était rassasiée de ses tubes sur disques, elle écoutait des émissions yé-yé sur Europe 1 et RTL, ainsi que sur une radio lointaine, en anglais, qu'elle parvenait à capter sur le transistor de la maison, bien meilleur que ceux qu'on trouvait dans le commerce. Pour mettre du beurre dans les épinards, Mikelig fabriquait des postes – pas très jolis à regarder mais puissants – à partir d'éléments qu'il commandait chez un grossiste, tels la boîte et le clavier de boutons, et d'autres, qu'il distrayait des stocks du CAT. Il assemblait le tout dans la future chambre des enfants, pour l'heure transformée en atelier, et vendait les postes à prix d'ami, dans les environs. Les quelques billets qu'il y gagnait, ajoutés à sa pension d'invalidité et à son salaire au CAT, ça finissait par faire des sous. Pour ça qu'il roulait en 2 CV.

Dès le mois de juin 1963, Mikelig fut dispensé de faire bouillir les serviettes hygiéniques d'Aurore. D'un coup de voiture, en revenant du CAT, il alla annoncer la bonne nouvelle à Karn-Bruluenn. Léontine était seule à la maison, Martial ayant été requis pour les foins chez un de ses patrons.

— Tu vas être grand-mère, Aurore est prise.

— Ma ! s'exclama Léontine. Qui aurait cru que tout deviendrait normal avec toi ? Un bon métier, marié normalement et père de famille maintenant !

— Mon bras tordu n'a pas empêché, dit Mikelig, les paupières plissées et le cou rentré dans les épaules comme s'il venait de jouer un tour pendable à son destin d'infirme.

— Il n'y avait pas de raison.

— Le père sera content ?

— Sûrement qu'il sera content d'être grand-père.

— Aurore n'est pas dans ses petits papiers, je crois.

— Tu sais comment il est, il n'aime pas que les choses changent autour de lui.

— Et vous n'êtes jamais partis d'ici.

— Quand on se plaît quelque part, on n'a pas envie d'aller voir ailleurs.

— Vous viendrez manger à la maison un de ces dimanches, pour fêter l'événement.

— Je ne sais pas si ton père pourra avant la fin de l'été, avec les foins et les moissons après.

— Il n'est pas obligé de travailler le dimanche.

— C'est ce que je lui dis, mais il ne m'écoute pas.

— Toi tu pourras venir, en tout cas. Je viendrai te chercher en voiture.

— C'est dommage qu'on soit trop loin les uns des autres pour que je marche à pied.

A vol de corbeau, le pic de granit de Karn-Bruluenn et la crête ardoisière de Menglazeg étaient distants de cinq à six kilomètres, mais par la route il fallait pratiquement compter le double, qu'on passe par le haut – le contrefort des Montagnes Noires – ou par le canal.

— Et avec mon vélo les côtes sont devenues trop dures pour moi, continua Léontine. D'un côté ou de l'autre, ça monte et ça descend.

— C'est comme ça, dit Mikelig.

— Bon, alors maintenant je vais avoir de l'occupation, dit Léontine en retrouvant le sourire. Je vais me mettre à tricoter des petits chaussons. Des bleus et des roses, puisqu'on ne peut pas savoir ce que ce sera. Si les bleus servent d'abord, les roses serviront après. De toute façon, vous ne resterez pas avec un marmouz[1]. Toi, tu ne serais pas resté fils unique si je n'étais pas tombée malade pendant la guerre.

— On n'a pas eu de chance avec les maladies, ni l'un ni l'autre.

— Non, mais heureusement que ton père a la santé.

— Je viendrai chercher le berceau que lui avait fabriqué le grand-père de Ker-Askol.

---

1. Littéralement : « singe ». Familièrement : « gosse », « marmot ».

— Oh il est toujours là, dans le loch[1], avec les poules qui pondent dedans. Mais je ne sais pas si tu auras raison de le prendre. Il est lourd, et puis il n'a pas tellement porté bonheur à ton père dans sa jeunesse, avec la mère qu'il a eue.

— On verra.

— Oui, tu as le temps d'y penser.

— Il faut que j'y aille. Pour maintenant, Aurore doit attendre sa soupe.

— Elle n'a toujours pas appris à cuisiner ?

— Je crois qu'elle n'apprendra jamais, dit Mikelig en riant. Je m'en fiche, ça ne me dérange pas de faire le cuistot.

— Quand le marmouz sera là tu auras le double de lessive.

— C'est plus que probable. Mais de son petit j'espère qu'elle s'en occupera, quand même.

— Sûrement. Même si c'est plus dur avec un premier, une femme arrive toujours à se débrouiller avec un bébé. Et l'essentiel est que vous vous arrangiez bien tous les deux.

— Oh pour ça, avec Aurore je suis bien tombé.

— Oui, tu aurais pu plus mal tomber, convint Léontine, en songeant que son Mikelig aurait pu mieux tomber, aussi.

---

1. Cabane.

— Bon, je viendrai te chercher dimanche en huit.
— Ne fais pas de frais pour moi.
— Ce sera le menu ordinaire.
— On achètera un gâteau de pâtisserie à Laz.
— Si tu veux.
— Et dis à Aurore de bien se reposer pendant les premiers mois. Tant que le marmouz n'est pas bien accroché, on ne sait jamais.


— Ne t'inquiète pas, se reposer ça elle sait faire, dit Martial le soir, quand Léontine lui raconta la visite de leur fils.
— Tu n'as jamais un mot gentil pour elle.
— Je me fous de celle-là.
— Je crois que tu te fiches de tout.
— Je ne me fiche pas du travail.
— Aurore est la femme de ton fils, tu pourrais la considérer un peu mieux.
— Je ne la considère ni en bien, ni en mal. Mikelig a pris un virage dans sa vie, à lui d'aller jusqu'au bout tout seul.
— Les parents sont là pour aider les enfants.
— Mikelig est beaucoup mieux que nous dans ses affaires.

— Je ne parlais pas de sous. Je parlais de l'aider à élever le petit à naître.

— On le soutiendra s'il en a besoin. Pour l'instant, je ne vois pas ce que je pourrais faire.

— T'intéresser un peu aux autres. Peut-être que tu serais mieux avec les moines de Landévennec.

— Ecoute, Léontine, on ne s'est jamais disputés et ce n'est pas à notre âge qu'on va commencer. Tu m'as dit toi-même que tu étais heureuse ici avec moi, même si on a une vie de misère et rien devant nous.

— Oui, je suis heureuse avec toi, je l'ai dit et je le répète. Mais des fois tu m'inquiètes, à tout regarder de loin, comme tu le fais.

— Ça ne date pas d'aujourd'hui.

— Je ne dis pas le contraire, seulement je trouve que tu t'en vas de plus en plus loin.

— C'est ma manière à moi d'être heureux.

— Bon alors, il faut que je fasse avec ?

— Il faudra que tu fasses avec, ma pauvre Léontine. Ou bien alors, demande le divorce !

— Chameau ! dit-elle en riant. Divorcer d'une bientôt grand-mère ! Ah tu ne t'en tireras pas comme ça !

— Non, parce que ce serait la fin de tout. J'ai l'impression de nous voir, comme si c'était hier, faire connaissance dans la salle de bal de Ti Archerien.

— Et toi de m'inviter à danser, moi, une boiteuse.

— C'est pas pour une cheville mal ressoudée...

— Quand même...

— Je ne le regrette pas. Tu étais la plus belle et la plus gentille. Et tu l'es toujours.

— Gros bêta ! dit-elle pour dissimuler la gêne d'entendre cette déclaration d'amour.

— Tu n'as pas envie d'un grog ?

— Ma ! Pourquoi pas ? Aujourd'hui n'est pas un jour ordinaire, avec l'annonce que Mikelig m'a faite.

— Même sans ça, on est encore libres de décider des jours ordinaires et des jours pas ordinaires.

— A condition de ne pas boire du grog tous les soirs.

— On en est loin.

Léontine prépara les grogs et selon leur habitude ils s'assirent l'un en face de l'autre, les mains en conque autour de leurs verres brûlants.

— Il ne faut pas m'en vouloir si je suis comme ça, dit Martial.

— Je ne t'en veux pas. Tu n'étais déjà plus pareil en revenant de tes cinq ans de stalag. Et puis après, il y a eu la polio de Mikelig.

— Tu vois, Léontine, comme c'est bizarre. La vie a été dure pour nous et pourtant je n'ai pas à me plaindre de grand-chose.

— Moi non plus.

— En fait, je crois que j'ai été rassasié de connerie humaine.

— On ne peut pas dire qu'on fréquente grand monde.

— Personne, tu veux dire.

— Puisque ça te rend heureux, ça me rend heureuse aussi.

— Alors, on continuera comme ça.

— Ma foi oui.

— Alors mat tre. On n'aura pas besoin de deux places séparées au cimetière.

— Espèce de droch ! répondit Léontine affectueusement. Sûr que je ne te laisserai pas tout seul là-bas.

— Et moi non plus.

— J'espère que je partirai avant toi.

— J'espère que non.

Ils n'avaient qu'une petite cinquantaine mais, usés avant l'âge, pressentaient qu'ils ne feraient pas des centenaires. Ils sirotèrent leur grog en savourant cette sérénité des couples heureux qui envisagent la mort comme la continuation en commun d'un éternel présent.

— Rien n'a bougé depuis, dit Léontine, qui filait cette pensée.
— Depuis quoi ?
— Depuis qu'on est ici.
— Dans ce monde qui remue tout le temps, il faut bien que certaines gens restent en place. Le rocher de Karn-Bruluenn ne bouge pas non plus.
— Les enfants bougent pour leurs parents.
— Ils font comme ils veulent, et nous aussi.
— Personne ne peut arrêter l'eau de la rivière de couler, dit Léontine.
— Non, mais il y a des poissons qui restent toute leur vie dans le même trou.
— Si personne ne les prend.
— Moi, je n'ai jamais mordu à aucun hameçon. Est-ce que j'ai eu tort ? Est-ce que j'ai eu raison ?
— Tu as eu raison.
— C'est facile avec toi, Léontine.
— Ah ? Et pourquoi ?
— Parce que tu ne me donnes jamais tort.

Au lieu de répondre à son Martial : « C'est parce que je t'aime », elle lui donna une petite tape sur la main, comme à un enfant un peu trop hardi pour son âge, un geste affectueux qui valait bien tous ces mots qu'on ne prononce pas entre gens de la campagne. En prolongeant cette tape d'une douce pression sur les doigts de Martial incrustés de terre, elle soupira :

— Bon, et si on arrêtait de flaper[1], maintenant ? Il y a du travail qui nous attend demain.

— Demain et après-demain, dit Martial en se levant.

Ils se déshabillèrent, passèrent leurs chemises de nuit et se couchèrent côte à côte comme des gisants qui n'ont plus rien à attendre du lendemain.

---

1. Du verbe « flapañ », bavarder à tort et à travers.

# 7

*Mercredi 3 mars 1982, vers 20 h 30*

Rien n'a changé depuis la dernière fois que j'ai mis les pieds dans ce rade dégueu de Pont-Maenglas. C'était quand ? Grosso modo l'âge de Capucine.
Capucine et petit Louis, voiture, canal...
Pense à autre chose.
C'est ça, regarde s'il manque rien dans le décor de tes vertes amours agricoles...
Un bout de comptoir en Formica avec sa tireuse de Krone basique. Sur l'étagère derrière, le maigre échantillon de boissons disponibles : blanc, rouge, Ricard, calva. Des bouteilles de sirop pour les différents mélanges : kirs, perroquets et trucs dans le genre. Trois tables et douze chaises de la même couleur mauve dégueulis que le comptoir. Au fond à gauche, le baby-foot devant la porte de la cour. Au fond à droite, les rayonnages de produits de droguerie de première nécessité : mort-aux-rats, engrais spécial rosiers, désherbant total, plus un peu de quincaillerie, faucilles et manches d'outils. A côté, l'alimentation de secours, paquets de nouilles, sardines à

l'huile, maquereaux marinés et boîtes de pâté. Tout ça sous les néons glauques qui datent de Mathusalem et vous font un teint de Martiens sur le point de dégobiller tripes et boyaux à la descente de leur soucoupe volante qui pue le gazole.

Raymond trône derrière le comptoir, en s'appuyant dessus des deux mains, les bras tendus et le cul calé contre l'étagère à bouteilles, et la tête en avant dans l'attitude du gars réglé une fois pour toutes sur la question super banco, et qu'est-ce que vous aurez ? ou qu'est-ce que tu auras ? ou petra po ? quand il est décidé à bretonniser son unique refrain.

Selon leur degré d'absorption des liqueurs de Pont-Maenglas, les joyeux lurons le surnomment Ray Charles, parce qu'il est né, d'après lui, au carrefour de Saint-Charles, du côté de Gouézec, ou bien encore N'a-qu'un-œil parce qu'il n'en a qu'un, à droite. A gauche, il a un œil de verre qu'il sort de son alvéole quand il est de bonne humeur. Son œil droit, le bon, le vrai, compense sûrement : on dirait un spot, tellement il brille en versant les liquides dans les verres et en additionnant la recette depuis le matin – Œil de lynx qu'il aurait fallu l'appeler, un œil de dessin animé avec incrusté dedans le S barré de dollar.

Comme d'habitude, Simone regarde la télé dans sa cuisine, où elle garde au chaud sur une cuisinière son café-cafetière. Ils sont trop radins pour s'acheter un percolateur. Pourtant, ils doivent être pourris de pognon, depuis le temps qu'ils tiennent leur commerce, de sept heures du mat' à dix heures du soir, onze en été. Ils ont largement passé l'âge de la réforme et à force de vivre ensemble ont fini par se ressembler. Même air fatigué, même voix traînante, même façon de déblatérer par sous-entendus.

— Ma ! Regardez donc qui est là ! dit Raymond en me voyant entrer.

Alertée, Simone surgit aussi sec de sa cuisine. Quelqu'un qu'on n'attend pas, ça vaut dix fois la télé. Elle s'essuie la bouche avant de causer. Elle a bouffé du chocolat, il en reste une trace au coin de ses lèvres. Elle nous passe aux rayons X, Boris et moi : dégoulinants de flotte, des lampes électriques à la main... Ah ! Ah ! Y a quelque chose d'anormal dans l'air, c'est tout bon pour la distraction.

— Ma ! C'est toi Sylviane ?

— Non, ma sœur jumelle, je lui réponds.

— Depuis le temps qu'on ne t'a pas vue, dit Raymond.

— On peut téléphoner ? demande Boris.

— Le téléphone n'a pas changé de place, dit Raymond de sa voix traîne-patins.

— Les habitués savent où il est, dit Simone.

Sous-entendu : Boris n'a jamais acheté une boîte d'allumettes dans le rade et Monsieur ose se pointer pour téléphoner.

Raymond en remet une louchée :

— Sylviane sait bien où il est.

Ben ouais, près du baby-foot, posé sur un bout de planche sous une espèce de couvercle soi-disant destiné à étouffer la conversation. Que dalle, on entend tout.

— Allô ? La gendarmerie de Briec ? dit Boris.

— Ma ! La gendarmerie ? dit Simone. Il y a un souci quelconque avec quelqu'un ?

— Je prendrai une mousse, je coupe.

Tout en me tirant ma bière, Raymond tend l'oreille. Simone a décarré du comptoir pour aller passer un coup de torchon sur les tables, histoire de se rapprocher, fatal. Boris baisse la voix. On saisit des bribes. Canal... voiture... écluse de Menglazeg...

Je prends mon demi de Krone et j'allume une clope. Simone, tout en torchant une table et sans lever les yeux, tâte le terrain :

— Ma ! Ça a l'air grave.

— Ouais, je crois qu'il y a une bagnole dans le canal et je sais pas combien de gens dedans.

— Pas possible ! dit Raymond.

— Si !

Là-dessus je sors dans la cour, boire mon demi et fumer ma clope.

Sous l'auvent des chiottes.

Penser à autre chose.

Redescendre la pente, dégringoler encore dans mon passé de merde.

Je retourne ramasser des haricots verts.

L'année de mes treize ans, j'ai vu les champs avec des yeux différents et les gars ont commencé à me regarder avec des yeux qu'à cet âge-là on dit vicieux, alors qu'aujourd'hui je dirais plutôt intéressés. Et moi, j'ai commencé à avoir de la fièvre sans faire de température. Quand les sens s'éveillent, le bouton des filles les titille, comme disait aux champs une connasse aux rires gras.

Très peu de femmes portaient un pantalon et les fillettes étaient en jupette, alors les quelques gars qui venaient aux haricots mataient sec, et le Yann Favenn-c'hlas et le paysan fournisseur de patates chaudes s'en privaient pas non plus, de zieuter les cuisses ou les nibards, quand ces dames se penchaient en avant. Ça rigolait dur, à s'en décrocher la pomme d'Adam, quand on allait faire pipi derrière un talus. Faut dire qu'il y avait des femmes qui s'en tapaient, qu'on les reluque, tout juste si elles se planquaient. Les mecs, souvent, n'allaient même pas jusqu'au talus. Ils se retournaient, pissaient, secouaient la dernière goutte et d'un coup de reins rangeaient leur outil – et moi, comme bien d'autres de mon âge, je me demandais de quoi il avait l'air, leur robinet à pipi. Tout ça pour dire qu'il y avait une drôle d'atmosphère, certains après-midi, dans les champs de haricots verts. L'atmosphère des chaleurs, des orages qui couvent et du petit bouton qui devient électrique, à vous rendre folle de je ne savais pas encore quoi, cet été-là.

On en était au deuxième passage, à cinq jours d'intervalle, dans un champ de Pleyben, quand le diable a mis sur mon chemin un gars qu'on n'avait jamais vu aux haricots. Un beau mec, brun aux yeux bleus, mince, musclé et bronzé – il travaillait torse nu, la plupart du temps. Il n'avait que dix-sept ans, mais même les jeunes mères de famille louchaient sur lui, tellement il était beau, avec son air vaguement gitan, teint mat et cheveux noir corbeau, et ses rires aux belles dents blanches. Il m'a tapé dans l'œil et je lui ai tapé dans l'œil. Faut dire que j'avais tout ce qu'il fallait pour ça, un petit cul bien rond qui tendait ma jupette, des jolis nénés qui gonflaient mon chemisier, et une longue queue-de-cheval qui me battait dans le dos à la suivez-moi-jeune-homme.

Mémé Léontine n'a pas manqué de repérer son manège. Il nous tournait autour, surveillait nos sacs de haricots pour se précipiter quand ils étaient pleins et les porter pour nous à la pesée. Il s'asseyait à côté de nous à l'heure du casse-croûte. Alors, à force de se côtoyer, on a commencé à s'éloigner un peu pour causer. Il s'appelait Paulo, était de Lannedern, avait été collé deux fois de rang au BEPC et il attendait d'avoir dix-huit ans pour s'engager dans l'armée. Dans les paras, qu'il disait. Les paras, ça fout les jetons, j'en avais vu dans des films à la télé.

Le lendemain, il a pris le rang à côté du mien – j'étais maintenant capable de faire la pige à mémé Léontine –, et on a bien rigolé, une sorte de concours entre nous, c'était à qui ramasserait le plus de haricots.

Le surlendemain, j'ai pris un rang éloigné de celui de mémé Léontine et Paulo celui d'à côté. Pourquoi j'ai fait ça ?

Je voulais être peinarde avec lui, évidemment. Sur le coup, je me suis pas posé de questions. Il y a des idées qui vous dépassent, c'est pas la tête qui commande, c'est autre chose qui vous pousse, un truc contre lequel on peut rien, vraiment rien du tout.

Alors, quand il m'a suivie derrière le talus où j'allais faire pipi, j'étais prête à tout, j'attendais que ça, qu'il me prenne dans ses bras et qu'il m'embrasse. Je savais pas qu'on mettait la langue, j'ai été surprise. Il m'a caressé les seins, mes bouts ont durci, c'est fou ce qu'ils ont durci comme ça, tout de suite, et puis il a plaqué sa main là en bas, à travers ma jupette et ma petite culotte, et il a remué, frotté un peu, presque rien, et alors là, je lui ai mordu la langue ou j'ai mordu la mienne, j'étais plus en état de savoir, j'étais à moitié tombée dans les pommes, traversée d'éclairs : l'orage qui menaçait depuis le début de l'été sur les champs de haricots verts venait d'éclater.

Paulo a rigolé de toutes ses belles dents blanches :

— Hé ben dis donc, il a dit, il marche drôlement bien, ton petit bouton électrique.

Mes jambes flageolaient en revenant dans le champ. Paulo avait fait le tour du talus, pour pas qu'on nous voie revenir ensemble. Ça n'a pas trompé mémé Léontine. Je devais être éclairée de l'intérieur, comme sur les images de catéchisme les saintes-nitouches qui ont eu la révélation.

— Tu n'as rien fait de malhonnête avec lui, j'espère, m'a dit mémé Léontine.

Malhonnête... Elle avait de ces jolis mots, ma mémé.

— Mais non, j'ai dit. Il a juste voulu m'embrasser.

— Et tu ne l'as pas laissé faire ?

— Ben non.

— Mat tre.

Mat tre, très bien façon mémé Léontine... Mat tre, merci bien. Ç'a été le début de la galère, j'étais amoureuse de Paulo, je pensais plus qu'à me frotter contre lui et à être traversée par un million d'éclairs. Il est arrivé qu'il me le fasse trois fois par jour. Toi alors, qu'il me disait, t'es plus sensible qu'un disjoncteur. Il me disait pas que ça. Il me jurait qu'il m'aimait, que j'étais la femme de sa vie, et j'étais désespérée en voyant arriver la fin de la saison des haricots. Comment on allait faire pour se voir ?

— Pas de problème, a dit mon amoureux. J'ai un scooter, je viendrai de Lannedern, on se filera rencard à Pont-Maenglas.

T'auras qu'à dire à tes vieux que tu vas t'acheter des bonbons.

C'est comme ça que j'ai commencé à fréquenter le rade, sa Simone sournoise et son Ray Charles aveugle que d'un œil, son baby-foot, ses néons glauques et ses chiottes à la turque.

Les chiottes à la turque de Pont-Maenglas, sous l'auvent desquelles je me trouve présentement à fumer ma troisième clope, à l'abri de la vase que pisse le ciel, et loin de la Simone et du Raymond, pour pas qu'ils me regardent me ronger les sangs.

— Sylviane ? Sylviane ? Tu es là ?

— Ben oui, je réponds à Boris.

Je m'extrais de la nuit pour m'exposer dans le rectangle de lumière de la porte. J'entre en scène, autrement dit, et j'ai pas fini d'être éblouie par les projecteurs, tout au long de cette putain de nuit qui promet d'être non-stop.

— Les gendarmes de Briec sont arrivés. Viens.

Ils sont deux. Ils sont toujours deux. Un chef et un sous-chef. Un homme assez âgé, le brigadier-chef, et un gendarme tout frais sorti de l'école, un joli jeune homme bien propre sur lui. Il n'a pas d'alliance, un cœur à prendre. Le chef fait les présentations.

— Brigadier-chef Loussouarn… Gendarme Kerboul… Alors comme ça tu penses que ta maman a eu un accident ?

Il me tutoie, normal, j'ai l'âge d'être sa fille et la mère précoce de ses petits-enfants.

Petits-enfants. Merde. Pense à autre chose.

— Je sais pas trop.

— Bon, et si on y allait, hein, jeter un coup d'œil à ces traces de pneus au bord du canal ?

Raymond-n'a-qu'un-œil et Simone le furet nous regardent sortir du rade avec cet air faussement emmerdé des vachards qui se gargarisent des emmerdes des autres. Je les entends penser ah on le savait bien qu'un jour celle-là partirait encadrée par la flicaille.

Boris et moi on monte à l'arrière de la 4L des gendarmes. Ça sent le chien mouillé, la gauloise froide et le moteur chaud. Le ventilo tourne à fond pour chasser la buée du pare-brise et les essuie-glaces rament pour éponger la flotte que les phares de la 4L ont du mal à transpercer. Le jeune gendarme, au volant, suit le chemin de halage sans passer la seconde. Ça pourrait être vite fait de nous virer tous dans la baille. Je suis rencognée dans mon coin. Boris est penché entre les deux sièges.

— Vous nous direz où nous arrêter, qu'on ne roule pas sur les traces, dit le brigadier-chef.

Quelques lumières vacillent comme des bougies à travers la pluie, là-haut, dans le hameau.

— On approche de l'écluse, dit Boris.
— On s'arrête par ici ?
— Oui, on n'est plus bien loin.

On sort tous les quatre de la bagnole. Les gendarmes allument chacun une torche électrique, des lampes puissantes comme des antibrouillards. On est à une cinquantaine de mètres de l'endroit où le raidillon aboutit au chemin de halage.

A une cinquantaine de pas des traces.

A une cinquantaine de milliers de kilomètres, pour moi, tellement j'ai du plomb dans les godasses et de la mélasse dans la cervelle.

— C'est quoi, ce casque ? demande le brigadier-chef.

— Le mien. Je l'ai posé là pour marquer l'endroit.

Les traces, la pluie est en train de les gommer, mais on les voit toujours nettement.

— Hum ! Je n'aime pas beaucoup ça, dit le brigadier-chef. La voiture de ta mère, tu m'as bien dit que c'est une 2 CV ?
— Oui.
— Embrayage centrifuge, dit le jeune gendarme.
— Ouais, pas de frein moteur à l'arrêt. Si le frein à main déconne...

Ils braquent leurs torches sur le canal.

La méduse apparaît dans toute son horreur.

Je crie, je me détourne en me mordant le poing.

Le jeune gendarme me prend sous son aile.

— Ça ne veut pas dire qu'il y a quelqu'un dedans, dit-il gentiment.
— Faut déclencher tout le bazar, dit le brigadier-chef. Passe un appel radio à la brigade. Projos, plongeurs, dépanneuse, plus une ambulance, au cas où...
— J'y vais.

Le brigadier-chef aperçoit les traces de dérapage de ma Mobylette.

— Et ces traces-là, c'est quoi ?

Je le lui dis. Il fronce les sourcils, ou ce que je peux en voir, dans l'obscurité.

— Ah bon ? Toi aussi t'as failli passer à la flotte ? La loi des séries, dis-moi. Faudra que tu nous expliques ça.

Je pense : ça et le reste.

Depuis le début de ma vie ou à partir des champs de haricots verts ?

Depuis mon dernier haricot vert ramassé ou à partir de ma première partie de baby-foot avec Paulo à Pont-Maenglas ?

Je buvais des diabolos menthe, il éclusait de la bière.

Ecluser, écluse, ah merde !

Pense à autre chose, pense à autre chose, pense à autre chose.

Paulo et moi, on se retrouvait à Pont-Maenglas le samedi soir et le dimanche après-midi. Le paternel renaudait doucement, t'es un peu jeune pour sortir qu'il disait, mais c'est tout. Quant à l'Aurore boréale, elle en avait rien à cirer, apparemment. Elle avait ses disques et sa télé et sa partie de radada après.

Moi, à Pont-Maenglas, j'ai découvert la chaleur humaine. Les habitués, des pochetrons qui s'ennuyaient à la maison, nous appelaient « les gosses », Paulo et moi. Ils tapaient le carton, parlaient moitié français, moitié breton, et descendaient des bouteilles de rouge les unes après les autres. Celui que j'aimais le plus, c'était Roger la Vache, toujours en blouse noire et en bottes crottées. Au volant de sa bétaillère Citroën, il allait de ferme en ferme acheter des vaches et des veaux pour les revendre aux bouchers. Et la plus grosse partie du pognon qu'il gagnait finissait dans la cagnotte de Simone et Raymond. Il était généreux, il offrait des tournées générales. Simone et Raymond se précipitaient pour déboucher les litrons, la bouche en fente de tirelire. Quand il était bien chaud, Roger la Vache s'extasiait sur mes petites fesses et mes jolis nénés, sa main à flatter le cul des vaches devenait baladeuse, et il bavait des conneries, dis donc Sylviane, t'as une petite culotte là-dessous ? montre-nous voir, mais bon il suffisait d'esquiver la main et les paroles, et toujours il me refilait une pièce pour une partie de baby-foot.

Je suis devenue très bonne au baby-foot. Je m'occupais pour ainsi dire pas des joueurs du milieu. Je restais à l'arrière et Paulo essayait de me marquer des buts. Je le contrais, et c'est moi qui lui marquais des buts incroyables, de mon goal ou d'un des arrières, des vraies fusées. Il en rigolait, ça le vexait pas qu'il perde. Ça l'excitait, plutôt. Et moi aussi.

On allait se frotter dans la remise, sur un tas de vieux sacs. Paulo tripotait mon bouton et moi je tripotais son truc. Jusqu'au soir où, fatalement, il m'a dit Sylviane je voudrais que tu sois toute à moi avant de partir. Partir ? Où ça ? En prépa militaire, qu'il m'a dit, pour être fin prêt le jour J de l'engagement dans les paras. Alors, c'est pas que j'aie dit oui vraiment, mais j'ai pas pu résister. Il a glissé ma petite culotte, est venu entre mes jambes et ça s'est fait tout seul, sans douleur je dois dire, et avec plaisir la fois d'après, parce qu'on a recommencé, jusqu'à ce qu'il parte, un dimanche d'octobre, en me disant je t'écrirai et puis je reviendrai pour t'épouser.

Il est revenu, mais il m'a pas épousée.

Et maintenant, rideau !

Je pense plus à rien.

A RIEN !

Si quelqu'un a quelque chose contre, qu'il vienne me le dire en face.

Je lui cracherai à la gueule.

Je lui cracherai à la gueule ma vie de merde, ma misère, ma douleur, mon chagrin, mon désespoir.

A travers le toit de la 4L des gendarmes, la pluie fait toc-toc-toc dans ma tête.

JE PENSE PLUS A RIEN !

J'attends l'arrivée de tout le bazar, projos, plongeurs, dépanneuse, plus une ambulance, au cas où.

Au cas où, tu parles. Sûr qu'ils sont dedans, les pauvres petits.

PENSE PLUS A RIEN, JE TE DIS !

D'accord. J'écoute la pluie.

La pluie sur le toit de la 4L des gendarmes couvre le vacarme des mots dans ma tête.
Putain, ce que ça fait du bien, de plus penser à rien.

# 8

*Mercredi 3 mars 1982, vers 21 h 30*

Dans la lumière des projecteurs du camion des pompiers et de la dépanneuse que les gendarmes ont réquisitionnée à Pleyben, l'équipe de secours se prépare. Une dépanneuse avec grue, ça ne court pas les rues, les gendarmes n'ont pas pu en trouver une à proximité, dans l'urgence. Celle-ci est une simple dépanneuse avec un plateau fixe que le garagiste et les gendarmes ont orienté de travers, tant bien que mal, vers la tache claire sous l'eau. L'étroitesse du chemin de halage entre le canal et la zone marécageuse ne permet pas de faire mieux. Il sera impossible de tirer la voiture au sec. Elle restera bloquée contre l'arête en pierre de la rive, mais au moins sera-t-elle en grande partie hors de l'eau.

Les deux pompiers plongeurs ont fini d'enfiler leur combinaison. Ils allument leurs torches étanches et se laissent glisser dans l'eau en tenant le crochet au bout du câble de la dépanneuse.

Les gendarmes ont prié les curieux, futurs témoins peut-être, de rester à l'écart. Alertés par le remue-ménage, le grondement des moteurs, l'éclat des phares et des projecteurs qui illuminent le fond de la vallée comme une fosse infernale, il y a là : Channig et d'autres vieilles dames qu'elle a rameutées, l'Artiste, et Basile et Boris, serrés l'un contre l'autre sous un parapluie.

L'événement est d'importance, il sera gravé dans les annales, via les articles du *Télégramme* et d'*Ouest-France* qui seront découpés et rangés avec soin dans les tiroirs des buffets : une voiture dans le canal et des morts dedans, probablement. On ne voit pas comment il pourrait en être autrement. Combien de morts ? Trois sans doute. Sous son fichu en plastique, la vieille Channig est parcourue de doux frissons expectatifs.

Un plongeur remonte à la surface et ôte son masque. Le brigadier-chef Loussouarn se penche vers lui, hoche la tête, répercute l'information au gendarme Kerboul, qui blêmit et secoue la tête.

Pas bon signe, songent les curieux.

— Tu peux y aller, dit le brigadier-chef Loussouarn au garagiste.

Le moteur du treuil démarre, le câble se tend, les deux plongeurs se placent de chaque côté de la voiture – on devine leur tête sous l'eau – peut-être pour guider la voiture, faire en sorte qu'elle ne se mette pas tout de suite de travers, du côté des témoins on ne sait pas trop, mais on se dit que les pompiers savent ce qu'ils font.

Le raclement du câble sur le plateau scie les cœurs des vieilles en deux espoirs contradictoires : le bon, celui de la pitié, l'espoir que les petits enfants ne soient pas dans la voiture ; le mauvais, celui de calmer leur fringale de sensationnel dans l'achèvement de la tragédie, par la découverte des petits martyrs. Le mal l'emporte sur le bien : la frustration serait trop forte, si cette voiture était vide.

Le pare-chocs arrière et le coffre apparaissent.

Des cris : Ho ! Ho ! comme ceux qu'on lance aux chevaux.

Sylviane jaillit de la 4L et accourt. Le brigadier-chef Loussouarn lui barre le chemin.

— Vaudrait mieux pas que tu voies.
— JE VEUX VOIR !
— Ce ne sera sans doute pas beau à voir.
— JE M'EN FOUS !
— Attends...

Comme prévu, la voiture est bloquée contre la berge. Le garagiste donne du mou au câble, les plongeurs poussent – en vain –

sur l'épave. La voiture s'enfonce de nouveau. Le garagiste décroche deux barres à mine de son plateau, en tend une au gendarme Kerboul.

— Faudrait maintenir la bagnole un peu à distance du mur, pour qu'elle lève son cul.

— On bricole, c'est pas du boulot, dit le gendarme Kerboul.

— Pas moyen de faire mieux...

Des rideaux de pluie faseyent dans les cercles de lumière jaune. Les hommes sont trempés. Ils subissent la nuit et la pluie comme des soldats le feu roulant de l'artillerie.

On recommence la manœuvre, l'arrière de la 2 CV réapparaît, cogne contre le mur du canal, mais les barres à mine l'en éloignent un tant soit peu, et elle progresse en grinçant, s'élève à la verticale, ou presque.

— Diwallit[1] ! crie le garagiste.

Les plongeurs, la tête hors de l'eau, s'écartent. Dans un grincement métallique, le bas de caisse de la voiture rabote le mur et se coince sur l'arête en pierre. Le garagiste bloque le frein et coupe le moteur du treuil.

— Elle est calée ? demandent les plongeurs.

---

1. « Attention. »

— Ouais, c'est bon, elle bougera plus.

Le capot de la 2 CV est toujours dans l'eau. Les portières avant sont entrouvertes, l'eau ruisselle. Sylviane se précipite, le brigadier-chef Loussouarn la retient par le bras, craignant qu'elle ne se jette à l'eau.

— MES PETITS ! crie-t-elle.

On n'aperçoit aucun corps à l'avant de la voiture. Le gendarme Kerboul essaie d'ouvrir la portière arrière gauche, puis celle de droite.

— Elles sont bouclées, dit-il.

— J'y vais, dit un des plongeurs, toujours à barboter dans le canal.

Les curieux se sont approchés. Le brigadier-chef Loussouarn n'a pas le cœur à les prier de reculer. Il a envie de partager l'horreur. Qu'ils en prennent une partie à leur compte, ça lui en fera moins à porter.

Le plongeur s'agrippe à l'aile, pénètre dans la voiture, se met à genoux sur la banquette avant, déverrouille les taquets, ressort et remonte rejoindre les autres sur le chemin de halage.

— C'est pas la joie, à l'arrière, murmure-t-il.

Sylviane a sinon entendu du moins deviné ce qu'il a dit, et la gravité de ses mots, à sa mine.

— Ils sont là ? Je veux les voir ! Je veux les voir !

Basile et Boris l'entourent.

— Sylviane...

La portière arrière gauche est à hauteur de poitrine. Mince bout de tôle. Pour clore un tombeau ?

Le brigadier-chef Loussouarn abaisse la poignée, ouvre doucement la portière. Une marée d'eau du canal éclabousse ses brodequins. Il attend que la voiture se vide. Perde les eaux, songe-t-il. Il ne l'avouerait pas, mais il a envie de se signer. Il croit en Dieu, beaucoup moins en l'homme. Ce fils de paysan en a trop vu de dures, dans les campagnes, sous le fumier des omertas familiales, depuis qu'il est gendarme.

Il ouvre la portière. Son geste suspend le temps, statufie les témoins. Ah mon Dieu, mon Dieu, mon Dieu, ah nom de Dieu mon Dieu, qu'est-ce qu'ils vous avaient fait ces deux-là ?

Quand la voiture s'est levée, les deux petits corps ont basculé contre les dossiers en toile des sièges avant. Ils reposent l'un contre l'autre, les yeux fermés, comme des pantins dont les visages et les mains sont d'un blanc bleuté de marbre funéraire au clair de lune.

Sylviane avance d'un pas, le gendarme Kerboul la ceinture. Cependant, il n'a pas besoin d'affermir sa prise. Dans ses bras, prisonnière docile, la jeune fille est tétanisée, au milieu d'une constellation d'images qui, fixes d'abord, s'animent, sitôt qu'elle les regarde, les yeux écarquillés.

Le collant de laine de la petite Capucine, poché aux genoux : ses premiers pas, une chute, ses pleurs, apaisés par son doudou, qu'elle serre contre sa poitrine, en riant.

Le blouson molletonné du petit Louis : Sylviane se revoit l'acheter en solde dans une boutique de Briec, ah comme il avait été fier quand elle le lui avait enfilé, il faisait beau et froid, elle lui avait mis un bonnet et il était sorti taper dans une balle devant la maison.

Des milliers d'images comme celles-là, suivies de séquences du film de la vie, tourbillonnent parmi les étoiles, très loin au-dessus des nuages noirs dans la nuit noire, qui cloquent de gouttes noires l'eau noire du canal.

Pendant que Sylviane lévite avec les petits dans la clarté du paradis perdu, les plongeurs parlent à voix basse avec le brigadier-chef Loussouarn : non, aucune trace d'un troisième corps, la mère a dû dériver contre l'écluse, faudra sonder et y retourner voir dès qu'il fera jour.

Les pompiers ont étalé les deux petits corps sur une bâche. Le dos tourné, ils préparent des sacs.

— Ils sont morts ? souffle Sylviane.

— Malheureusement il n'y a plus rien à faire, dit le gendarme Kerboul d'une voix nouée.

Sylviane se jette en avant et tombe à genoux près des corps.

— MES PETITS ! crie-t-elle.

Le brigadier-chef Loussouarn s'agenouille près d'elle. Il songe à sa propre fille, à son petit-fils. Bon Dieu, si on le perdait, ce petit.

— Il faut être forte, dit-il. Ton petit frère et ta petite sœur sont morts.

Sylviane s'allonge sur les corps, les recouvre de ses bras, de ses jambes, de sa chaleur.

— C'est pas possible, c'est pas possible...

— Il faut laisser les pompiers faire leur travail, maintenant. Ils vont les amener à l'hôpital.

— JE VEUX ALLER AVEC EUX !

— Ça ne servirait à rien, dit le brigadier-chef Loussouarn, en songeant à l'autopsie. Et puis tu ne vas pas rester toute seule. Il vaut mieux que tu viennes avec nous à la gendarmerie.

— Vous m'arrêtez ?

Le gendarme est surpris par la dureté du ton et l'air de défi dans les yeux de la jeune fille. La question est tellement risible que pour un peu il en rigolerait. Il se retient.

— Mais non, pourquoi ?

Elle hausse les épaules.

— Je sais pas.

Dans l'impossibilité de faire demi-tour, le camion des pompiers démarre vers l'aval, en direction de la prochaine écluse, accessible par un chemin carrossable. Le garagiste suit.

— Il faut prévenir mon père, dit Sylviane. Il est à Quimper, en stage...

— On s'en occupe, dit le brigadier-chef Loussouarn. Viens, maintenant, il faut qu'on se sèche et qu'on mange quelque chose... Kerboul, tu restes avec Sylviane deux minutes ?

Le jeune gendarme passe son bras autour des épaules de Sylviane et l'emmène vers la 4L. Elle allume une cigarette.

— Je vais en griller une aussi, dit Kerboul.

Le brigadier-chef Loussouarn demande aux témoins :

— L'un d'entre vous a peut-être une idée des circonstances de l'accident ?

— Non, répondent Boris et Basile.

— Aucune idée, dit l'Artiste.

La vieille Channig agrippe la veste du brigadier-chef Loussouarn et lui susurre en aparté :

— Moi je pense qu'il y a du louche là-dessous. Là-haut, chez eux, aucun repas n'avait été préparé, mais l'Aurore avait mis un couvert.
— L'Aurore ?
— La mère des petits. Elle avait mis un couvert.
— Un seul ?
— Celui de la pikez[1], sûrement.
— Qui ça, la pikez ?
— Ben la Sylviane, leur aînée.
— Et pourquoi, pikez ?
— Parce que celle-là leur en a fait voir de toutes les couleurs, à ses parents ! Vous avez vu son allure ? Peuh ! Ça se maquille, ça fume et ça fréquente les hommes dans les cafés.

Loussouarn soupire. Débiner cette pauvre fille dans de telles circonstances... Il songe que ces vieilles sont impitoyables. Il imagine un tribunal de vieilles : les condamnations pleuvraient, avec elles le voleur de pommes récolterait perpète.

— Il ne faut pas juger les gens sur leur mine, mamm-gozh[2].
— Je ne juge pas les gens sur leur mine, je dis ce qu'il en est ! Et je ne vous ai pas tout dit.

---

1. Fille ou femme de mauvais caractère.
2. Grand-mère.

Loussouarn sourit intérieurement. Une constante, à la campagne, les enquêtes de voisinage vite bouclées. Suffit d'écouter déblatérer les vieilles pies. Pour ça, les gendarmes, issus du terroir, sont mieux placés que les flics, souvent étrangers au pays. Les gendarmes suscitent les confidences, qui ne sont souvent que des commérages. Quelle rumeur de lavoir, quel ragot de café de quatre-heures la vieille va-t-elle lui sortir ? Mais Loussouarn songe aussi, à l'inverse, que plus d'une affaire minable a été résolue grâce aux koñchennoù des mammoù-gozh[1], ces auxiliaires de justice planquées derrière leurs rideaux. S'il s'agissait d'un crime et non d'un accident, sûr qu'il écouterait patiemment cette vieille, reine des buses au regard perçant, avec ses yeux en œilletons de porte braqués sur l'univers des voisins, qu'ils grossissent comme des télescopes.

— Ah bon ? Et qu'est-ce que vous ne m'avez pas dit ?


La vieille Channig tire Loussouarn par la manche. Il comprend qu'il doit se pencher,

---

1. Racontars de grand-mères.

lui tendre le bénitier de son oreille pour qu'elle y déverse une quelconque saleté.

— Moi ça ne me regarde pas, je vous dis ça comme ça, mais le livret de famille était posé sur l'assiette.

Loussouarn a une bouffée d'adrénaline. En lui l'enquêteur reprend le dessus sur l'homme, sur le père et grand-père bouleversé par le drame. Il se figure le tableau, dans l'une de ces bicoques malsaines de Menglazeg. La cuisine, un sol en ardoise (forcément), une gazinière crasseuse à côté d'un évier craquelé, un buffet à deux corps, les verres en haut, les assiettes en bas, deux tiroirs, tire-bouchon, ouvre-boîte et bouts de ficelle dans l'un, paperasses et enveloppes ouvertes dans l'autre, une table et quatre chaises (pardon, cinq : les parents, les deux gosses noyés et la grande sœur), une toile cirée à motifs (des poules et des œufs, ou bien des petits chats et des petits chiens, ou encore des dames en crinoline avec ombrelle dans le parc d'un château), au milieu de la table un dessous-de-plat en céramique, un verre Duralex, un couteau, une fourchette et une cuiller, une assiette creuse (Loussouarn la voit creuse, à cause de la soupe, ces gens-là mangent de la soupe tous les soirs), et posé dessus le livret de famille.

Bon Dieu, ça alors. Drôle d'élément signifiant.

— Le livret de famille, sur l'assiette ?

— Parfaitement ! Je l'ai vu comme je vous vois. Demandez donc à la dame (elle désigne l'Artiste d'un coup de menton), elle l'a vu elle aussi, le livret sur l'assiette. Et il y a encore plus bizarre...

Loussouarn songe : Allons bon, où ça va nous mener, tout ça ? Il ne peut pas s'attarder, ce soir, il a un tas de formalités à préparer, suite à cet accident, et puis Kerboul et Sylviane l'attendent. Kerboul a ouvert le hayon de la 4L et ils fument à l'abri de ce toit improvisé.

Loussouarn demande – parce qu'il faut bien le lui demander, à la vieille, la caresser dans le sens du poil, éviter toute réflexion déplaisante, sinon elle pourrait se refermer comme une huître :

— Ah bon ? Quoi donc ?

— La Sylviane l'a ramassé dans le tiroir du buffet quand elle est remontée.

— Ramassé ? Vous voulez dire rangé ?

— Oh elle a cru faire son coup en douce, mais je l'ai bien vue le faire.

— Quand elle est remontée, vous avez dit ?

— Ben oui. Elle est rentrée de son travail comme d'habitude et comme il n'y avait personne à la maison, ni quoi que ce soit de préparé à part son assiette et le livret de famille dessus, elle est repartie sur sa Mobylette. Et puis elle est remontée en disant qu'elle était rentrée de son travail à pied.

Bon Dieu, songe Loussouarn, si je lui demandais les horaires à la seconde près, elle me les donnerait.

— Vous êtes sûre ?

— Oh sûre et certaine ! C'est la deuxième fois qu'elle est remontée qu'elle est venue nous demander à la dame et à moi si on n'avait pas vu sa mère et les petits. Après, elle a demandé de l'aide au gentil couple.

— Au gentil couple ?

— Les deux hommes qui vivent comme mari et femme. Elle est descendue au canal avec celui qui s'appelle Boris et puis après, tard dans la soirée, on a vu toutes ces lumières en bas, alors la dame et moi on est descendues au canal. Voilà comment ça s'est passé.

— Bon, bon, bon, fait Loussouarn.

— Vous allez interroger la Sylviane ?

— On va réfléchir à tout ça.

— Oh ça donne à réfléchir, le livret de famille sur l'assiette, hein ?

— Vous serez chez vous demain ?

— Où voulez-vous que j'aille ? Le seul voyage qu'il me reste à faire c'est pour aller au cimetière.

— Prenez votre temps, dit Loussouarn par politesse, alors que cette vieille le débecte, à franchement parler.

— Le plus tard sera le mieux, dit Channig avec un petit rire chevrotant. Pour ces pauvres petits et leur mère, c'est fini.

— Pour les petits, oui. Leur mère, on ne sait pas.

— Oh sûr qu'elle est quelque part sous l'eau à l'écluse.

— Nous verrons. Je reviendrai vous parler demain. Moi ou un autre. On mettra ce que vous m'avez dit noir sur blanc.

La vieille Channig regarde Loussouarn par en dessous et plisse les yeux.

— Vous n'êtes pas parent à Youenn Loussouarn de Lezebel par hasard ?

— Si. C'est un cousin germain.

— Ah je me disais bien qu'il y avait un air de ressemblance. Et donc, vous êtes de la famille des...

Loussouarn lui coupe le sifflet.

— Vous auriez dû faire carrière dans la gendarmerie, dit-il en s'éloignant.

— Si le bon Dieu nous a donné des yeux c'est pour regarder le monde autour.

— Rentrez vous mettre au chaud. A demain.

— Vous me trouverez à la maison à n'importe quelle heure.

C'est ça, à mijoter une marmitée de piques, se dit le brigadier-chef Loussouarn. Puis de nouveau il se figure le tableau, dans l'une de ces bicoques malsaines de Menglazeg.

Il voit le livret de famille posé sur l'assiette.

Un détail qui chamboule bien des choses...

# 9

*Mercredi 3 mars 1982, vers 23 heures*

Anéantie de chagrin et distraite par les gentillesses qu'on lui a procurées, Sylviane a cessé de se fouetter la cervelle de triples « pense à autre chose ». A-t-elle seulement *pensé*, depuis son arrivée chez le brigadier-chef Loussouarn ? Un chat au coin du feu ne pense pas. Or, c'est de façon purement animale qu'elle a ressenti la chaleur de l'appartement, le confort de vêtements secs légèrement imprégnés de l'odeur d'une autre, la satisfaction de se recoiffer et de se remaquiller – de retrouver figure humaine.

Elle a cru qu'on l'avait arrêtée et qu'on allait la planter sur une chaise menottée à un radiateur et que les gendarmes allaient la saouler de questions, jusqu'à ce qu'elle craque, comme dans les feuilletons à la télé. Elle était décidée à ne pas craquer.

Rien, je dirai rien. C'est un accident, point barre.

Au lieu de cela, le brigadier-chef Loussouarn l'a emmenée chez lui, un appartement dans un petit immeuble qui jouxte la gendarmerie. Mme Loussouarn, une dame dans la cinquantaine, était en chemise de nuit et robe de chambre. Elle regardait la télé. Loussouarn lui a parlé à voix basse, elle a hoché la tête, puis il est ressorti. Un instant plus tard, Sylviane a entendu la 4L démarrer.

Mme Loussouarn est une belle femme, grande et bien en chair sans excès, soucieuse de sa silhouette, sportive sans doute – natation et longues marches ? Même en négligé d'épouse prête à aller au lit, elle reste élégante. Sylviane remarque : pas de savates avachies aux pieds comme cette grosse pouffe d'Aurore boréale, mais de jolis chaussons fins comme des escarpins ; et on voit bien qu'elle va tous les mois chez la coiffeuse se faire faire des reflets auburn, pas comme ces bonnes femmes qui arborent leurs mèches grises comme des médailles du mérite d'être grand-mères. Sylviane est fascinée par ses cheveux épais – des cheveux d'actrice italienne, se dit-elle.

En un tournemain, Mme Loussouarn lui a réchauffé un restant de filet mignon et de riz.

— Mangez pendant que c'est chaud.
— J'ai pas faim.

— Il faut vous requinquer, récupérer des forces pour... La journée de demain ne va pas être de tout repos...

Sylviane n'a rien mangé depuis le plateau-repas de midi, à l'usine. La sauce moutarde aiguise son appétit. Elle avale une bouchée, puis une deuxième. Elle boit une gorgée du demi-verre de vin que Mme Loussouarn lui a servi. Elle songe à un western marrant vu à la télé, où le shérif et un truand sont les meilleurs potes du monde, mais le shérif a bouclé le truand et la femme du shérif lui sert un repas en cellule, un sacré gueuleton, avec tarte aux pommes et une montagne de crème fouettée pour finir.

— Je vais vous préparer un lit.
— Vous avez des enfants ?
— Trois grands enfants. Un fils aîné qui travaille dans les télécoms à Lannion. Il est marié et père d'un petit garçon. Un autre fils en fac de lettres à Brest et une fille en fac de droit à Rennes.

Putain, si j'avais eu des parents comme ça, songe Sylviane, moi aussi j'aurais fait des études. Réchauffée et les joues en feu – jamais elle n'a eu aussi chaud chez elle –, retapée par le repas qu'elle finit d'avaler, Sylviane se sent une autre, une fille bien, une fille qui aurait pu avoir un avenir, dans ce décor que d'aucuns qualifieraient d'ordinaire, mais pour elle luxueux : une table et des chaises de cuisine en bois blanc, tous les appareils nécessaires – frigo, gazinière à quatre feux, micro-ondes, lave-vaisselle –, salle à manger en acajou plaqué, salon avec une banquette et deux fauteuils de style rustique, bois chantourné et tissu à fleurs.

Dans la salle de bains, elle s'est séché les cheveux et a enfilé les chaussettes, le pull et le pantalon que Mme Loussouarn lui a prêtés le temps que ses vêtements sèchent sur les radiateurs. Comme le pantalon est trop large, elle a glissé le pull dedans, façon plouc, et du coup, sale coup, à se dire qu'elle est mal fagotée, ça lui rappelle le ramassage des haricots verts et comment les gens s'habillaient de vieilles fringues pour aller aux champs.

Ça lui rappelle son Paulo.

Peut-être qu'on devrait le foutre en taule, lui aussi.

Pourquoi « lui aussi » ? T'es pas en taule, t'es chez des gens. T'es chez des gens en train de manger un yaourt à la framboise. D'accord, d'accord, mais n'empêche, il joue un rôle, dans cette histoire, ce pauvre con de graine de parachutiste. S'il m'avait pas...

Fini, l'état de grâce de la stupeur repue de gentillesses. Misère de misère, voilà que l'horrible réalité des deux petits corps recouverts d'une bâche reprend le dessus, la danse des idées noires recommence.

Va falloir les cravacher, les salopes.

Pense à autre chose, pense à autre chose, pense à autre chose...

— Je vous montre votre chambre ?

— Si vous voulez...

Un couloir, au fond la chambre des parents, à droite la chambre des garçons, à gauche la chambre de la fille. Une jolie chambre, un musée des différents âges de l'étudiante en droit : des bouquins partout, des livres pour la jeunesse et des livres plus compliqués à lire, un poster géant de Marilyn Monroe, des photos encadrées, et puis, ah malheur, repoussées dans un coin, un monceau de peluches, qui devaient être sur le lit.

Sylviane éclate en sanglots.

— Les peluches, n'est-ce pas ? J'aurais dû les enlever.

— Non, non, laissez...

— C'est dur, c'est très dur ce qui vous arrive.

— Oui.

— Venez, je vais nous préparer une tisane, et après je vous donnerai quelque chose pour vous aider à dormir.

Sylviane opine, Mme Loussouarn la prend par les épaules et l'assied au salon dans un fauteuil, comme une malade, comme un pantin démantibulé au bout de ses ficelles que les idées noires tirent dans tous les sens.

Après que Paulo l'eut dépucelée, ils avaient refait la chose plusieurs fois, dans la remise de Pont-Maenglas. Et puis il était parti, et il lui avait écrit comme promis, aux bons soins de Raymond et Simone. « Tes parents sont au courant ? » demandait Simone la fouine.

Question idiote. Si mes parents avaient été au courant, on n'aurait pas eu besoin de boîte postale.

Sylviane vint récupérer son courrier et poster le sien à Pont-Maenglas, jusqu'au moment où elle déménagea « ailleurs ».

C'est ça, j'étais ailleurs.

Et d'ailleurs, c'est le cas de le dire, Paulo n'avait plus d'encre dans son stylo à bille.

Pas de nouvelles, bonnes nouvelles ?

Paulo refit surface quelque dix-huit mois plus tard. Il ne s'était pas engagé dans les paras mais dans l'infanterie de marine qui l'avait transformé en vrai mâle plein d'assurance. Déjà qu'il savait s'y prendre avec elle, l'année des haricots verts, alors maintenant... Il lui avait fait l'amour tous les jours ou presque, pendant quinze jours, non plus dans la remise, mais dans sa DS d'occasion, qu'il garait au bout d'un chemin creux.

Et il était reparti avec son 3${}^e$ RIMa, en mission à Djibouti, pour six mois qu'il avait dit, en promettant qu'ils se marieraient à son retour.

Compte là-dessus et bois de l'eau claire ! Une carte postale, c'est tout ce que j'ai reçu de lui, un mois après son départ. Et puis plus rien. Et sur la carte postale, même pas une adresse où lui écrire, à Paulo l'ordure. Mémé Léontine l'avait traité de bern teil, tas de fumier. Un gros tas, une montagne de fumier.

Alors, Sylviane avait encore séjourné « ailleurs ».

C'est ça, ailleurs.
Pas bien loin.
D'ailleurs.
Ricane-t-elle.


De la cuisine, où l'eau chante dans la bouilloire électrique, Mme Loussouarn s'inquiète :

— Vous avez dit quelque chose, Sylviane ?

— C'est de la faute de cette ordure de Paulo, marmonne Sylviane.

— Pardon ?

— Je parlais toute seule.

Mme Loussouarn pose deux mugs sur la table basse et verse de l'eau chaude sur les sachets de tisane.

— C'est à moi que vous devriez parler, dit-elle d'une voix douce, et Sylviane se sent fondre, voudrait que la femme du gendarme la prenne dans ses bras et la console comme un bébé.

Raconte à la dame... Tu es tombée ?... Ah ça, je suis tombée dans un trou. Au fond du trou... Et où tu as eu mal ? Montre à la dame... Oh le gros bobo !... Viens, on va mettre de l'eau froide dessus... C'est ça, de l'eau du canal.

La commisération de Mme Loussouarn est sincère, mais non dénuée de professionnalisme. Elle en a pris des dépositions, de filles déboussolées, violées ou battues, et souvent les deux, au cours de sa carrière. Pendant quinze ans, à la fin desquels elle a fait valoir ses droits à la retraite proportionnelle des mères de famille nombreuse, elle a elle-même été gendarme et officier de police judiciaire.

Avant de retourner à Menglazeg le chercher, son mari lui a parlé de ce livret de famille posé sur l'assiette. Entre gendarmes expérimentés, nul besoin de tenir un briefing pour convenir qu'en présence d'un tel élément signifiant la voiture dans le canal et les deux pauvres petits noyés à l'intérieur, ça ne peut pas être un simple accident. Pas un crime non plus, encore que, sait-on jamais.

Loussouarn n'a pas demandé à sa femme d'interroger Sylviane. Ils connaissent tous deux la loi et le code de procédure pénale, n'ignorent pas que Sylviane, dans leur appartement, c'est une situation bâtarde. Tant qu'il ne s'agit que d'un accident, pas de problème, l'héberger et la réconforter, c'est faire preuve de charité chrétienne. Mais si... Ah! Si jamais il y avait quelque chose de pas propre là-dessous... Loussouarn ne devrait-il pas en référer immédiatement à ses supérieurs de Quimper? Peut-on parler d'audition libre de Sylviane? Hum! Les témoins sont entendus à la gendarmerie, pas dans les appartements privés du chef de brigade.

Loussouarn a mis la main sur le livret de famille, tout bêtement rangé dans le tiroir du buffet. Il ne lui a pas appris grand-chose : trois enfants sont nés en moins de quatre ans, Sylviane en 1964, et deux garçons, Johnny et Eddy, en 1965 et 1967 – où sont-ils, ces deux-là? Et puis, un bail plus tard, Louis et Capucine, les petits noyés du canal.

En roulant de Menglazeg à Briec, Loussouarn s'interroge.

Si on trouve le corps de la mère contre l'écluse où normalement il doit être coincé, on pourra parler d'accident. Ou de suicide. La mère se serait suicidée en noyant les petits avec elle. Qu'est-ce qui l'aurait poussée à une telle extrémité ? Si elle n'a pas laissé un mot, on ne le saura jamais. Et ce sera un simple accident.

Si on ne le trouve pas le corps de la mère, alors là, ça change de tournure. On se dirige tout droit vers un double infanticide. Annoncé par le livret de famille posé sur l'assiette ? Une chose est à peu près sûre : Sylviane, la grande sœur des petits noyés, sait ce que signifie ce livret de famille en évidence sur la table.

En roulant de Menglazeg à Briec, Loussouarn a ruminé tout cela, de même qu'il a tourné et retourné dans tous les sens une question délicate : quelle attitude tenir vis-à-vis de la jeune fille ? Douceur ? Fermeté ? La laisser tranquille jusqu'au lendemain ? *Entendre* le père d'abord ? Si la mère a disparu (si on ne retrouve pas de corps), il faudra peut-être mettre la fille et le père en garde à vue. Qu'ils crachent le morceau à propos de ce livret de famille. La garde à vue, c'est lourd de sens. En garde à vue, à quel titre ? Loussouarn se dit : On verra ça demain matin.

Il entre dans l'appartement. Il voit Sylviane de dos, voûtée sur la table basse. Il voit sa femme de face. Elle bat des paupières. Il comprend. Ne rien dire. Il referme la porte sans bruit et demeure sur le seuil de la salle à manger.

— C'est de ma faute s'ils sont morts, dit Sylviane.

— Allons, c'est un accident... Personne n'y pouvait rien.

— SI ! MOI !

— Vous vous faites du mal, Sylviane. Ça ne sert à rien, ça ne ressuscitera pas votre petit frère et votre petite sœur...

— Ma petite sœur et mon petit frère, tu parles !

Loussouarn et sa femme frémissent. Ils ont reconnu le ton amer annonciateur de l'aveu, ce fil tendu au-dessus du silence entre les deux pôles contraires de l'entêtement et du soulagement.

— Dites-moi ce que vous avez sur le cœur, Sylviane, ça vous soulagera.

Sylviane met ses mains en conque autour de son mug, comme le faisaient pépé Martial et mémé Léontine avec leurs grogs.

— Y a que mémé Léontine qui me comprend.

— Je vous comprends aussi... J'ai l'âge d'être votre maman...

— Ma mère, cette saloperie de grosse pouffe ! crache Sylviane.

— Allons, Sylviane, ne dites pas des choses comme ça de votre maman, de la maman de ces pauvres petits...

— Un rêve !

Sylviane éclate en sanglots. Loussouarn en profite pour entrer dans la pièce. Il ôte sa veste et sa cravate et, en bras de chemise, s'assied dans le canapé. Il pose le livret de famille sur la table basse et dit doucement :

— Je l'ai trouvé dans le tiroir du buffet.

Sylviane ne relève pas la tête. Les larmes coulent sur ses joues, sur son menton, dans son cou.

— Alors vous savez tout ?

Un pas sur le fil. Un deuxième et les aveux suivront. Les équilibristes ne reviennent jamais en arrière.

— Eh bien oui, ment Loussouarn. Seulement, j'ai besoin que tu m'expliques certaines choses.

— Lesquelles ?

— Je ne sais pas. On pourrait commencer par le livret de famille. Pourquoi était-il posé sur l'assiette ?

— C'est la vieille qui vous l'a dit ?

— Oui.

— Une idée à elle, sûrement.

— A elle ?

— A ma mère.

— Et pourquoi ? Que voulait-elle te dire en posant le livret de famille en évidence sur la table ?

— Vous avez bien vu...

— La voiture dans le canal ?

— C'est de ma faute. Tout est de ma faute.

— Raconte-moi, Sylviane...

— C'est moi qui les ai tués.

— Allons, c'est impossible, tu revenais du travail... Tu n'étais pas là quand la voiture est tombée dans le canal...

— Non, j'étais pas là, mais c'est pareil. C'est à cause de moi qu'ils sont morts. C'est comme si je les avais tués.

— Dis-nous pourquoi tu penses une telle chose, Sylviane, dit Mme Loussouarn.

— Je peux fumer ?

Fumeurs repentis, Loussouarn et sa femme interdisent à leurs enfants de fumer à l'intérieur de l'appartement, mais ils savent que le tabac apaise, que la cigarette est une béquille, que la gestuelle du fumeur est une façon de signer un pacte entre le prévenu et celui qui l'interroge.

— Bien sûr...

Mme Loussouarn apporte un cendrier, Sylviane allume une cigarette, inhale profondément, exhale...

— Je vous préviens, c'est pas un conte de fées...

Et voilà, songe Loussouarn, c'est parti, l'équilibriste ne reviendra pas en arrière au-dessus du gouffre du silence.

— Parce que, ajoute Sylviane en grimaçant, petit Louis et Capucine n'étaient pas mon petit frère et ma petite sœur.

Elle fixe Loussouarn droit dans les yeux pour mesurer l'effet produit par sa révélation. Bien qu'il sente son estomac se creuser et comme un grésillement courir partout sur sa peau, le gendarme ne cille pas. D'un léger sourire amical – maternel ? –, Mme Loussouarn raffermit l'empathie qui les lie tous les trois.

— Comment cela, Sylviane ? demande-t-elle d'une voix douce.

— Puisque vous voulez tout savoir, je vais vous le dire. Petit Louis et Capucine, c'étaient mes petits. C'étaient mes enfants à moi !...

Loussouarn et sa femme sont mariés depuis presque trente ans. Un bref regard échangé leur suffit à savoir que l'autre, aussi, sent ses cheveux se dresser sur sa tête, face à l'innommable.

— MES ENFANTS A MOI ! Noyés par ma faute...

— Ne t'accuse pas à tort, Sylviane, dit Loussouarn.

— Oh vous allez voir... Après ça, vous me collerez les menottes... Je m'en fous d'aller en taule... En taule ou ailleurs, n'importe comment ma vie est foutue...

# 10

*Mercredi 3 mars 1982, 23 h 45*

— Je peux avoir une bière ? demande Sylviane.
— Bien sûr, dit Mme Loussouarn en se levant.
— Prends-m'en une aussi, dit Loussouarn à sa femme.
Sylviane allume une cigarette. Mme Loussouarn rapporte deux canettes de trente-trois centilitres embuées. Elle les ouvre, remplit deux verres à moitié, les pose sur la table basse. Sylviane boit une longue gorgée.
— Elle est bonne, dit-elle.
— Elle n'est pas forte, dit Loussouarn.
— A Pont-Maenglas, y avait que de la Krone...
Le gendarme et sa femme sont suspendus aux lèvres de Sylviane.
— Bon, faut que j'y aille, hein ?
— Jusqu'au bout, Sylviane ! dit Mme Loussouarn.
Puis, craignant que la jeune fille ne se braque, elle bémolise l'impératif.

— Enfin, je pense qu'il vaut mieux que tu ailles jusqu'au bout, maintenant.

Sylviane boit une autre gorgée de bière, écrase sa cigarette, en allume une nouvelle, arrondit sa bouche autour du filtre et sourit de travers, comme si elle voulait en rajouter dans le vulgaire, sous l'influence des mots vulgaires qui s'écrivent dans sa tête, des mots et des phrases qu'elle ne peut pas prononcer devant le gendarme et sa femme, ces gens bien qui lui font mesurer le fossé infranchissable entre la société normale et la vie qu'elle a eue à Menglazeg.

Elle cherche la solution, et la trouve : dans sa tête, elle va poursuivre son récit, facile à raconter avec ses mots à elle, et puis, au fur et à mesure, trier à l'intention de ses confesseurs les mots convenables qu'elle va extraire de son monologue intérieur.

— Bon, je crois qu'on m'attend, hein ?

— Nous avons tout notre temps, Sylviane, dit Loussouarn.

— En fait, j'avais que treize ans, la première fois que je suis allée avec Paulo... Petit Louis, je l'ai eu à quatorze ans...


A Menglazeg, le progrès ne passait pas. La plupart des copines, au collège, mettaient des tampons, mais moi j'avais toujours droit aux serviettes et mon pauvre père, depuis mes premières règles, se tapait le double de lessive hygiénique. Quand sa corvée a diminué de moitié, il en a parlé à la grosse pouffe, faut croire, puisqu'un jour, affalée sur le canapé, elle m'a demandé, entre deux claquements de bulles de chewing-gum :

— T'as pas eu tes ours ce mois-ci ?

— Ben non, j'ai dit, c'est pas toujours régulier.

— Ouais, la croissance...

Idiote comme j'étais, j'ai pas pensé tout de suite aux petites graines de Paulo. Je ferai attention, qu'il m'avait dit, je me retirerai. Je savais même pas ce que ça voulait dire, faire attention et se retirer. J'en avais une vague intuition, mais comment faire la différence entre ce qui n'est pas allé à l'intérieur et ce qui coule après ? Et puis c'est pas ça l'amour. Quand on est folle amoureuse, qu'on se prend pour la belle au bois dormant réveillée d'un baiser, on zappe des choses aussi dégueulasses.

Au deuxième mois de retard, la discussion s'est corsée. Les troubles de la croissance, c'était bien beau, mais ça suffisait pas comme explication. Et puis l'Aurore boréale, elle connaissait la musique, et encore plus qu'on pouvait le penser, vu qu'elle avait déjà eu un gosse à seize ans, comme elle serait bientôt obligée de le dire à mon père. Les femmes qui ont eu des gosses reconnaissent à un je-ne-sais-quoi dans l'œil celles qui ont dans le ventre une petite graine qui a germé. Et moi j'ai fini par les ouvrir, mes yeux. Je me suis dit que j'étais bel et bien en cloque. Putain, l'horreur, à treize ans et demi. Je serais la honte du collège, quand ça se verrait. Heureusement pour la suite que j'avais pas raconté aux copines que j'avais sauté le pas avec un apprenti parachutiste. Pourtant ça m'avait démangé, de faire la fière, de jouer les dessalées. Dans ma bêtise suprême, j'ai caressé le fol espoir qu'on oblige Paulo à m'épouser, tout en pensant que d'un autre côté sa carrière militaire serait foutue et qu'il m'en voudrait.

La honte de la famille, j'y ai à peine pensé. Le pauvre père et l'Aurore boréale, surtout elle, y ont pensé à ma place, après la Grande Explication, qui a été des plus courtes, faut bien dire. C'est l'Aurore qui a mené l'interrogatoire. Le père, lui, s'est contenté de regarder la table en papillonnant des paupières, avec cet air de bénédictin en prière pour le salut des mouches qui prennent sa tonsure pour un terrain d'aviation.

— T'es allée avec un gars ? m'a demandé la grosse pouffe.

Je pouvais pas dire non, j'étais dans le pétrin, j'allais avoir besoin d'eux, mes vieux, aussi tartes qu'ils soient. Mon destin était entre leurs mains.

— Oui.
— Avec qui ?
— Un gars des haricots verts.
— Un jeune ou un vieux ?
— Un jeune.
— Il habite dans le coin ?
— Je sais pas trop. Il s'est engagé dans les paras.
— Il t'envoie des lettres ?
— Des fois. A Pont-Maenglas.
— Tu lui réponds ?
— Ben oui.
— Tu lui as dit que t'étais enceinte ?
— Ben non.

L'Aurore a poussé un ouf de soulagement.

— Tu lui diras rien !
— Mais c'est le père, il voudra se marier avec moi.

— Se marier avec une gamine de quatorze ans ? Tu rêves ! Il faut pas qu'il sache qu'il t'a mise en cloque. D'ailleurs, je suis prête à parier que tu le reverras plus. Un parachutiste, tu parles !

— Il l'est pas encore. Il fait une préparation. Il a juste dix-sept ans.

— C'est pas plus mal. Il t'oubliera encore plus vite. Parce que ton petit, on va le garder pour nous.

— Hein ? a fait mon père.

— Parfaitement ! Ce sera notre petit. Il remplacera les trois qu'on m'a enlevés.

— La DDASS ne nous en a pris que deux.

— Plus le premier.

— Quel premier ?

— Je me suis trouvée dans la même situation que Sylviane. Sauf que j'avais seize ans, pas quatorze. Mes parents n'en ont pas voulu, j'ai accouché sous X.

— Hein ?

Hein ? Hein ? C'était tout ce qu'il trouvait à dire, mon pauvre père, et c'était plutôt triste, cette gentillesse qu'il avait en lui. Avec un père comme lui, j'étais tranquille : il n'allait pas me traiter de pute ni me taper dessus de son bras valide. J'en ai pleuré. L'Aurore a cru que je chialais sur mon sort, que je versais des larmes de pénitence, alors que je pleurais sur mon père, trop bon, trop con, qui encaissait comme ça, tout bêtement, le fait que sa femme avait eu un gosse plusieurs années avant leur mariage. Et moi qui lui causais tant de mal, à mon pauvre père, cet amoché de la vie, à cause de mes parties de jambes en l'air avec Paulo.

J'ai continué à pleurer en pensant à pépé Martial et à mémé Léontine. Eux non plus n'allaient rien me reprocher. Ils allaient encaisser ça comme un malheur de plus, dans cette vie dont ils n'attendaient plus rien.

— T'en fais pas, a dit l'Aurore, tout va s'arranger.

Et alors là, chapeau l'Aurore ! La grosse loche, ce marshmallow à pattes qui semblait incapable d'aligner deux idées de rang, a tout combiné, sans hésiter, de petit a à petit b, et de petit b à petit c, et ainsi de suite, preuve qu'elle connaissait son alphabet.

— D'abord, elle a dit, c'est pas possible qu'on déclare sa grossesse. Avec le pedigree que j'ai, ce gosse que j'ai eu à seize ans et que mes parents m'ont obligée à abandonner, avec le pedigree qu'on a, Johnny et Eddy qu'on nous a pris, la DDASS ne nous laisserait pas élever le petit d'une gamine de quatorze ans.

Ça paraissait logique, mais il y avait des failles, que j'entrevoyais plus ou moins, un gosse ça passe pas inaperçu comme un petit chien ou un petit chat, mais j'ai rien dit, c'était pas le moment de la ramener.

— Faut camoufler ta grossesse, a décidé la grosse pouffe.

À partir du quatrième ou du cinquième mois, ou avant si jamais j'étais mal fichue, je sécherais le collège. On dirait que j'avais chopé la tuberculose et que j'étais en convalescence dans les montagnes. En quelque sorte, j'y serais, puisque je demeurerais cloîtrée chez pépé et mémé, dans les Montagnes Noires, au pied de la butte de Karn-Bruluenn où seuls les corbeaux et les buses me verraient. J'accoucherais en douce.

Et c'est comme ça qu'on a fait. Mémé Léontine m'a confectionné un nid douillet dans le lit clos. On était en hiver, pépé Martial gardait du feu en permanence dans la cheminée et la cuisinière pour pas que j'aie froid. Quand le facteur venait payer sa retraite à pépé Martial, je me planquais et on rigolait bien, comme si on jouait à cache-cache. Si on oublie mon état, cet hiver et ce printemps passés chez eux ont été les plus beaux mois de ma vie. Mémé Léontine me préparait de bons petits plats.

— A un âge normal, il faut déjà nourrir la mère et l'enfant. Alors, à ton âge, en pleine croissance, il faut manger deux fois plus.

Pourtant, quelques jours après mon arrivée, elle s'était lamentée.

« C'est le garçon qui allait autour de toi aux haricots ? Ah si j'avais su je ne t'aurais pas amenée avec moi. C'est de ma faute, finalement.

— Mais non, mémé, c'est de la mienne.

— Oh non, sur a-walc'h[1] ! Les filles sont fabriquées pour céder aux belles paroles. Si ce n'est pas de ma faute, ce n'est pas de la tienne non plus, c'est de la faute du cochon qui ne t'a pas respectée.

— C'est de la faute à personne, c'est comme ça », disait pépé Martial, quand il parlait, ce qui était rare.

Des fois il ajoutait :

« N'importe comment, depuis que je suis revenu du stalag, tout est allé de travers. »

Mon pauvre père et pépé Martial, derrière leurs yeux qui souriaient tout le temps, ils cachaient cette sorte de déprime que je remarquerais plus tard à l'usine, chez les vieux ouvriers usés, qui ne répliquaient pas aux contremaîtres, n'avaient plus la force de se révolter, acceptaient tout, sans un mot. On leur aurait dit de bouffer des boyaux de saumon sous peine d'être virés qu'ils l'auraient fait, je crois bien. C'est plus tard, aussi, que je me suis dit que pépé Martial et mon père avaient une tête à se pendre un jour. Tel père, tel

---

1. Littéralement : « sûr assez ». Sûrement.

fils... Y a pas de place pour les gentils dans ce monde de tordus.

Tout de suite après ses lamentations, mémé Léontine est devenue philosophe :

— Bah ! Tu n'es pas la première ni la dernière à qui ça arrive... Jamais je n'aurais pensé être grand-mère de si bonne heure. Finalement, ce n'est pas plus mal. J'aurai plus de temps pour profiter du petit.

Ma mère n'est pas venue me voir une seule fois. Mon père venait de temps en temps, en rentrant du boulot. Il paraissait encore moins dans son assiette que d'habitude. Evidemment, quelque chose se tramait, et l'Aurore boréale lui avait dit de la boucler. Les gentils, c'est des bœufs qui se laissent mener à l'abattoir.

Plus la date de l'accouchement se rapprochait, plus j'avais la trouille. Comment on allait faire ?

— On ne peut pas faire autrement que de s'en occuper toutes les deux, me rassurait mémé Léontine. Il n'y a pas encore longtemps que c'était comme ça. On n'allait pas à l'hôpital ni à la clinique. Quand ton père est né, il n'y avait personne autour de moi, à part une voisine. Il n'était pas question d'hôpital ni de sage-femme en ce temps-là. Ne t'inquiète pas, il n'y a pas de raison que ça ne se passe pas bien. Et s'il y avait un

ennui, malgré ce que nous a dit ton père, on appellera le médecin de Laz.
— Qu'est-ce qu'il a dit, mon père ?
— Tu le sais bien, qu'il ne faut pas que ça se sache, non ? Mais en cas de nécessité, ça se saura, puisqu'on appellera du monde à la rescousse, je te le promets. Tu ne t'en feras pas, comme ça ?
— Non, mémé. Tu es gentille, toi.
— Et ton pépé, il n'est pas gentil ?
— Ben si, lui aussi.
Chez eux, je n'étais plus qu'une toute petite fille, mais qui allait accoucher d'un bébé. Un vrai bébé, pas un baigneur pour jouer à la poupée.
Mémé Léontine et moi, on avait calculé la date. Il devait naître début juin, il s'est annoncé au milieu du mois de mai.
— Un premier est souvent en avance, a dit mémé Léontine.
J'ai cru que j'allais crever. Aujourd'hui, tout en sachant que c'est pas possible, je dirais que les douleurs ont duré huit jours et le travail au moins trois. Mémé Léontine me disait pousse, pousse, et je poussais, dans le lit clos je dégoulinais de transpiration, je hurlais de douleur, et mémé Léontine me disait crie autant que tu veux si ça te fait du bien, ici personne ne t'entendra.
Elle me tâtait, se rassurait elle-même en disant pourtant il se présente bien, mais

déjà que chez des femmes mûres le passage est étroit, alors à ton âge, quand le corps n'est pas encore tout à fait formé... J'imaginais le bébé coincé, peinant à respirer, et son petit cœur qui lâchait, finalement. Mémé Léontine l'imaginait aussi, je suis sûre, car pépé Martial se tenait sur le qui-vive, prêt à enfourcher son vélo et à foncer jusqu'à l'Auberge du Saumon téléphoner aux pompiers. Le bébé et moi on serait sauvés, mais...

C'est sans doute l'idée de la honte et de tout ce qui s'ensuivrait qui m'a forcée à donner un coup de collier, comme disent les hommes à l'usine. J'ai poussé à m'éclater le cœur et j'ai hurlé à me casser les cordes vocales. Ces hurlements, j'avais l'impression qu'ils venaient d'une autre, que je me regardais souffrir, comme dans un cauchemar où l'on se voit de l'extérieur tout en ressentant les choses de l'intérieur.

Et puis j'ai senti que quelque chose se déchirait, là en dessous, au milieu, et l'enfant est sorti. Je suis tombée dans les pommes, épuisée. J'ai été réveillée par des cris. C'était un garçon. Mon bébé était né, il criait ses bonjours à la vie. Il avait de la voix, je n'en avais plus.

Il était beau comme un ange, avec des cheveux blonds qu'on aurait presque pu peigner, déjà. Il n'était pas bien gros.

Mémé Léontine l'a pesé sur sa balance à peser les ingrédients pour ses gâteaux bretons. Le bébé sur un plateau – il hurlait, le pauvre ! –, sur l'autre deux kilos de sucre, un paquet de farine d'une livre et une demi-livre de café : la balance était presque équilibrée. A quelques grammes près, deux kilos et sept cent cinquante grammes.

Tout était prêt. Mon père avait apporté tout ce qu'il fallait : langes, vêtements, lait en poudre et biberons. Il n'était pas question que j'allaite puisque j'allais retourner au collège aussi sec.

Le bébé était né à quatre heures de l'après-midi, il a dormi une nuit à Karn-Bruluenn dans mes bras, et le lendemain soir mon père est venu nous chercher et je suis rentrée au bercail, dans le noir, en douce, comme une prisonnière qu'on transfère de la prison au couvent, chez les cloîtrées qui ont fait vœu de silence. Interdiction d'ouvrir la bouche devant les étrangers à la tribu. Je l'ai quand même ouverte lorsqu'on a parlé prénom.

— Comment tu veux l'appeler ? m'a demandé mon père.

— Dick ce serait pas mal, a dit l'Aurore, en pensant sans doute à Rivers, une autre de ses idoles des sixties.

— Louis, j'ai dit, sans trop savoir pourquoi.

A cause des rois de France, de Saint Louis, peut-être. Je trouvais que c'était joli et classique, Louis. Que ça annonçait un joli destin. Un Louis ne pourrait que sortir de la mouise de Menglazeg, tandis qu'un Eddy ou un Johnny ou un Dick, ça sonnait vieux loubard et mec ringard plombé à la dope et voué à l'éternel chômedu.

La grosse pouffe a cédé facile, sûrement parce qu'elle s'en foutait, dans le fond.

— Si tu veux, elle a dit. Ton père ira le déclarer à la mairie demain.

— Le déclarer ?

— On le mettra sur notre livret de famille.

— Ah bon ?

— Faut bien. Ton père a le certificat du docteur.

— Quel docteur ?

J'y comprenais plus rien.

— Celui qui le suit, pour son bras et son dos de travers.

Le père souriait des yeux, mais n'avait pas l'air très fier de lui, ni de moi non plus, j'imagine.

— Je lui ai dit que ta mère avait accouché à domicile et il a signé le papier pour déclarer le bébé à la mairie de Saint-Quelven.

— Y a pas de lézard, il portera le même nom que toi, Yvinou, a dit l'Aurore.

Sur le coup, ça m'a semblé logique par rapport au fait qu'il fallait cacher que j'avais accouché. Et quelle importance ça avait ? Pourvu que mon petit grandisse en bonne santé, auprès de moi.

— Pour le voisinage, a continué l'Aurore, j'ai fait semblant d'être enceinte. Alors tu la fermes, t'amuse pas à dire des conneries...

Au moment du soi-disant arrondissement de ses formes, elle s'était collé des couches de vêtements là où il fallait, et un oreiller pour terminer.

L'Artiste est venue voir le bébé de l'Aurore boréale.

Mon bébé.

— Il est adorable ! Et c'est fou ce qu'il ressemble à Sylviane. Un vrai miracle ! Et dites-moi, combien d'années après les derniers qu'on vous a pris ?

— Plus de dix ans. Quatorze depuis Sylviane.

— Vous ne deviez plus vous y attendre... Surtout avec votre ligature des trompes...

— Un retour d'affection, a minaudé la grosse pouffe avec fierté. La nature fait bien les choses, quand elle veut.

— En tout cas, vous en avez de la chance ! Et le petit Louis aussi. Il aura une grande sœur pour s'occuper de lui.

Boris et Basile, le gentil couple, se sont extasiés devant le petit comme s'ils auraient aimé en avoir un. Et ils ont dit la même chose que l'Artiste :

— C'est un veinard, il aura une grande sœur pour le chouchouter.

C'est ce qu'a pensé l'assistante sociale de la DDASS, alertée par la mairie. Le père et la mère avaient réussi à m'élever correctement, alors on leur laissait le petit Louis, en quelque sorte sous ma surveillance, mais gaffe, hein, au moindre problème ils seraient obligés de le leur prendre.

Le prendre, mon bébé ! Ah pour être chouchouté, il a été chouchouté, le petit Louis. Je suis retournée au collège, bien pâle et bien fatiguée comme la convalescente que j'étais supposée être, mais j'avais qu'une hâte, rentrer à la maison pour m'occuper de mon fils.

Je foutais plus rien à l'école. Avec ce que j'avais vécu, je trouvais les filles complètement tartes. Leurs histoires d'amour, leurs rêves gnangnan piochés dans les romans-photos de *Nous deux*, *Bonne Soirée* ou *Intimité* de leurs mères, ils me passaient par-dessus la tête. Je les écoutais même plus. Les garçons, c'était pire encore : des gamins, des communiants, juste bons à ricaner en reluquant des revues pornos piquées aux grands frères.

J'ai redoublé ma quatrième, et à partir de là mon destin a été tout tracé : collège technique ou apprentissage. Ça a été l'apprentissage, à l'usine à saumon fumé, pour passer un CAP hygiène de l'industrie alimentaire. Tu parles, CAP de technicienne de surface, comme on dit maintenant pour les femmes de ménage. Sauf que là, à l'usine à saumon, c'était pas le ménage en babouches et tablier blanc, un nœud dans les cheveux et un plumeau à la main. C'était bottes et ciré et quatre pulls et caleçon long pour pas se cailler dans les chambres froides à manier le jet haute pression. Je m'en foutais totalement. Il n'y avait qu'une chose qui comptait, mon bébé.

J'ai emprunté un livre de puériculture à la bibliothèque du bourg et pendant le mois que j'ai pu le garder, je l'ai pratiquement recopié. Les biberons, la toilette, les soins à son zizi, tout. Je faisais une liste des choses à acheter et mon père les rapportait de la pharmacie de Pleyben. La grosse pouffe renaudait un peu.

— Ça coûte cher, qu'elle râlait.
— On touche les allocations pour lui, répondait le père.

Petit Louis dormait dans ma chambre, dans le berceau, si on peut appeler ça un berceau, presque aussi grand qu'un lit de grande personne, qui avait été celui de mon père, fabriqué par son père nourricier, puisqu'il est né de vrai père inconnu et d'une mère qui a fini sa vie à l'asile. Aujourd'hui, je me dis que ce berceau devait porter malheur.

N'empêche que petit Louis a poussé comme une jolie fleur. Comme un crocus qui pointe le bout du nez et fleurit quel que soit le temps. Toujours de bonne humeur, presque jamais de rhumes, presque jamais de fièvre. C'était rare que j'aie besoin de le prendre avec moi dans mon lit, oh c'est pas que ça m'aurait dérangée qu'il dorme tout le temps avec moi, mais j'avais lu dans le livre de bibliothèque qu'il ne faut pas habituer les bébés à ça.

Mémé Léontine était folle de son arrière-petit-fils. Quand pépé Martial et elle venaient manger le dimanche midi – mon père allait les chercher en 2 CV –, ou bien quand on allait goûter chez eux, elle le couvrait de baisers et de trucs qu'elle lui tricotait. Elle s'était mise à tricoter pour un régiment, avec la laine de pulls à elle qu'elle détricotait.

— Ma ! elle disait, c'est un vrai mabig[1] Jésus que tu nous as fabriqué, Sylviane. Hein, Loeiz bihan[2], que tu es un petit enfant du bon Dieu ? Tout le monde t'aime !

C'était vrai. Pour être honnête, je dois dire que l'Aurore s'en occupait mieux qu'une nounou diplômée. Elle lui donnait un bain tous les jours dans une bassine. Il fallait faire chauffer de l'eau, mon père n'arrêtait pas de changer les bouteilles de gaz. Elle respectait les menus que j'écrivais dans un cahier, elle triait pour lui les meilleurs légumes, enlevait le gras du jambon, flairait le poisson avant de le découper en petits morceaux à la fourchette. Des fois, la nuit, elle entrait dans ma chambre.

— Qu'est-ce que tu fous là ? je disais.

— Je viens voir s'il respire bien.

Une vraie fixation. Petit Louis, c'était son Johnny et son Eddy qu'on lui avait pris. L'assistante sociale n'en revenait pas.

— Quelle métamorphose, madame Yvinou ! Vous voilà une parfaite maman.

— Oh je ne suis plus jeune et bête, se pâmait la grosse pouffe.

Jeune et bête, je le prenais pour moi. L'assistante sociale a espacé ses visites. Il

---
1. Petit garçon.
2. « Petit Louis. »

n'y avait plus rien à craindre, la DDASS ne nous prendrait pas notre petit Louis.

C'est quand il a commencé à parler que la zizanie s'est installée entre nous. Il a d'abord dit « papa », et ça me faisait grincer des dents qu'il appelle son grand-père papa. J'avais des pensées pas très charitables. Son « papa » : son grand-père, mon père, et un infirme en plus, alors que son vrai père était un super beau gosse.

Quand il a dit « maman », je me suis sentie carrément volée.

— Tu vois un moyen de faire autrement ? m'a piquée l'Aurore. Tu veux qu'il m'appelle mémé ou mamie et que tout le monde sache d'où il vient ?

Elle jouissait, la vache, parce que j'étais coincée. On a passé un deal : elle, ce serait maman tout court, et moi, « maman Sylviane ». Je voulais qu'il s'habitue, pour plus tard, quand je me tirerais avec lui de Menglazeg. J'allais pas finir mes jours dans ce bled. A ma majorité, je me voyais bien partir à Dache, chercher un boulot, prendre un appartement HLM et vivre ma vie avec petit Louis et un mec sympa qui m'accepterait telle que j'étais.

Les gars, je les regardais plus. Pourtant, il y en avait qui me tournaient autour, à l'usine, des mecs de dix-huit ans qui allaient bientôt partir au service, et d'autres qui en revenaient et que mon jeune âge ne rebutait pas. Il y avait les mecs de seize et dix-sept ans, et certains étaient mignons tout plein, que je côtoyais en cours théoriques, des apprentis en CAP d'aide-cuisinier, qui apprenaient comme moi les histoires de microbes et de bactéries, et comment se laver les mains après être allé aux cabinets, et les vertus de l'eau chaude et de l'eau de Javel qu'il faut toujours mélanger à de l'eau froide. Tous ces gars, je les regardais pas, je rêvais même pas qu'ils me prennent par la main. Alors, le reste…

Peut-être que j'étais toujours amoureuse de Paulo, plus beau encore dans le souvenir que dans la réalité. Mais surtout, j'évitais de regarder les gars et de répondre à leurs avances parce qu'ils me collaient une trouille pas possible. J'aurais bien flirté un peu, comme les autres filles, mais moi je connaissais la musique, et je me disais que si je les laissais ne serait-ce que me caresser le menton, je risquais de perdre la tête comme je l'avais perdue dans les bras de Paulo, et patatras, bingo !

Les gars, je les voyais comme des nids à microbes, des microbes sacrément virulents, ces petites graines qui vous font des bébés. Il aurait fallu que je demande la pilule à la grosse pouffe, mais quel drame ça aurait fait, elle aurait gueulé quoi ? tu veux aller te faire enfiler partout avec n'importe qui ? Pourtant, ç'aurait été la meilleure solution. Au Centre de formation des apprentis, il y avait des filles de mon âge qui prenaient la pilule, je suis sûre.

A cause du boom de la télé, mon père gagnait de plus en plus de fric en réparant des postes et des magnétoscopes au black. Il a parlé d'acheter une nouvelle voiture et l'Aurore s'est mis en tête de passer son permis de conduire.

— On gardera la 2 CV et comme ça je pourrai aller me promener avec le petit. J'en ai marre d'être bloquée ici.

Elle a eu son permis à la quatrième tentative. Plus boréale que jamais, elle a organisé une fiesta à la maison en invitant l'Artiste et le gentil couple. Porto à gogo et à nous la liberté. L'Artiste n'était pas la dernière intéressée par le permis de l'Aurore. Une copine avec une bagnole, c'est mieux qu'une copine sans. Elle allait pouvoir courir les expositions.

— Les expositions, c'est à voir...

— Comme vous dites, Aurore !

— Non, je veux dire, c'est à voir, c'est-à-dire je ne sais pas si ça me dira. Mais en tout cas on pourra aller faire nos courses au Leclerc de Quimper. On paiera les nouilles deux fois moins cher que chez ces voleurs de Pont-Maenglas.

Heureusement que j'étais là pour m'occuper de petit Louis, parce que ce soir-là, elle était complètement paf, l'Aurore.

Mon père a acheté une R6 d'occasion que vendait une vieille après la mort de son mari. Une super occase, presque pas de kilomètres et nickel comme une neuve. L'Aurore a donc hérité de la 2 CV, pour se promener avec mon petit Louis.

Pendant que je marnais à l'usine ou que je me faisais chier en cours théoriques, Madame explorait la région, allait à la plage à Sainte-Anne-la-Palud. De ça, je me plaignais pas, c'était bon pour la santé de petit Louis de prendre des bains de mer et de faire des châteaux de sable, une chose que je n'avais jamais connue, moi. Non, ce qui me foutait en boule, c'est que Madame poussait le vice jusqu'à venir me chercher à l'usine, avec le petit. Et mes copines de turbin de s'extasier :

— C'est ton petit frère, Sylviane ? Oh qu'il est adorable, oh qu'il est mignon.

Personne ne se demandait comment deux caricatures comme mon père et la grosse pouffe avaient pu le fabriquer. Remarquez, peut-être qu'ils se le demandaient mais qu'ils le gardaient pour eux.

J'avais seize ans, j'étais en deuxième année d'apprentissage, j'ai été un peu augmentée. Ce que je gagnais restait une misère, d'autant que l'Aurore me taxait sévère. Ma participation aux frais, qu'elle appelait le prélèvement.

— Tu crois pas qu'on va te nourrir gratos pour que tu t'achètes des collants résille. Déjà qu'on nourrit le petit...

C'était mesquin. Une sorte de punition, et le comble de l'injustice puisque de son côté elle avait un trésor inestimable, mon petit Louis, qu'elle trimballait partout comme un titre de gloire. Je commençais à ne plus pouvoir l'encadrer. Elle me sortait par les trous de nez, l'Aurore boréale.

Un gars de l'usine qui venait de s'acheter une moto vendait sa Mobylette pour presque rien. Presque rien pour un ouvrier, mais pour moi une sacrée dépense. Je lui ai donné cinquante francs d'acompte et il m'a fait crédit pour le reste, à payer par mensualités, le jour de la paye. A moi aussi, la liberté !

J'ai repris le chemin de Pont-Maenglas en Mobylette, un soir après le boulot, avec dans l'idée d'y rencontrer le fantôme de Paulo.

— Ma ! Sylviane ! s'est exclamée Simone. On se demandait où tu étais

passée. On croyait que tu avais quitté le pays.
 Les habitués répondaient tous présent, c'était à croire qu'ils n'avaient pas bougé de là, le verre à la main, depuis deux ans : Roger la Vache, toujours aussi câlin, et ses compères bénéficiaires de ses tournées générales. Il m'a payé une Krone, j'ai remis ça. Deux bières, c'était ma dose, ça me suffisait pour être gaie et me défendre vaillamment au baby-foot contre des mecs de mon âge qui trompaient leur ennui du bocage à Pont-Maenglas. Ils essayaient de me draguer gentiment. Je les envoyais pas aux pelotes méchamment, je me contentais de leur faire comprendre que j'avais aucune envie de jouer à touche-pipi. J'étais redevenue une vierge farouche, alors que pour ma mère j'étais la pire des salopes. Rigolo, non ?
 Un soir de semaine, Simone m'a dit, en jouissant à l'avance de son effet :
 — Hier, il y a quelqu'un qui a demandé après toi...
 J'ai su tout de suite de qui elle voulait parler. Pour l'emmerder, j'ai pris l'air de celle qui s'en tape comme de sa première sucette.
 — Ben qui ? Paulo, je suppose ?
 — Il a dit qu'il reviendrait samedi soir.
 — Et alors ?

— Alors rien. J'ai fait la commission, c'est tout.

J'ai eu trois jours pour y penser, au truc débile que j'ai fini par concocter. Le samedi, j'ai enfilé ma plus belle culotte et des collants neufs, et je suis descendue à Pont-Maenglas. J'ai même pas eu à me ronger les ongles en l'attendant, le Paulo : une DS immatriculée dans le Morbihan était garée devant le bistrot, avec accroché au rétro un fanion de l'infanterie de marine.

Il était accoudé au comptoir, en train de boire une mousse, toujours aussi beau, plus marlou que jamais, avec sa boule à zéro, ses épaules de commando et ses pectoraux bodybuildés. Il a eu ce sourire macho des mecs qui ont tronché un max de nénettes, mélangé d'un poil de sournoiserie du petit garçon qui fait profil bas tout en se demandant si on va le pardonner d'avoir cassé un carreau.

Sûr qu'il ne savait pas sur quel pied danser. Est-ce que j'allais être toute mimi avec lui ou lui balancer une Krone à travers la gueule pour le punir de m'avoir laissée tomber comme une vieille chaussette ? On s'est fait la bise et je me suis serrée tout contre lui, et ça l'a rendu jouasse, fallait voir, comme s'il avait gagné la guerre des sexes à lui tout seul. Possessif aussi sec, il m'a prise par la taille et s'est extasié :

— Sylviane ! Mais t'es devenue une vraie femme !

— Ben ouais, j'ai dit, en pensant une vraie de vraie, de femme, mère de ton enfant.

— Tournée générale ! a beuglé Roger la Vache. Aux amoureux !

C'est triste à dire, à la seconde où je lui ai vu ce sourire à la con, j'ai cessé d'être amoureuse de ce connard qui m'avait dépucelée et ne s'était jamais inquiété de savoir s'il m'avait pas foutue en cloque. Ce genre de mecs, ça s'encombre pas d'une gamine. Ce qu'il lui fallait, à mon Paulo, c'était une grande brune à l'air un peu pute, peut-être bien même une négresse avec des gros lolos, un joli cul en porte-bagages et des hanches à danser la samba au clair de lune sous le ciel de Bahia en body brésilien échancré qui oblige à une épilation totale. Le genre nénette à paras, quoi.

— Je suis que de passage, il a dit, façon d'annoncer qu'il n'était pas revenu avec une paire d'alliances dans la poche. J'ai rempilé pour trois ans, je pars au Tchad pour je sais pas combien de temps.

— Ça n'empêche pas, j'ai répondu.

— Ça n'empêche pas quoi, ma bichette ?

— Qu'on aille défoncer un peu plus la banquette arrière de ta DS.

Sponté[1], il a été, comme dirait mémé Léontine. Au lieu de pleurs enamourés, de tendres reproches, pourquoi m'as-tu abandonnée et tout le cinéma, une proposition sans détour de se payer une partie de radada.

— Ah ben toi alors !

Il était revenu pour me sauter mais jamais il n'aurait pensé que ce serait aussi facile. Et jamais il n'aurait pu imaginer ce que je mijotais. Faut dire que les grands garçons comme lui, comme mon glorieux caporal-chef de l'infanterie de marine, n'arrivent pas à pisser des pensées tout seuls.

A l'arrière de la DS planquée dans une garenne entre deux talus, il s'est livré à une palpation en règle, à un inventaire des volumes, ceux des fois d'avant comparés à ceux de maintenant. Moi aussi, j'ai comparé les prestations. Il s'était fait la main, avait appris des trucs, s'attardait ici et là, et j'ai pas été déçue du voyage

---

1. Du verbe breton « spontañ », effrayer, terroriser, mais aussi, plus communément, étonner au plus haut point, sidérer.

préparatoire, qui nous a menés à la chose sérieuse.

Une fois qu'il a été dedans, il a su prendre son temps. Il variait les mouvements, se tortillait lascivement puis me secouait comme un prunier, mais plus on approchait de la fin, plus je le sentais sur le qui-vive, prêt à se retirer. L'armée lui avait mis du plomb dans la tête, il se méfiait. Je l'ai ceinturé.

— Reste, j'ai dit. Je prends la pilule.
— Ah bon ?

Rassuré, il y est allé franco et m'a expédié ses petites graines au fond de la matrice. J'ai vocalisé de plaisir. Fier comme un artilleur qui a mis dans le mille, il m'a demandé, ému :

— T'as joui ?
— Oh là là, oui !

S'il avait su à quel point j'avais joui d'être ensemencée, il aurait débandé dix fois plus vite.

Parce que mon idée à la noix, c'était qu'il m'en fasse un deuxième. Un gosse qui serait à moi. Un gosse que la grosse pouffe me volerait pas comme elle m'avait volé petit Louis.

Ouais, c'était juste ça, mon idée à la noix.

Après s'être reboutonné, Paulo m'a demandé :

— Alors, puisque tu prends la pilule, tu couches ?

— Ben ouais. Ça t'étonne ? C'est toi qui m'as donné le goût.

— Tu baises à droite à gauche ou t'as un copain ?

— Je suis pas une Marie-couche-toi-là. J'ai un copain, à l'usine.

— Il sait s'y prendre ?

— Oh non, pas comme toi !

— Tu pourras lui apprendre les trucs que je t'ai faits.

— T'es là pour combien de temps, avant de partir au Tchad ?

— Deux semaines.

Ça pouvait pas mieux tomber, j'allais être en pleine période favorable à l'insémination.

— Chouette, j'ai dit, quinze jours de fête de la craquette !

— Toi, alors ! Tu m'en bouches un coin.

— Toi aussi.

Je suis sortie tous les soirs, malgré les remontrances de l'Aurore.

— Mais qu'est-ce que tu fous dehors tous les soirs ?

Je me fais mettre, maman, je me fais mettre des petites graines, que je lui répondais dans ma tête en imaginant la sienne dans quelques semaines.

Content de son séjour au pays, Paulo est reparti ravi des conditions de son départ : j'ai pas versé une larme, je lui ai pas demandé de m'écrire, bref on s'est quittés copain copine, comme deux sportifs qui ont pris plaisir à transpirer ensemble. Je l'ai pas revu depuis. Doit toujours transpirer dans le désert.

Pour un peu, je serais allée mettre un cierge à la Sainte Vierge de l'église de Saint-Quelven. Mon Dieu, faites que les Anglais ne débarquent pas.

Ils n'ont pas débarqué. J'ai attendu un mois avant de l'annoncer à l'Aurore.

— Je suis en cloque ! je lui ai lancé gaiement.

— Hein ? Tu déconnes ?
— Non, je suis enceinte.
— De qui ? Un gars de l'usine ?
— Non, le même que la première fois.
— Il est revenu ?
— Ben ouais, et il est reparti.
— Et tu t'es laissé faire ?
— Ben tiens ! Plutôt deux fois qu'une !
— T'aurais dû m'en parler, je t'aurais acheté des préservatifs.
— Certainement pas !
— T'es folle ou quoi ?

— Non, je suis pas folle ! Je veux un autre gosse, et celui-là c'est moi qu'il appellera maman.

— Mais comment t'as pu te fourrer une idée pareille dans la tête ? Ce sera pas possible. Pas plus que la première fois.

— Tu m'as volé mon petit Louis !

— T'es complètement barge, ma pauvre fille !

Maintenant je m'en rends bien compte, oui, c'était une idée complètement dingue. J'allais pas déclarer un gosse à mon nom avec son frère aîné déclaré sur le livret de famille de ses grands-parents.

Alors, puisque la procédure était rodée, je suis retournée à l'isolement chez mémé Léontine. Pépé Martial n'a rien dit, pas un reproche, pas un mot. Depuis le temps qu'il était tombé fataliste... Mémé Léontine ne l'a pas mal pris non plus.

— C'est le gars des haricots verts ?

— Ben oui, mémé.

— Et il compte t'épouser ?

— Non, il est reparti.

— Ah, c'est embêtant.

— Non, mémé. Parce que même s'il revenait, c'est moi qui voudrais pas me marier avec lui.

— Ah bon ? D'habitude c'est l'inverse.

— Cherche pas à comprendre, a dit pépé Martial. On est dépassés par la société de maintenant.

— Mais pourtant, tu l'aimes, ton amoureux ? a dit mémé Léontine.

— Non, je l'aime pas.

Mémé Léontine s'est gratté la tête avec son aiguille à tricoter.

— Pourtant tu l'as laissé faire ce qu'il voulait de toi.

— C'était juste pour avoir un deuxième à moi.

— Mais tu en as déjà un à toi.

— Petit Louis est plus à ma mère qu'à moi.

— Ce n'est pas faux, a dit pépé Martial. On voit bien que ça lui a tourné la tête, qu'il soit inscrit sur leur livret de famille.

— Bon, a dit mémé Léontine, on va t'aider à arranger ta situation encore une fois, mais à condition que tu ne continues pas comme ça jusqu'à nous fabriquer une famille nombreuse.

— Aucun risque, mémé.

— Mat tre. Dans tes ennuis, je vois malgré tout une satisfaction. Les deux auront au moins le même père.

— On peut voir ça comme ça, a dit pépé Martial. Ceci dit, je me demande bien où tout ça va nous mener.

— A la majorité de Sylviane tout s'arrangera.

— Peut-être bien que oui, peut-être bien que non.

— Et pourquoi non ? Il suffira d'aller à la mairie et ils changeront les papiers.

— Hum ! Je ne sais pas si ça peut se passer aussi facilement...

Mémé Léontine a haussé les épaules.

— On verra. Pour l'instant, c'est comme ça et pas autrement.

J'ai démissionné de mon boulot. Je pouvais pas me mettre en arrêt maladie, à l'usine ils m'auraient demandé un certificat médical pour les indemnités journalières.

Dans ma folie du moment, j'avais voulu un deuxième gosse à moi, mais chez pépé et mémé je me suis demandé si ce n'était pas pour connaître à nouveau plusieurs mois de bonheur chez eux. Je les aimais mille fois plus que mes parents.

Cette fois, comme j'étais plus grande et plus intéressée par les choses de tous les jours, mémé Léontine m'a appris plein de choses : à coudre un bouton, à tricoter, à repriser, à faire des gâteaux, des fars, des omelettes. On était comme des vieilles copines, toujours à rigoler et à chanter des chansons en breton.

Pourtant, les berceuses que mémé Léontine m'apprenait, elles n'étaient pas très rigolotes. Rien que des histoires de morts, comme celle de Jégou, crevé d'une ventrée de boudin, enterré dans de la terre molle, et sa tête emportée par le chien, qui ne veut pas la rendre à Marie partie à sa poursuite et qui lui crie chien chéri ! chien chéri ! rends sa tête à mon mari ! Ou bien encore celle de la servante, qui chante au petit garçon de la maison que sa mère est danseuse et son père buveur, qu'ils prennent du bon temps pendant qu'elle est obligée de s'occuper de lui, alors elle le menace doucement, vous êtes mon petit ami, je suis votre petite amie, vous me donnerez une petite pierre, et je casserai votre petite tête avec. A vous donner froid dans le dos. Mais il faut croire que les gosses aiment avoir peur. Un chien qui mange la tête d'un mort, ça vaut bien des petits enfants coupés en morceaux et mis au charnier.

Ou noyés.

Pense à autre chose, pense à autre chose, pense à autre chose.

Vous parlez d'une histoire que je suis en train de raconter. Il y aurait de quoi écrire une berceuse en breton. La grosse pouffe qui prend mon petit Louis pour un de ses fils que la DDASS lui a pris, pépé Martial et mémé Léontine qui me prennent pour la fille qu'ils auraient aimé avoir... Les gosses à qui on la chanterait, cette berceuse, ils s'y retrouveraient pas, dans tout ce merdier.

Y a que la fin à faire peur qui leur plairait.

La grand-mère qui noie ses petits-enfants dans le canal.

C'est pas possible, je rêve, c'est un cauchemar.

Une pendule dans la cuisine commence de sonner les douze coups de minuit.

Il n'est que minuit ? songe Sylviane, stupéfiée. Qu'est-ce que je leur ai dit de tout ça, au gendarme et à sa femme ? Le principal, faut croire, puisqu'ils attendent la suite, sans me poser de questions.

— Continue, Sylviane, ne t'arrête pas, souffle Loussouarn.

— J'ai pas envie de la finir, cette histoire.

— Il faut faire le vide, après tu dormiras...

— La fin est trop triste...

— Vous vous arrêterez avant la fin, dit Mme Loussouarn. Racontez-nous la suite...

Sylviane boit une gorgée de bière, allume une cigarette, ses mains tremblent.

— Votre deuxième accouchement s'est bien passé ? la relance Mme Loussouarn.

Le pertuis de l'écluse s'ouvre en grand, les larmes se mettent à ruisseler sur les joues de Sylviane.

Elle les essuie d'un revers de manche, respire un bon coup et grimace une sorte de sourire d'excuse.

— Comme une lettre à la poste, dit-elle.

## 11

*Jeudi 4 mars 1982, après minuit*

Ouais, comme une lettre à la poste... Mémé Léontine m'avait prévenue que pour un deuxième ça pouvait aller très vite. J'ai accouché en moins d'une heure. C'était une fille. Pépé Martial est allé d'un coup de vélo prévenir ceux de Menglazeg. Et le scénario s'est répété. Je suis rentrée de nuit, le lendemain la grosse pouffe a invité les voisins à venir voir ma petite, et l'Artiste s'est encore extasiée, un deuxième miracle. A Lourdes, ils pouvaient toujours s'aligner, des miracles la Bernadette Soubirous n'en fait pas deux en moins de trois ans. Le jour d'après, mon père est allé chez son médecin dire que sa femme avait encore accouché à la maison, et d'après lui le docteur a râlé, il a dit la prochaine fois il faudra t'arranger pour envoyer ta femme à la maternité, et mon père a répondu qu'il n'y aurait pas de prochaine fois, que trois ça lui suffisait pour avoir les avantages de père de famille nombreuse. Le papier du docteur et le livret de famille en poche, il est allé à la mairie déclarer la petite sous le nom que j'avais choisi : Capucine. Elle était adorable.

Ça servirait à rien que je raconte tout de A jusqu'à Z parce que ça a été le même refrain que pour petit Louis, la grosse pouffe qui se l'accapare, ma Capucine. Mais vers ses onze, douze mois, quand elle commence à marcher et à dire plein de mots, la petite vient plus facilement vers moi, sa petite maman, que vers elle, sa soi-disant maman.

Forcément, elle était plus attirée par moi que par la grosse loche. Moi j'étais jeune et jolie, j'avais des cheveux longs, une trousse de maquillage, des fringues comme elle voudrait en avoir plus tard, et puis elle devait sentir le lien entre nous.

Je suis retournée à l'usine. Mon contrat d'apprentissage ne valait plus un clou, mais comme j'avais seize ans ils m'ont embauchée comme intérimaire, en me faisant des CDD à suivre, quand il y avait des coups de bourre. Ils avaient pu se rendre compte que j'étais pas fainéante. En plus, ça se bousculait pas au bureau d'embauche, les filles de seize ans qui voulaient bosser ça courait pas les rues, et encore moins les filles qui avaient envie de puer le poisson. Elles préféraient pointer au chômage.

J'allais au turbin en Mobylette, la grosse pouffe promenait mes petits en 2 CV et les exposait comme ses huitièmes merveilles du monde à elle, et moi la haine me rongeait, et je me calmais en pensant à ce que mémé Léontine avait dit, qu'on pourrait arranger tout ça à ma majorité. J'allais au boulot, je revenais du boulot, et je m'enfermais dans ma chambre avec mes gosses. Quand ils étaient là. Parce que l'Aurore, des fois elle traînait en route, à la plage, les jours de beau temps, et je me rongeais les sangs à l'idée qu'elle avait pu se foutre dans les décors.

Je comptais les jours, comme un prisonnier. Je comptais mes sous, des petites économies de rien du tout, pas grand-chose à mettre de côté, entre ce que je dépensais pour les petits et ce que la grosse vache me piquait pour notre pension. La garce, elle se payait ses clopes et ses bonbons et ses disques avec mon fric. Elle faisait du gras et pendant ce temps-là mon père se ratatinait. A force de rester courbé sur ses postes de télé à réparer, sa colonne vertébrale déjà pas bien droite se démantibulait. Son épaule gauche allait de plus en plus de travers et une bosse commençait à lui pousser dans le dos.

La pression montait, entre la reine des connes et moi. Un mot de travers de sa part ou de la mienne et c'était l'explosion. Heureusement que mon père était là pour nous dire gentiment de la mettre en veilleuse.

— On a fait le plus dur, vous n'allez pas tout gâcher, maintenant.

Il avait raison. Et puis il ne fallait pas que les petits soient traumatisés par nos disputes. Le principal était qu'ils soient heureux. Alors je battais en retraite, j'écrasais.

Grosso modo, je me suis écrasée jusqu'à vendredi dernier.

— Vendredi dernier, tu as eu dix-huit ans, dit Loussouarn en regardant le livret de famille.

— Ouais, j'ai eu dix-huit ans et j'ai merdé. J'ai merdé hier soir, enfin avant-hier soir puisque minuit a sonné. J'ai merdé en rentrant du boulot. Mes deux petits à la morgue, c'est de ma faute. C'est elle qui les a noyés, mais c'est à cause de moi. Comment je pourrais vivre après ça ?

— Que s'est-il passé mardi soir, Sylviane ? demande Mme Loussouarn.

— On a eu une explication. J'aurais mieux fait de continuer à écraser. Mes petits seraient encore en vie, elle les aurait pas noyés.

— C'est un accident, Sylviane.

— Et le livret de famille sur mon assiette, vous l'avez oublié ? Non, vous ne l'avez pas oublié, vous faites semblant, pour que je continue à raconter. Vous inquiétez pas, je vais vider mon sac, faire le vide comme vous avez dit. Et après le vide, ce sera quoi ? Le néant ?

— Nous sommes là pour t'aider, dit Loussouarn.

— Oui, là, maintenant, je veux bien croire. Mais après ? Personne ne pourra plus me récupérer, au fond du fond du trou où je serai.

Sylviane se tait, va pour allumer une cigarette, son paquet est vide, elle l'écrabouille d'une main tremblante.

— J'ai plus de clopes...

— Je vais en demander à Kerboul, dit Loussouarn.

— Je vais faire du café, dit sa femme.

— Vous n'auriez pas plutôt une autre bière ?

Mme Loussouarn interroge son mari du regard. Il opine. Cinq minutes plus tard, il est de retour avec un paquet entamé de Benson. Sylviane allume une cigarette, boit une gorgée de bière. Un ululement se fait entendre. La jeune fille tend l'oreille.

— La pendule du couloir, dit Mme Loussouarn. Elle retarde d'un bon quart d'heure. Aux heures, elle sonne des chants d'oiseaux. A minuit, c'est le cri de la chouette.

— Ah ? Ça aurait amusé les petits.

— Donc, vendredi dernier, tu as eu dix-huit ans, dit Loussouarn.

Sylviane avale d'un trait la moitié de sa bière, écrase sa cigarette dans le cendrier, va pour en allumer une autre, mais la mèche de son Zippo refuse de s'enflammer.

— Plus d'essence, ricane-t-elle. Je suis vraiment en panne de tout. Tout me pète entre les mains...

Mme Loussouarn va lui chercher des allumettes dans la cuisine, elle en casse trois avant de réussir à en gratter une, allume une Benson du gendarme Kerboul, inhale une épouvantable quantité de fumée, qu'elle exhale longuement.

De peur que le fil ne rompe et que l'équilibriste ne se casse la figure avant d'avoir fini de traverser, Loussouarn et sa femme ne l'interrompront plus.


Y a que pépé Martial et mémé Léontine qui ont pensé à mon anniversaire. Ils nous ont invités à manger dimanche midi. Alors, bien forcés, mon père et la grosse pouffe m'ont souhaité mon anniversaire, à retardement, juste au moment de partir à Karn-Bruluenn. Et pas de cadeau, évidemment. On s'est tous tassés dans la R6. Comme les sièges bébés étaient dans la 2 CV et que c'était tout un bazar de les installer, j'ai pris les petits à côté de moi, à l'arrière, en les tenant bien serrés. Par les petites routes on risquait pas de prendre un PV avec les poulets – elle grimace –, pardon, les gendarmes, hein ?

La grosse vache conduisait et là vraiment, je me suis sentie comme la dernière des dernières, menée par elle, comme si j'avais douze ans, alors que j'étais majeure. Je crois que c'est là, à l'arrière de la R6, que la réaction en chaîne a commencé, dans ma tête.

Mon père avait apporté une bouteille de côtes-du-rhône et la grosse pouffe un flacon de porto déjà entamé, pour avoir sa dose, vu que chez pépé et mémé on lui servait jamais d'apéro. On en a pris une goutte, histoire de lever notre verre à mes dix-huit ans, mais pas vraiment dans l'allégresse, car on pensait tous à ce que ça signifiait, ma majorité, que j'allais peut-être foutre le bordel dans notre merdier.

Mémé Léontine avait tué un poulet et fait des frites. Les petits se sont régalés de blanc de poulet, avec plein de sauce. Mémé Léontine n'a jamais économisé sur le beurre, vu qu'ils ont toujours une pie-noire, leur animal familier, comme d'autres ont un chien ou un chat. En hors-d'œuvre, mémé Léontine avait fait son traditionnel jambon macédoine avec les légumes de leur jardin ; en dessert, un diplomate à la confiture de rhubarbe – les petits adorent ça aussi.

*Adoraient.*

C'est au dessert que pépé et mémé m'ont donné mes cadeaux, mémé une écharpe qu'elle m'avait tricotée, pour que j'aie bien chaud sur ma Mobylette, et pépé un petit paquet qu'il avait confectionné lui-même, dans les règles, avec du papier fantaisie et un bout de ficelle rouge récupérés peut-être il y avait trente ans et mis en réserve dans le tiroir du buffet. Il garde tout, pépé Martial, les pauvres de son époque sont comme ça, alors que maintenant on balance tout à la poubelle.

J'ai défait le paquet et j'ai ouvert des yeux grands comme ça. C'était ce briquet qui était dedans, son truc le plus précieux, un Zippo, un vrai de vrai, d'origine, que lui avait donné un soldat américain, en Allemagne, à la fin de la guerre.

— Oh, pépé, ton briquet ! Tu peux pas me le donner.

— J'ai arrêté de fumer.

— Quand même, c'est un souvenir.

— Dans ta poche il restera un souvenir.

Je l'ai embrassé. J'ai embrassé mémé Léontine. Ils rayonnaient, comme des soleils en plein mois de juillet. Ils étaient la preuve vivante que, comme on dit, le plaisir de celui qui donne est plus grand que le plaisir de celui qui reçoit.

— J'ai fait le plein d'essence, a dit pépé Martial. Tiens, prends le flacon. C'est de la spéciale. Il faut l'acheter au bureau de tabac. A Pont-Maenglas ils en ont, je crois.

— Merci, mon pépé.

La grosse pouffe a tout gâché.

— Peuh! qu'elle a fait en prenant ses grands airs, avant demain soir elle saura plus où il est, ce briquet.

— Quoi ? Qu'est-ce qui te permet de dire ça ? j'ai répliqué.

— L'état de ta chambre! Une vache y retrouverait pas son veau.

— Parce que tu vas fourrer ton nez dans mes affaires quand je suis pas là ?

— Je suis chez moi!

— Vous n'allez pas vous disputer, quand même, un jour comme aujourd'hui, a dit mémé Léontine.

— Moi je suis sûr que Sylviane ne perdra pas son cadeau, a dit pépé Martial.

Je voulais pas leur faire de la peine, à pépé et mémé, alors j'ai mis ma rogne avec le briquet dans la poche de mon jean, et mon mouchoir par-dessus.

D'habitude, après le repas, pépé Martial, mémé Léontine et moi on va avec les gosses se promener dehors, dire bonjour à la pie-noire, et quand c'est la saison cueillir de la bruyère ou des primevères, ramasser du bois mort, essayer d'attraper des truites dans le ruisseau, ou bien on monte jusqu'au sommet de Karn-Bruluenn et on montre aux petits le mont Saint-Michel-de-Brasparts dans le fond du paysage. C'est toujours mieux que de rester à regarder la grosse pouffe dans le blanc des yeux. Malheureusement, dimanche dernier il pleuvait comme vache qui pisse et il n'était pas question de sortir. Mémé Léontine a distrait les petits en jouant avec eux au jeu de l'oie, et puis en leur donnant le tiroir de la table pour farfouiller dedans. Ça les a amusés un moment, mais après ils sont devenus intenables. Au lieu de rester goûter comme d'habitude, on a envisagé de rentrer à Menglazeg.

— On va les coller devant la télé et ça les calmera, a dit l'Aurore.

Mon père a offert un poste d'occasion à pépé et mémé, seulement y a un problème d'antenne. La maison est cachée par le rocher et il faudrait un mât de je sais pas quelle hauteur. Alors, à Karn-Bruluenn, on se passe de télé.

— N'importe comment, j'ai ma valise à préparer, a dit mon père.

Il partait le lundi matin à son stage d'une semaine de formation au CAT de Quimper et sûrement que ça a joué dans ce malheur, qu'il soit pas là pour calmer le jeu, entre l'Aurore et moi. Mais on peut plus revenir en arrière, hein ?

On a donc collé les gosses devant la télé comme avait dit la grosse pouffe et malgré la pluie je suis descendue en Mobylette à Pont-Maenglas boire une bière et jouer au baby-foot. J'étais d'une humeur massacrante. Roger la Vache a essayé de me dérider, je l'ai envoyé se faire voir.

— Ho ! Sylviane ! T'as bouffé de la carne à midi ? Ton amoureux t'a pas écrit ?

— J'en ai un autre, je lui ai dit. Un soldat américain. Regarde ce qu'il m'a envoyé par la poste.

J'ai allumé le Zippo.

— Chouette, hein ?

J'ai demandé à Raymond :

— T'as de l'essence spéciale ?

Simone s'est penchée aussi sec derrière le comptoir et m'as mis un flacon sous le nez.

— C'est dix francs.

— Pas tout de suite, j'ai dit. J'en ai eu une bouteille pleine avec le briquet.
— De l'essence, par la poste ?
— Ben ouais.
Les andouilles. On pouvait les faire marcher comme on voulait.

Quand je suis rentrée, dégoulinante de flotte, les autres étaient en train de finir de bouffer.

— Heureusement qu'on est là pour nourrir les petits, m'a lancé la grosse.

Je les ai mis au lit, leur ai raconté la berceuse à faire peur de mémé Léontine, celle qui les fait bien rigoler, où le chien chourave la tête du père Jégou mort d'avoir mangé trop de boudin. La grosse pouffe et mon père regardaient une connerie sur la Une. J'ai visité le frigo, dîné d'un bout de fromage et d'un yaourt, et je me suis couchée à côté de mes petits endormis. J'ai bouquiné un Harlequin où une infirmière tombe amoureuse de son chef de bloc opératoire, et comme il demande pas mieux que de la troncher, ils ont des cinq à sept torrides, seulement voilà, le chirurgien aime sa femme et veut pas la quitter, et l'infirmière devient possessive, exige qu'il divorce, passe des coups de téléphone anonymes à l'épouse, bref le fait chier au point qu'il sait plus comment s'en sortir, et pile poil à ce moment-là l'infirmière chope une appendicite, et c'est son amant chirurgien qui va l'opérer et du coup il mijote de l'expédier ni vu ni connu au paradis, mais sur la table d'opération elle est sauvée de justesse par l'anesthésiste, un beau mec célibataire qui l'aimait en secret et qu'elle aimait aussi sans oser se l'avouer, comme elle s'en apercevra au réveil, une fois son chirurgien assassin démasqué. C'est beau, l'amour...

Le lendemain matin, mon père a mis sa valise dans la R6 et il est parti à Quimper. J'allais être seule avec l'Aurore pendant cinq jours. On allait pouvoir régler nos comptes.

Peut-être que s'il n'avait pas plu les choses se seraient passées autrement. Le lundi, il flottait toujours. Le mardi, c'était le déluge, carrément. J'avais beau me couvrir, mettre deux cirés l'un par-dessus l'autre et des sacs en plastique autour de mes pieds, sur ma Mobylette j'étais trempée en moins de deux. En arrivant à l'usine, je me changeais dans les vestiaires, mais c'était pour enfiler le ciré et les bottes de la boîte, et manier le jet. La flotte, toujours la flotte, j'étais condamnée à la flotte.

Toute la journée du mardi, à l'usine, j'ai pas arrêté de ruminer, de critiquer la grosse pouffe, de me dire à moi-même tout ce que j'avais sur le cœur sur elle. C'était entêtant, comme une force qui me poussait de plus en plus loin dans le dégoût et la méchanceté, comme un démon qui me scotchait sur les yeux des images dégueulasses qui s'imprimaient sur ma cervelle à coups de chalumeau.

Ses culottes et ses soutifs rose bonbon taille XXL à sécher sur le fil dehors, à vous donner la nausée à l'idée de ce qui les remplissait.

Sa façon de se curer les dents avec la pointe d'un couteau et de recracher le déchet dans son assiette, à vous couper l'appétit.

L'odeur de poisson pourri qu'elle laissait après elle aux chiottes, à vous rendre constipée.

Ses joues molles à gober des marshmallows, ses yeux de truie, sa bouche en cul-de-poule à susurrer mes petits, mes petits sont les plus beaux enfants du monde, en faisant la roue devant l'Artiste et les vieilles taupes du village.

C'était ça, ce gros tas, qui se faisait passer pour la mère de mes enfants ? Ça n'allait pas durer autant que les contributions, comme disait Roger la Vache au moment de la grève du lait. J'en avais ma claque. Et c'est ce que je lui ai dit, à la grosse pouffe :

— J'en ai ma claque de me faire saucer !

C'était hier soir, enfin avant-hier soir, mardi soir, quoi. J'étais trempée jusqu'aux os. En plus de la flotte, j'avais eu un vent de face tout le long de la route, de l'usine à Menglazeg. Et la grosse pouffe qui était restée bien au sec et bien au chaud, à suer sa graisse près du radiateur à Butagaz.

J'ai embrassé les petits. Ils m'ont fait plein de bisous en me disant mais tu es toute mouillée, Sylviane. Sylviane, à moi, leur mère !

— Maman va vous donner votre dessert, a dit le gros tas en sortant du frigo des crèmes au chocolat que je leur avais achetées le samedi d'avant.

— Elles sont bonnes, hein, les crèmes au chocolat de Sylviane ! j'ai dit.

— Tu en achèteras d'autres ? m'a demandé petit Louis.

— Bien sûr, mes poussins.

Souvent j'y pensais, qu'à l'intérieur d'eux-mêmes ils sentaient la tension entre la grosse et moi, quelque chose qui leur disait de se tenir bien sages.

Je les ai débarbouillés du chocolat qu'ils avaient sur la figure, les ai mis en pyjama, les ai couchés, et je leur ai lu l'histoire du joyeux chauffeur de camion qui rencontre un chien sur sa route et l'embarque dans sa benne, et puis un canard, et puis une oie, et puis un cochon, et puis une vache, et le camion se transforme en arche de Noé qui roule gaiement dans une campagne riante.

— Tu as oublié le cheval ! m'a dit petit Louis.

— Encore, Sylviane, m'a dit Capucine.

— Ah non, pas ce soir ! Demain.

Demain... Si j'avais su que c'était la dernière fois que je leur lisais une histoire...

La grosse avait débarrassé la table, sauf mon couvert.

— J'ai pas eu le temps de cuisiner. J'ai mangé de la bouillie avec les gosses. Y a un restant de jambon, tu peux te faire un œuf.

C'est ça, aller me faire cuire un œuf. Attends un peu, ma vieille, tu vas voir ce qui va te tomber dessus, j'ai pensé. Elle s'est écroulée devant la télé, j'ai mangé mon œuf sur le plat, lavé mon assiette et mes couverts, et puis je me suis plantée entre elle et le poste de télé.

— Ton père est vitrier ? qu'elle m'a dit, la conne, une réflexion de gosse de cinq ans.

— T'as entendu ce que j'ai dit tout à l'heure ?

— Quoi ? Qu'est-ce que t'as dit ?

— J'en ai marre de me faire saucer !

— Et alors ? Je suis pas madame météo ! Je fais pas la pluie et le beau temps.

— Je vais passer mon permis et m'acheter une bagnole.
Elle a pouffé dans son triple menton.
— Hi ! Hi ! Hi ! Et avec quels sous ?
— Avec les sous que tu vas me donner !
— Première nouvelle ! Et quels sous ?
— Le pognon que tu me dois.
— Ah parce que je dois du pognon à mademoiselle ?
— PARFAITEMENT ! TU M'EN DOIS ! ET UN PACSON !
— Crie pas comme ça, tu vas réveiller mes petits.
— Hein ? Qu'est-ce que t'as dit ? *Mes* petits.
— *Les* petits, si tu préfères.
— Ouais, je préfère.
— Bon, t'as fini de déconner, maintenant ? J'aimerais bien regarder mon film.
J'ai coupé la télé et c'est à voix basse que j'ai continué à la travailler au corps.
— Tu vas m'écouter ? Je te dis que tu me dois du pognon !
— Mais c'est quoi cette histoire ? elle a murmuré.
— Tu vois pas lequel, de pognon ? De quoi me payer le permis et une bagnole d'occase après.
— Tu rêves !
— Tiens, un rêve, que je rêve ! Et les allocs ?

— Hein ? Quoi, les allocs ?
— Les allocs pour mes gosses, que tu t'embourbes. J'ai calculé, ça en fait, un sacré paquet de pognon !
— Je les élève !
— Tu les élèves ! J'ai payé leur pension et je continue ! Les allocs te suffisaient pas, fallait aussi que je te donne mes indemnités d'apprentissage.
— C'était normal.
— Y a rien de normal dans notre histoire ! Normal aussi que je te refile la plus grande partie de ma paye depuis que je bosse au SMIC ?
— Si tu participes aux frais, c'est que tu veux bien.
— Hé ben maintenant je veux plus !
— Hi ! Hi ! Hi ! Et qu'est-ce que tu peux faire ?
— Me tirer avec mes gosses !
— Sans un sou ?
— Mais t'es bouchée à l'émeri ou quoi ? Avec les sous que tu vas me rendre.
— Ça suffit, maintenant, assez rigolé ! Va te coucher et laisse-moi regarder la télé.

Elle a voulu se lever du canapé, et j'ai bien vu dans ses yeux que c'était pour me coller un pain sur la gueule. Je l'ai repoussée, sa tête a heurté le bois du dossier.

— Traînée ! elle a craché.
— Grosse pouffe, j'ai répondu.

A voix basse, c'était pire que si on avait gueulé de toute la force de nos poumons. Murmuré, c'était encore plus vachard. Un bombardement d'injures, sans le tonnerre des obus.

— Sale putain !
— Vieille truie !
— Garage à bites !

Alors là, elle m'a soufflée.

— Quoi ? Et toi ? T'es pas tombée sur une pointe rouillée à seize ans ?
— J'ai été violée.
— Ouais, par un charcutier qui manquait de saindoux ! Moi, c'était une histoire d'amour !
— Connasse !
— Gros tas !
— Je sais pas ce qui me retient de me lever et de...
— Ce qui te retient, c'est ton cul de semi-remorque !

Elle a commencé à se dégonfler. Elle a voulu me prendre par les sentiments.

— Si c'est pas malheureux, d'entendre ça dans la bouche de sa propre fille...
— Ecoute, on va pas y passer la nuit. Mon pognon, tu me le rends ou tu me le rends pas ?

Elle a baissé la tête, l'air buté.

— On te doit rien.
— D'accord ! Alors, tu sais ce que je vais faire ?
Elle a trouvé la force d'ironiser :
— Tu vas nous envoyer l'huissier ?
— Mieux que ça ! Je vais te le dire, ce que je vais faire, parce que t'es pas capable de l'imaginer. Samedi, je fonce direct à la gendarmerie et je déballe tout !
Elle s'est liquéfiée.
— Tu vas pas faire ça !?
— T'as oublié que j'ai eu dix-huit ans vendredi dernier ? Je suis majeure, je vais récupérer mes gosses.
— T'es pas folle ? Ils vont nous les prendre !
— Ils vont me les rendre, tu veux dire !
— Tu feras pas ça.
J'ai compté sur mes doigts...
— On est mardi. Mercredi, jeudi, vendredi, t'as trois jours pour réfléchir.
— Je peux pas croire que tu feras ça.
Elle a pris sa tête dans ses mains et s'est mise à pleurer.
— C'est ça, chiale, tu pisseras moins ! Si ta vessie est aussi grosse que ton cul, faudrait pas que tu te soulages dans le canal, ça serait les grandes inondations à Châteaulin !
Elle a secoué la tête, sidérée. Et moi non plus, j'en croyais pas mes propres oreilles,

de la violence de mes paroles. J'étais comme une cocotte-minute sur le feu depuis des années. Je sifflais ma haine pour pas exploser. Cette femme, ce gros tas de gélatine et d'égoïsme, elle aurait crevé sur place d'une crise cardiaque que ça m'aurait rien fait.

Je suis sortie. Il pleuvait toujours. Je me suis abritée dans les chiottes du jardin et j'ai fumé un demi-paquet de clopes. Quand j'ai vu la lumière s'éteindre dans la cuisine, je suis rentrée. La grand-mère de mes gosses était allée se coucher. J'ai fait pareil. Le lendemain matin, je commençais à sept heures, à cause d'un arrivage de saumons norvégiens. Les petits dormaient toujours quand je suis partie. Leur maman les aura même pas embrassés une dernière fois...

Toute la journée j'ai balisé. Je revenais sur les horreurs qu'on s'était dites. J'avais un mauvais pressentiment. Alors, quand j'ai vu le livret de famille sur l'assiette...

C'est elle qui les a noyés, mais c'est moi qui les ai tués, mes deux petits anges... Vous croyez qu'ils sont montés au ciel ?

— Vous allez essayer de dormir un peu, maintenant, dit Mme Loussouarn. Tenez, avalez ça. C'est un somnifère léger. J'en prends de temps en temps, quand je veux être en forme le lendemain.

— Une dure journée nous attend, dit Loussouarn.

Mme Loussouarn emmène Sylviane se coucher. Elle se laisse border, telle une petite fille.

— Vous me réveillerez ? Comment on va faire pour l'enterrement ?

— Vous êtes en sécurité, ici. Ne craignez rien, on s'occupera de tout. Dormez…

Dans le salon, Loussouarn et sa femme demeurent un moment silencieux. Le paquet de Benson traîne sur la table basse. Loussouarn prend une cigarette, hésite, l'allume. Sa femme ne lui fait pas observer qu'il n'a pas fumé depuis cinq ans. Il en a besoin. Ils partagent les mêmes pensées. Ils croyaient avoir tout vu, au cours de leur carrière. Cette affaire est sans doute la pire de toutes.

— Vivement que je prenne ma retraite, dit Loussouarn.

— C'est terrible. Ça ne peut plus être un simple accident.

— Non. Il va falloir que je réveille le substitut.

— La pauvre fille…

— Oui, la pauvre fille… Et les pauvres gosses…

— Et la mère ? Enfin, la grand-mère, Aurore…

— On va faire le maximum pour retrouver le corps, dit Loussouarn.

— Les morts ne parlent pas. Il n'y aura personne pour confirmer ou infirmer l'histoire de Sylviane.

— On verra ce que nous dira le père, enfin le grand-père, Mikelig... Et les grands-parents, les arrière-grands-parents des petits, à Karn-Bruluenn...

— Je les plains tous.

— Je les connais un peu. Des braves gens...

Ils imaginent tous deux la suite. Les interrogatoires de Mikelig et des parents. Sylviane face aux collègues de la brigade de recherche, face au procureur, face à son avocat selon la tournure que prendront les événements, et obligée de répéter son histoire, et forcée de revivre son cauchemar, à l'infini, da viken, comme on peut le lire sur les tombes, en breton, une langue qui a trois mots différents pour dire «jamais». L'un pour jamais dans le passé, l'un pour jamais dans le présent, et da viken, pour jamais dans le futur.

Des vies souillées. A jamais, pour toujours.

Loussouarn écrase sa cigarette et se lève.

— Je descends à la brigade téléphoner au substitut.

## 12

A l'aube du jeudi 4 mars 1982, un camion-grue souleva et déposa l'épave de la 2 CV sur le chemin de halage. En présence du substitut du procureur de la République, un Zodiac fut mis à l'eau et les pompiers, au moyen de longues perches, commencèrent de sonder l'amont de l'écluse, tandis que les plongeurs exploraient l'eau limoneuse, au bas du barrage, là où normalement le corps d'Aurore Yvinou aurait dû s'échouer, maintenu contre la paroi par la force du courant. Il demeura introuvable. Les plongeurs examinèrent le pertuis du déversoir, convinrent qu'il était assez large pour qu'on s'y glisse, mais trop étroit pour livrer passage à un corps inerte, sauf à se présenter idéalement en long, ce qui n'était guère vraisemblable ; il se serait mis de travers.

On supputa donc que la conductrice n'avait pas coulé à pic, qu'elle avait nagé plus ou moins et que la force du courant l'avait poussée par-dessus le barrage où la hauteur de l'eau, à l'aplomb du mur, atteignait un bon mètre. Bousculée, roulée par cette langue puissante, Aurore Yvinou avait été engamée par les tourbillons desquels seul un nageur expérimenté aurait pu s'arracher.

Si l'on retenait cette supposition, le corps pouvait se trouver n'importe où, à présent : flottant entre deux eaux, de Menglazeg à Pont ar Gwin, l'écluse suivante, deux kilomètres en aval ; peut-être bien même, compte tenu que le canal était en crue, était-il déjà coincé au bas du mur de cette écluse ; ou bien entre les deux écluses, accroché à l'une de ces branches de peuplier immergées que les tempêtes brisent comme des allumettes et que l'Aulne charrie en hiver, et dans ce cas il faudrait attendre l'étiage d'été pour récupérer ce que les brochets n'auraient pas dévoré ; enfin, dernière hypothèse : le cadavre, par chance, se serait échoué contre la berge, prisonnier d'un entrelacs de racines.

On leva le camp.

Cependant que les plongeurs se transportaient à Pont ar Gwin, les pompiers et les gendarmes se scindèrent en deux groupes et descendirent les deux rives en sondant de leurs perches les tapis de feuilles mortes et de branchages qui tournaient lentement dans les contre-courants.

Il était onze heures passées quand ils rejoignirent les plongeurs à l'écluse de Pont ar Gwin.

— Bredouilles ?
— Bredouilles...

Il fallut se résoudre à valider l'hypothèse la plus déplaisante : le corps d'Aurore Yvinou était calé dans le fond, quelque part, n'importe où, le long de ces deux kilomètres de canal entre les deux écluses. En pourrissant, il finirait par se décrocher et remonter à la surface, pour apparaître un jour à Pont ar Gwin sous le regard effaré d'un promeneur ou d'un pêcheur de gardons.


Le jeudi 4 mars 1982, il était tout juste neuf heures à Karn-Bruluenn quand Martial et Léontine, attablés devant leur petit déjeuner, entendirent une voiture remonter le chemin jusqu'au pennti.

— Le facteur est de bonne heure, dit Léontine.

— Qui ça pourrait être d'autre ? dit Martial.

Léontine se leva de table et regarda par la fenêtre.

— Ma ! Les gendarmes ! dit-elle.

Martial ne bougea pas de sa chaise.

— Les gendarmes ? Qu'est-ce qu'ils peuvent bien venir foutre par ici ?

— Quelque chose a dû arriver.

— Quoi ? Et arriver à qui ?

— Je ne sais pas. Ce n'est pas normal.

Loussouarn n'eut pas besoin de frapper. La porte était ouverte et Léontine se trouvait sur le seuil à triturer son tablier des deux mains.

— Quelque chose est arrivé ? demanda-t-elle.

Loussouarn maudit son métier. Mais à qui aurait-il confié cette mission d'annoncer un tel drame, à ces pauvres gens ? C'était le prix à payer pour les galons qu'il portait, que de se transformer en messager de la mort. Il en oublia presque que ces deux vieux s'étaient rendus complices d'une double falsification d'état civil. Bien qu'il eût de la bouteille, il ignorait quelle sanction s'appliquait à ce délit, inédit dans toute sa carrière.

— Bonjour Léontine. Je peux entrer ?

— Martial est là, dit Léontine en s'effaçant. On était en train de prendre le petit déjeuner.

Les yeux de Loussouarn mirent quelques secondes à accommoder. A l'intérieur, sous la lumière chiche de l'ampoule nue au plafond, se découpait la silhouette de Martial, assis dos à la cuisinière à bois, où ronronnait un bon feu. Loussouarn songea que c'était dans cette pièce, dans ce lit clos, que les deux gosses étaient nés.

— Asseyez-vous donc, dit Léontine. Vous aurez un bol de café ?

— Ma foi, je veux bien.

Loussouarn serra la main de Martial et s'assit sur le banc en face de lui.

— Mont a ra ganit ?

— Mat tre, répondit Martial. Ha ganoc'h ?

— Pas re[1], dit Loussouarn.

Léontine posa un bol et une cuiller devant le gendarme, lui versa du café et approcha la boîte de sucre en morceaux.

— Ah ? Pas re ? dit-elle en s'asseyant à côté de Martial, face au gendarme.

— Oui, pas trop. Pas du tout, même.

— Quelque chose est donc arrivé ?

Loussouarn regarda, comme fasciné, Martial émietter une crêpe de blé noir kras[2] dans son café.

— Oui, dit-il.

— Quelque chose de grave, sûrement, pour que vous veniez jusqu'ici à cette heure, dit Léontine d'une voix tremblante.

---

1. « Tu vas bien ? – Très bien. Et vous ? – Pas trop. »
2. Très cuite, croustillante.

— Oui, quelque chose de très grave.
— Avec Sylviane ?
— Pourquoi pensez-vous que ce soit avec Sylviane ? demanda le gendarme.
— Elle roule en vélomoteur, dit Martial.
— Il y a eu un accident, mais pas un accident de vélomoteur.
— De voiture, alors ? Mikelig a eu un accident à Quimper ?
— Non, Léontine, Mikelig n'a pas eu d'accident. C'est votre belle-fille.
— Aurore ? Pas avec les petits, j'espère ?
— Si. Avec les deux petits.

Loussouarn but une gorgée de café, les yeux baissés sur le motif de la toile cirée – des poules et des œufs. Il allait faire basculer des vies dans le malheur, en quelques mots, qu'il devait prononcer, misère de misère.

— La 2 CV est tombée dans le canal hier soir...

Loussouarn releva la tête.

— Les petits sont morts noyés.

Léontine cacha son visage dans le pan de son tablier.

— Mes deux petits anges ! Je peux pas croire ça.
— Il va vous falloir beaucoup de courage, dit Loussouarn.
— C'est pas possible... C'est pas possible...

— Et leur mère ? demanda Martial.

— On cherche son corps. Peut-être que pour maintenant les plongeurs l'ont trouvé.

— Et les petits, où ils sont ?

— A la morgue de Quimper, Léontine.

— On pourra les voir ?

Loussouarn réfléchit un instant et décida de faire d'une pierre deux coups : rendre service à ces pauvres vieux qui n'avaient sûrement pas les moyens de se payer un taxi, et régler la question de l'identification officielle des corps.

— Je vais vous amener là-bas.

— On va se préparer, dit Léontine.

— Et Sylviane, où elle est ? demanda Martial.

— A la brigade de Briec.

— Vous l'avez arrêtée ?

— Pourquoi penses-tu qu'on l'aurait arrêtée, Martial ?

— Je ne sais pas, je disais ça comme ça.

— Non, Martial, tu n'as pas dit ça comme ça. Autant que vous le sachiez tout de suite, Sylviane nous a tout raconté.

— Alors on va être arrêtés aussi ? murmura Léontine.

— Vous confirmez ce que Sylviane a avoué ? Que les deux petits noyés étaient ses enfants ?

— Qu'est-ce qu'on pourrait dire d'autre, maintenant ? Ça ne sert plus à rien de mentir. C'étaient nos arrière-petits-enfants, pas nos petits-enfants.

— J'ai toujours su que cette histoire finirait mal, dit Martial.

— Vous n'auriez pas dû y participer.

— Qu'est-ce qu'on pouvait faire d'autre ? dit Martial. On n'allait pas laisser Sylviane dans son malheur.

— N'importe comment, personne ne peut revenir en arrière, murmura Léontine. Ce qui est fait est fait et on n'aura pas assez de ce qui nous reste de vie pour nous lamenter.

— On n'aurait jamais dû venir sur terre, dit Martial.

— Les pauvres petits non plus, dit Léontine, puisqu'ils sont morts à présent, eux qui ne demandaient qu'à vivre.

— On va s'habiller avant de partir, dit Martial.

Quelle que soit l'immensité de leur douleur, les femmes de la campagne comme Léontine pensent toujours à la mise des défunts.

— Les petits aussi vont avoir besoin de quelque chose de propre sur eux, dit-elle. Il faudrait qu'on passe à Menglazeg leur prendre des habits.

— Oui, bien sûr, c'est une bonne idée, dit Loussouarn.

Il s'étonna lui-même de se laisser porter par le mouvement, en dehors de toute logique procédurière. Comme s'il faisait partie de la famille en deuil. Logique compassionnelle, songea-t-il. Il aurait voulu être plus vieux de huit ou quinze jours.

Martial et Léontine passèrent leurs vêtements du dimanche imprégnés d'un parfum d'eau de Cologne.

— Tu as mis un mouchoir dans ta poche ? demanda Léontine à Martial.

Il opina.

— Parce qu'on n'a pas fini de pleurer, dit-elle en éclatant en sanglots.


A Menglazeg, des rideaux s'écartèrent quand la 4L bleue se gara devant la maison.

Léontine pleurait toujours en cherchant dans les tiroirs de quoi habiller les petits sur leur lit de mort. Elle revint dans la cuisine avec des vêtements dans un sac. Loussouarn et Martial considéraient la table, et sur la toile cirée l'unique couvert.

— Le livret de famille était posé sur l'assiette, dit Loussouarn.

— C'était un avertissement, dit Martial.

— Pour prévenir qu'elle allait les noyer, dit Léontine.

— On ne saura jamais, puisqu'elle est sous l'eau elle aussi.

— Non, on ne saura jamais, dit Loussouarn.

Il fit un crochet par la gendarmerie pour avoir des nouvelles. Le corps d'Aurore était introuvable, Sylviane dormait toujours, Mikelig avait été prévenu par les collègues et s'était rendu à l'hôpital de Quimper. Loussouarn fit téléphoner qu'il les attende à la morgue.

En garant sa voiture, il songea que les morgues, salles funéraires et funérariums, puisque cela devient à la mode de nommer ces endroits ainsi, sont toujours au sous-sol des bâtiments, comme si on voulait que les morts soient le plus près possible de la terre où ils vont finir.

Mikelig était assis dans la salle d'attente. Ses yeux larmoyaient, mais pour autant ils avaient l'air de sourire. Il embrassa ses parents.

— Mon pauvre Mikelig, souffla Léontine. Tu les as vus ?

— Non, pas encore.

— Sylviane a tout avoué aux gendarmes, dit Martial.

— Avoué quoi ?
— Avoué que les petits étaient tes petits-enfants, Mikelig.
— Ah ! Et ma femme, on l'a retrouvée ?
— Il y a une demi-heure, elle était toujours introuvable, dit Loussouarn.
— Peut-être qu'elle a été sauvée par ses miches, dit Martial d'un ton amer.
— Qu'est-ce que tu racontes ? s'étonna Loussouarn, en se disant que Martial était en train de péter les plombs.
— Une histoire de gars qui a failli se noyer, dans le temps, au même endroit. Un vieux garçon, Fanch Cossec qu'il s'appelait. Il habitait la maison de l'écluse. Il était allé acheter son pain à Pont-Maenglas. En plus du bistrot, à l'époque il y avait une boulangerie. C'était avant que Raymond et Simone reprennent l'affaire. Alors le Fanch Cossec achète son pain, et puis il boit un coup au comptoir, et puis un deuxième, et ainsi de suite, et il repart chez lui par le chemin de halage. Complètement mezv-dall[1], il tombe dans le canal, et comme il ne savait pas nager il se serait noyé s'il n'avait pas eu son gros pain de six livres, qui lui faisait la semaine. Il l'avait mis dans un sac de jute qu'il portait dans le

---

1. Se prononce « méo dall ». Littéralement : « saoul aveugle ». Ivre mort.

dos avec des bretelles comme un sac de biffin. Le pain lui a servi de flotteur et le courant l'a poussé jusqu'à l'écluse. Il est remonté par l'échelle.

Une porte s'ouvrit et un agent hospitalier entra dans la pièce.

— Ils sont visibles, dit-il.

— Conduisez ces messieurs dames, dit Loussouarn. Le légiste est toujours là ?

— Il finit de rédiger son rapport dans son bureau.

— Je connais le chemin.

L'entretien entre Loussouarn et le chirurgien qui faisait office de médecin légiste fut bref. Les deux enfants avaient bien succombé à la noyade, mais...

— Je viens d'avoir le résultat des analyses de sang. Le labo a mis en évidence des traces importantes, pour ne pas dire massives, d'un hypnotique, la niaprazine, le principe actif d'un sirop que l'on prescrit pour traiter les légères insomnies de l'enfant en bas âge. Les gosses ont été endormis avant de... avant qu'ils se noient.

— Ça change la face des choses, dit Loussouarn. Vis-à-vis de la loi.

— Et vis-à-vis des turpitudes humaines, dit le chirurgien.

— Aussi, admit Loussouarn.

Il rejoignit Mikelig et ses parents. Ils étaient blêmes. Léontine trouva néanmoins la force de dire :

— Ils ont l'air reposé. Ils sont mignons, comme quand ils dormaient, à la maison.

Ils ont été drogués, songea Loussouarn.

— Il faut qu'on retourne à Briec, dit-il. Je vais vous garder tous les trois à la brigade, en attendant.

Ni Mikelig ni ses parents ne lui demandèrent en attendant quoi.

En attendant les instructions du procureur, qui allait sans doute prononcer la mise en garde à vue des quatre protagonistes de ce qui n'était plus du tout un accident.

## 13

Dans les landes à vipères, dans les taillis touffus, au cœur des forêts criblées de grottes et bousculées de chaos, au bord des étangs et le long des rivières, souvent les chasseurs jouent le rôle de supplétifs involontaires de la gendarmerie nationale. Incidemment, des jours, des semaines, voire des mois après une disparition, les chiens d'un chasseur reniflent un cadavre. S'il s'agit d'une affaire criminelle, l'enquête fait un grand pas en avant.

Henri Caroff, retraité de la Société armoricaine de transports, et célibataire endurci, avait dans sa jeunesse connu la fièvre des glorieux matins d'ouverture, à l'époque où la chasse débutait le premier dimanche de septembre. On démarrait à l'aube dans la fraîcheur de la rosée et l'après-midi on tombait la veste pour courir après le gibier en bras de chemise, sous le soleil brûlant d'un regain d'été à faire panteler les hommes aussi bien que les chiens. Les lapins et les lièvres pullulaient, les compagnies de perdrix étaient chaque année aussi nombreuses, qu'on poursuivait toute la journée d'éteules en champs de betteraves et de champs de choux en prairies fauchées, à en tomber raide mort de fatigue, le soir.

La myxomatose avait éliminé les lapins, une maladie venue d'Europe de l'Est avait éradiqué les lièvres, l'agriculture intensive avait affamé les perdrix, incapables de se nourrir et de se reproduire, faute de larves et d'insectes bousillés par les pesticides sur les terres vouées au dieu maïs. Alors Caroff s'était mis à chasser la bécasse, un art autrefois réservé à une espèce d'aristocratie qui avait les moyens de se payer des chiens d'arrêt. L'attente des premiers passages des belles mordorées, en général vers la Toussaint, remplaça la fièvre des ouvertures d'antan.

En vérité, Caroff ne chassait plus guère ou du moins ne tuait-il plus beaucoup d'oiseaux. Au fil des saisons, ayant pris conscience des abus auxquels il avait lui-même cédé – des dix et des douze bécasses *par jour* ! –, il était devenu poète, s'était fixé un quota de dix bécasses *par an*, préférant, plutôt que de se glorifier de tableaux mirifiques coude-à-coude avec des viandards au comptoir de Pont-Maenglas, s'enorgueillir du travail de ses setters et s'émerveiller des sublimes ruses de l'oiseau au long bec.

Sa passion des chiens permettait aussi à ce modeste retraité d'arrondir ses fins de mois. Il appartenait à un réseau d'éleveurs amateurs soucieux du maintien des critères de la race et propriétaires de sujets, payés fort cher, de grandes origines, des chiennes qu'ils emmenaient faire saillir à l'autre bout de la France par des médaillés de concours internationaux, ou des mâles dont ils faisaient payer les saillies, soit en cash, soit en récupérant un ou deux chiots de la portée, qu'ils revendaient.

Des portées de leurs chiennes, ou des chiots obtenus en paiement des saillies de leurs mâles, ils gardaient de temps en temps un élément, chez lequel, dès l'âge de deux ou trois mois, ils pensaient avoir détecté de grandes aptitudes, et qu'ils dressaient en y consacrant beaucoup de temps et de soin, dans l'espoir qu'un jour ils brilleraient à leur tour dans un concours international. Dans ce cas, ils gagneraient le jackpot : si le médaillé était un mâle, des saillies à une brique ; si c'était une femelle, des chiots à venir qu'ils vendraient, une fois débourrés, des mille et des cents à des bourgeois fortunés, et souvent manches avec les chiens, il fallait bien le dire.

L'une des jeunes chiennes de Caroff, un setter tricolore, lui donnait à penser qu'il tenait en elle l'un de ces tickets gagnants.

Le jeudi 4 mars 1982, vers quatorze heures, il sortit l'entraîner en compagnie de deux mâles de cinq et six ans, des mentors confirmés concernant la chasse, mais au rappel de vraies bourriques qui n'avaient jamais rapporté la moindre médaille aux concours.

Sur les hauteurs de Menglazeg, à l'écart du hameau et de la route de Briec, là où ses chiens pouvaient aboyer sans gêner personne, Caroff avait acheté et retapé de ses mains les bâtiments d'une métairie abandonnée, dont les terres avaient été reprises par un éleveur de cochons. Il habitait la longère et ses setters occupaient la crèche.

Dans le pourtour immédiat, le terrain n'était guère propice à la chasse à la bécasse : pâtures, terres cultivées, talus déboisés, de maigres taillis ici et là. Aussi Caroff, comme à son habitude, coupa-t-il à travers champs pour rejoindre son terrain de chasse proprement dit : la ligne de crête de la colline boisée qui bordait le canal sur deux bons kilomètres, entre les écluses de Menglazeg, en amont, et de Pont ar Gwin, en aval.

Là-haut, en bordure des champs, c'était d'abord un large fossé où la ronce et la fougère prospéraient, une frontière entre la terre arable et acide qu'il fallait amender et les taillis en pente qui dégringolaient jusqu'à la zone marécageuse, souvent inondée en hiver, des abords du canal. Le fossé du haut était plein de pièges, pour un promeneur non averti : par endroits, une fois qu'on l'avait franchi, il menait à un creux en pente douce, au milieu raviné, un peu comme une valleuse de bord de mer ; mais à d'autres endroits la végétation du fossé dissimulait le précipice d'une carrière d'ardoise éboulée, un trou parfois profond de quinze ou vingt mètres que les chiens, heureusement, évitaient d'instinct, même quand une bécasse jaillissait du fossé pour fuser à la verticale, se rétablir à l'horizontale, et en quelques coups d'ailes franchir le canal. Les setters de Caroff, s'ils avaient bondi la tête en l'air, freinaient des quatre pattes et s'arrêtaient pile au bord du précipice. Si Caroff avait tiré et abattu la bécasse à la cime des arbres, ils faisaient un long détour pour trouver un passage sûr et aller cueillir l'oiseau, quelque part au fond du trou.

La chasse ayant fermé le dimanche précédent, Caroff sortit sans fusil. Cet après-midi-là, il choisit de diriger ses pas et ses chiens vers Menglazeg, avec l'intention de longer le fossé du haut, de descendre à hauteur de l'écluse, d'arpenter ensuite le bas marécageux du taillis en direction de l'aval, pour remonter à hauteur de l'écluse de Pont ar Gwin et rejoindre son point de départ en suivant le fossé du haut. Une balade assez sportive, à mettre à plat les setters, qui parcouraient dix fois plus de distance que leur maître.

Presque toujours février est un mois de maigre butin. Le temps s'est radouci, les bécasses se sont envolées vers le nord. Mais il arrive qu'elles s'attardent ; et il arrive aussi, réalité ou légende, qu'elles se regroupent comme les hirondelles avant le départ. Ce fut le cas, faut-il croire, ce jeudi 4 mars 1982.

En raison de l'épisode pluvieux qui avait duré toute une semaine et n'avait cessé qu'à la fin de la nuit, Caroff savait d'expérience que si bécasses il y avait, il les trouverait au sec, dans le fossé du haut, où le soleil précipitait une lumière laiteuse dans les vapeurs de brume qui montaient du canal.

A peine eut-il atteint la bordure que ses deux setters, les vieux briscards, se mirent à l'arrêt. Avec un peu de timidité, la chienne patronna. Le cœur battant de fierté, Caroff laissa l'arrêt se prolonger, pour le plaisir de contempler ses trois chiens, leurs trois corps fins et musclés, à demi couchés comme des félins, la truffe pointée dans la même direction. Puis il plongea la main dans le carnier de sa veste de chasse où il gardait des pommes de pin. Il en lança une, la bécasse fusa, vira à la cime des chênes et disparut de l'autre côté du canal. Les vieux briscards tournèrent la tête vers leur maître, étonnés de n'avoir pas entendu de coup de fusil.

L'équipe poursuivit son chemin et, une cinquantaine de mètres plus loin, ce fut un nouvel arrêt des chiens, la jeune chienne en tête, cette fois. La bécasse piéta sous les fougères sèches, trompa la chienne mais pas les deux mâles, qui ne lâchaient pas les bécasses de plus de deux mètres : l'odeur s'atténuant, ils la rattrapaient, et se mettaient à l'arrêt, et ainsi de suite. La chienne resta en arrière. Tu apprendras, ma belle, se dit Caroff. Cette deuxième bécasse avait sûrement été levée maintes fois au cours de la saison, elle connaissait la musique sur le bout des pattes : piéter jusqu'à se découvrir une aire de lancement favorable. Ce fut à proximité d'un gros arbre tombé. Elle se leva d'un mètre à peine, passa par-dessus le tronc, vola en rase-mottes sous la protection de l'arbre couché, puis se leva à bonne distance, vira aussitôt à l'abri d'un taillis et disparut dans la futaie pour se poser à mi-pente, supputa Caroff. Mentalement, il applaudit des deux mains.

Cinquante mètres plus loin, nouvelle expérience, pour la jeune chienne : deux bécasses en même temps. Caroff n'en douta pas, à l'allure des mâles qui, à l'arrêt, pointaient leurs truffes dans deux directions différentes. En action de chasse, il se serait préparé à tenter un doublé. En ce jour d'entraînement, il se contenta d'observer sa chienne. Dans le dos de ses mentors, ahurie, elle bougeait légèrement la tête de droite à gauche et de gauche à droite, se demandant bien quel était le mystère de cette double odeur...

Une bécasse s'envola, comme un éclair, juste entraperçue. A trois secondes d'intervalle, sa congénère se leva à son tour et longea le fossé d'un vol faussement nonchalant, tel un oiseau de nuit. La chienne lui courut après, et quand l'oiseau plongea vers la pente, entre les deux houx qu'il avait choisis, elle aboya. Aïe ! Aïe ! Aïe ! songea Caroff. Poursuite et aboiement, deux défauts qu'il ne serait pas facile de corriger. Les espérances de médailles internationales s'évaporèrent.

Mais la chienne reprit quelques bons points, plus loin dans la balade, en tenant l'arrêt et l'envol aussi bien que les anciens. Onze bécasses de plus s'envolèrent du fossé, ce qui donnait un total de quatorze. Quatorze bécasses de levées, un 4 mars ! Et ce n'était peut-être pas fini ! La saison se terminait en apothéose. Caroff se félicita d'avoir sorti ses chiens.

Au niveau de l'écluse de Menglazeg, l'homme et les chiens descendirent prudemment la pente, à travers le taillis de chênes et de châtaigniers rabougris – quasiment enracinés dans le schiste –, puis à travers les saules de la zone marécageuse.

Caroff fut surpris par l'activité qui régnait au bord du canal. Une dépanneuse embarquait une épave de 2 CV sous l'œil de deux gendarmes. Un accident ? Des noyés ? Caroff se serait bien renseigné, mais un camion de pompiers remontait de l'aval sur le chemin de halage, et il eut peur pour ses chiens, peu habitués aux bagnoles. Il les entraîna de nouveau dans le marécage, au bas de la pente, pour rejoindre l'écluse de Pont ar Gwin et boucler son tour.

Les deux mâles changèrent de comportement. Ils ne perdirent pas de temps à patauger dans les mares. Autant, là-haut, ils avaient chassé avec circonspection, retenus par toutes ces odeurs de bécasses à répétition, autant ils retrouvèrent, sur l'à-pic de la colline, l'ample quête des setters. Ils négligèrent le terrain humide hanté par les méprisables poules d'eau et seulement fréquenté par les bécasses quand il gelait à pierre fendre et qu'elles ne pouvaient pas véroter ailleurs.

Les deux setters s'élançaient à l'assaut de la pente, par moments arc-boutés des quatre pattes à la roche, puis redescendaient par bonds élastiques, comme des animaux en caoutchouc – ou des setters volants, se marra Caroff.

La jeune chienne suivait, maladroite et timorée. Elle roulait sur la pente, retombait sur ses pattes, décontenancée et péteuse comme si on lui avait botté le train, et cherchait ses mentors du regard. Les apercevant, elle fonçait sur leurs traces comme une dératée. Pour elle, ce n'était plus de la chasse, mais de l'entraînement sur terrain difficile. Il fallait l'endurcir, la jeune chochotte, cette porteuse d'espérances, et prendre le risque qu'elle se casse quelque chose et soit foutue. Cela faisait aussi partie de la loterie.

Caroff perdit ses chiens de vue. Soudain, il les entendit aboyer, tous les trois. Les deux mâles, excellents chiens de garde à la ferme, aboyaient furieusement comme en présence d'un intrus. La jeune chienne jappait, apeurée.

Caroff siffla, appela, s'égosilla. En vain. Les aboiements continuaient. Il râla. A ses yeux de puriste, ce défaut d'obéissance gâchait le début exceptionnel de la balade, ces quatorze bécasses arrêtées et levées. Qu'est-ce que ces cons de chiens avaient bien pu dégotter là-haut ? Il dut se résoudre à y aller, s'orienta dans le taillis d'après les aboiements, s'arrêta pile au bord d'une ancienne carrière creusée à flanc de coteau. Les chiens aboyaient en direction d'un renfoncement. Il appela et siffla de nouveau, toujours sans succès. En s'agrippant des deux mains aux ardoises qui saillaient de la terre, en testant les appuis sous ses semelles, il descendit jusqu'aux chiens.

— Hé ben, les loulous, qu'est-ce qui se passe ?

Il s'agenouilla et avança le buste à l'intérieur de la cavité. Les deux mâles grognèrent.

— Un sanglier, mes pépères ?

On en voyait de temps en temps, qui descendaient des bois de Laz. Mais bon, un sanglier, coincé dans ce trou...

Un chevreuil blessé ?

Pourquoi pas ? Mais les setters de Caroff, s'ils menaient le chevreuil sur une cinquantaine de mètres – la distance apprise à coups de collier électrique –, ne gueulaient pas après.

Un blaireau ?

Les blaireaux ont un terrier, pas un trou dans une ardoisière.

Un chat sauvage ?

Ah ça, oui. Tous les setters de Caroff, jeunes et vieux, ne pouvaient pas blairer les chats. Plus d'un matou était passé de vie à trépas autour du corps de ferme.

Mais bon, mais non, un chat sauvage se réfugie en haut d'un arbre, de l'un de ses arbres à chats, pas dans un trou où il peut se faire baiser.

Un renard ?

Les deux mâles grondèrent.

— Couché ! leur intima Caroff.

Ils se couchèrent, la jeune chienne s'assit.

Caroff avait cessé de fumer mais il avait toujours un briquet sur lui, pour les copains, ou pour mettre en route la flambée, dans les cabanes où les gars de la société de chasse cassaient la croûte. Il l'alluma.

Et vit une femme.

Trempée, les cheveux sur la figure, des traces de larmes sur les joues, une grosse bonne femme, à faire peur.

— Qu'est-ce que vous foutez là ? demanda-t-il.

Elle cria :

— J'ai pas voulu !

— Voulu quoi ?

— Les noyer.

— Noyer qui ?

— Les petits.

— C'est à cause de vous, tout ce ramdam au bord du canal ?

— J'ai pas voulu, souffla Aurore.

— J'y pige que couic à vos histoires et je m'en fous. Vous allez sortir de là et me suivre...

— Je veux pas...

— Si vous sortez pas de là, je lâche mes chiens sur vous ! menaça Caroff en rigolant intérieurement.

Ses setters aboyaient, mais n'avaient jamais attaqué personne...

— Non !

— Alors faut me suivre gentiment.

— Oui...

Aurore sortit à quatre pattes et se mit debout. Caroff l'empoigna par le bras. Leur maître avait fait ami ami avec l'être humain, les chiens s'en désintéressèrent et repartirent de plus belle à travers le taillis.

Merde alors, songea Caroff, va falloir que je ramène cette bonne femme au canal tout en tenant mes chiens... Pourvu que les gendarmes soient toujours là...

Ils s'apprêtaient à partir. Ils aperçurent le groupe, trois chiens, un homme et une grosse bonne femme échevelée et nu-pieds qu'il tenait par le bras. Ils marchèrent à leur rencontre. Les chiens aboyèrent à la vue des uniformes. Caroff les calma.

— C'est cette dame que vous cherchez ? dit-il aux gendarmes.

— Vous êtes madame Aurore Yvinou ? demanda un des gendarmes.

— J'ai pas voulu, dit-elle en éclatant en sanglots.

— Voulu quoi ?

Elle ne répondit pas. Caroff le fit à sa place.

— Noyer les petits, qu'elle m'a dit.

— Vous êtes au courant ?

— Je suis au courant de rien du tout ! Pour moi tout ça c'est du chinois. Qu'est-ce qui s'est passé ?

— On vous expliquera, dit un des gendarmes. Madame Yvinou, nous vous emmenons à la brigade de Briec.

— Je vais être arrêtée ?

— Et vous aussi, il va falloir nous suivre, continua le gendarme. Pour le témoignage.

— Hein ? Et mes chiens ? Il faut que je les rentre.

— Vous habitez où ?

— Là-haut, à Kervian.
— Vous vous appelez comment ?
— Henri Caroff.
— Vous avez une voiture ?
— Ben heureusement, sinon je serais ravitaillé par les corbeaux.
— Ramenez vos chiens chez vous et venez ensuite à la brigade.
— Parlez d'une après-midi, grommela Caroff.
Une après-midi qui avait si bien commencé et se terminait par des emmerdes.
— Si c'est pas malheureux, ajouta-t-il.
— C'est bien plus malheureux que vous ne pensez, dit un des gendarmes, et le second opina.
— Bon, dit Caroff, je serai à Briec dans une heure, une heure et demie.
Le lendemain, pour avoir contribué à élucider le mystère de la disparition d'Aurore Yvinou, il aurait sa photo en page locale du *Télégramme* et d'*Ouest-France*. Il aurait préféré que ce fût en tant que finaliste, sinon vainqueur, d'un *field* – concours de chiens d'arrêt sur gibier lâché.
Quoique, se dit-il, il y a un peu de ça, tout de même... Finalement, mes chiens ont *arrêté* et débusqué un gibier blessé...

# 14

Dès son arrestation au bord du canal où Caroff la livra aux gendarmes, Aurore sombra dans un état semi-catatonique, alternant épisodes de prostration et bouffées d'agitation au cours desquelles, le visage grimaçant et les yeux exorbités, elle répétait, protestait, hurlait : « J'ai pas voulu ! »

A la brigade, Loussouarn ne put rien en tirer. Le procureur donna son accord pour l'hospitaliser. Le vendredi soir, Aurore fut d'abord admise aux urgences médico-psychiatriques de l'hôpital Laënnec, d'où elle fut transférée le lendemain dans une chambre de sûreté de l'hôpital psychiatrique Gourmelen. Enfin, deux semaines plus tard, elle fut incarcérée à la prison de femmes de Rennes, sous l'inculpation d'homicide volontaire, bien qu'elle n'eût pas, à proprement parler, signé d'aveux, mais seulement donné sa propre version des faits, impossible à étayer et par conséquent insatisfaisante aux yeux du procureur pour mener à un non-lieu. Il la renvoya devant les assises.

Aurore ne put assister aux obsèques des petits, et cela valut mieux pour elle, non pas que la foule l'eût lapidée – les Bretons ont la haine discrète –, mais à cause des paparazzi qui ne lui auraient certainement pas arrangé le portrait.

A la suite de la conférence de presse que donna le procureur dans la matinée du vendredi 5 mars 1982, la presse régionale – journaux, radios et télévision – développa le sujet. Les correspondants d'hebdomadaires spécialisés dans le fait divers criminel alertèrent leurs rédactions, si bien que le samedi deux journalistes de deux magazines différents débarquèrent de l'avion à l'aéroport de Quimper-Pluguffan. Se connaissant, ils firent équipe, et bourse commune pour la voiture de location.

Emphatiques dans leur domaine – la narration du sordide –, tous deux décriraient Menglazeg comme une bauge noire où vivaient des êtres craspecs, mi-hommes, mi-bêtes, donnant libre cours à leurs plus vils instincts. Ruraux tarés de génération en génération, homosexuels plus que louches – Basile et Boris –, cartomancienne droguée – l'Artiste –, vieilles empoisonneuses – Channig et ses copines.

Infichus de déceler la détresse à l'envers de ses sourires d'infirme soumis, tous deux décriraient Mikelig non pas comme un naïf vulnérable mais comme un parfait demeuré, dont ils profitèrent sans scrupules. Jamais l'escamotage de documents ne leur fut plus facile qu'avec ce candide assommé par la tragédie. Aux journalistes, il ouvrit sa porte, ses tiroirs, sa boîte de biscuits remplie d'instantanés et son album de mariage. Les secrétaires de rédaction des gazettes à sensation eurent l'embarras du choix pour illustrer les comptes rendus déclamatoires du « double crime du canal ». Entre autres trésors à régaler les voyeurs : la grand-mère des petits, la « présumée coupable », en robe de mariée et coiffée d'une capeline, au bras de son époux arborant une chemise à jabot ; la mère des petits, en communiante ; les petits, à différents âges. Autant de photos dont le contraste serait durci à l'impression pour les rendre plus sinistres. Autant d'originaux que Mikelig ne reverrait plus...

Dans son ingénuité, il alla même jusqu'à leur parler du livret de famille posé sur l'assiette et, incapable de résister à la faconde des Parisiens, accepta de mettre un couvert sur la table. Les journalistes prirent une photo, en regrettant que ledit livret se trouvât entre les mains des gendarmes. Qu'importe, un pro du photomontage en incrusterait un, avant la mise en page.

À Karn-Bruluenn, Martial déclencha leur enthousiasme d'apprentis Chateaubriand de l'immonde : reclus dans une « masure blottie contre un éperon rocheux sur lequel s'empale un ciel de plomb où tournoient des nuées de corbeaux, tels des vautours affamés de charogne », un vieil homme des bois « au regard farouche, vivant avec ses porcs sur de la terre battue » (cliché de circonstance) et « armé d'un fusil » – réalité : Martial refusa tout net de les laisser entrer, leur intima de foutre le camp et, comme ils insistaient, il alla prendre sur le dessus de l'armoire son lebel alésé en calibre 24, souvenir de Ker-Askol, et les menaça d'une cartouche dans le cul s'ils ne mettaient pas les voiles. Pour les fouineurs, ce fusil pointé sur eux fut la cerise sur le gâteau d'un reportage fabuleux.

Aux obsèques des petits, qui eurent lieu le lundi, ils se tinrent à distance, craignant que cet arrière-grand-père vindicatif n'ameute d'autres hommes des bois qui leur feraient la peau. Ils prirent quelques vues d'ensemble du cortège à la sortie de l'église, et c'est au téléobjectif de 400 mm qu'ils photographièrent Sylviane pendant l'inhumation. La mère des petits les combla : il n'y aurait pas de rupture de style dans leur narration, pas plus que dans les illustrations. Aucun mouton blanc – quelqu'un de bien, quelqu'un de digne – parmi ces moutons noirs, tous plus ou moins complices les uns des autres. Rien que du répugnant. Pensez donc, voyez donc, constatez : la mère des pauvres petits noyés, attifée en pute des halliers, blouson en croûte de cuir, collant rouge et bottes de motard, cheveux gras, cils empoissés de rimmel et bouche tartinée de rouge à lèvres glossy. C'est ainsi que les nécrophages punirent Sylviane d'avoir osé leur refuser une interview.

Le vieux curé, dans sa brève oraison, ne mêla pas Dieu au fait divers, sinon pour affirmer sa certitude que les deux petits reposaient heureux, pour l'éternité, sous l'aile des anges du paradis.

A partir du postulat de l'existence d'un Dieu de bonté, les philosophes cherchent en vain la justification de la mort d'un enfant. Les âmes simples, elles, se contentent de ressentir l'injustice, et occultent leur incompréhension.

Elles remplissaient l'église de Saint-Quelven, sans hostilité à l'égard de Dieu ni des humains responsables de la mort des enfants. Au contraire des témoins étrangers au terroir, elles étaient capables, pour avoir vécu elles-mêmes ou via leurs ancêtres les pires misères de l'existence, d'imaginer la détresse qui avait poussé la mère des petits à accoucher en secret, et leur grand-mère à la pire des extrémités.

La commune fournit les deux cercueils, transportés de l'église au cimetière dans la Renault Espace aménagée en corbillard des frères Barazer, deux jeunes gars du pays. Ils avaient repris pour quelques sous une marbrerie artisanale qu'ils avaient transformée en véritable entreprise de pompes funèbres moderne, en proposant les mêmes services que les enseignes nationales qui faisaient de la publicité dans les journaux – déclaration du décès, soins conservatoires si nécessaire, funérarium avec salon d'accueil pour les familles et les visiteurs –, mais eux au moins ne faisaient pas signer de devis dans la douleur. Ils étaient réputés pour ne pas estamper les gens. En outre, nés du côté de Pleyben, ils bénéficiaient d'un monopole psychologique. Connus, ils connaissaient de près ou de loin sinon tous leurs clients du moins quelqu'un de la famille, et c'était rassurant, et somme toute assez plaisant, les choses étant ce qu'elles sont et la vie ayant une fin, de savoir qu'on serait enterré par des gens de qualité.

En chemin, un vieux exprima une pensée partagée par d'autres anciens : dommage que le cheval qui dansait ne fût plus de ce monde, cela aurait amusé les petits, comme un tour de manège.

— Hein, mes pauvres mignons, que ça vous aurait fait plaisir ? dit-il en levant le menton en direction du corbillard.

En Bretagne, on parle aux morts et on leur prête les mêmes sentiments qu'aux vivants.

Des paroissiens s'étaient cotisés pour acheter des gerbes de roses blanches. Chacun en jeta une dans la fosse, en détournant son regard des quatre affligés : Martial, le visage non pas de marbre mais de vieux cuir tanné par les intempéries du sort ; Léontine, voûtée et la poitrine creuse, comme si elle avait reçu un coup de sabot de cheval dans l'estomac ; Sylviane, crispée, le visage ruisselant de larmes, regardant droit devant elle pour embrasser d'un seul regard le cimetière, des champs fraîchement labourés et au-delà une colline boisée derrière laquelle serpentait la vallée du canal tranchée dans un méandre par l'écluse de Menglazeg ; Mikelig, vêtu de son costume de marié et de sa chemise à jabot, avec, gravé sur ses traits depuis son enfance, ce drôle de sourire dans les yeux, un sourire à faire pitié, dans un cimetière.

Sitôt la cérémonie achevée, Basile et Boris conduisirent Martial, Léontine et leur petite-fille à Karn-Bruluenn. Sylviane allait s'y enfermer un moment à l'abri de la curiosité des médias, sous la protection du lebel de son grand-père.

Bien évidemment, ni les gendarmes ni le procureur lors de sa conférence de presse n'avaient fait mention d'un Paulo, père putatif des petits noyés. Une pièce manquait donc au tableau de chasse des journalistes, un élément idéal pour maintenir les lecteurs en haleine.

Leur quête fut aisée. Elle ne leur coûta qu'une tournée générale à Pont-Maenglas. Simone, Raymond et Roger la Vache leur tendirent volontiers une bobine de fil rouge – un prénom, une adresse approximative et un engagement dans l'infanterie de marine – qu'il leur suffit de dérouler jusqu'au Tchad.

Contacté par téléphone, Paulo livra une belle et bonne interview. Lapidaire, concernant sa qualité de père putatif : il la déniait, et ses dénégations étaient crédibles compte tenu des conditions dans lesquelles les grossesses de Sylviane avaient été dissimulées. En revanche, flatté de l'intérêt qu'on lui portait, il s'étala sans méfiance sur son propre pedigree, ce qui permit aux journalistes de prolonger l'affaire par un beau papier sociologique sur l'exode rural qui forçait toujours, en 1982, les jeunes gars à s'engager dans l'armée, à défaut de pouvoir vivre et travailler au pays. L'article fut illustré d'une photo de marsouins anonymes aux yeux barrés d'un rectangle noir, précaution élémentaire contre d'éventuels procès, tout comme le point d'interrogation bémolisant l'assertion : « Paulo, suborneur et père ? »

L'armée, qui déteste les taches sur l'uniforme de ses sujets, lui fit comprendre que son contrat ne serait pas renouvelé. La justice le convoquerait en qualité de témoin aux assises.

Le jury populaire souverain donnerait ou ne donnerait pas foi au récit d'Aurore Yvinou qui faisait de la noyade de ses petits-enfants un crime bâtard, mi-accident volontaire, mi-homicide involontaire, et autres nuances absentes du Code pénal. Mais de quelque côté que l'on considérât sa version, aux yeux de l'accusation la préméditation était patente, et les deux enfants avaient été noyés. En conséquence, la détention préventive s'imposait. Aurore Yvinou attendrait son procès en prison.

Ce fut le vendredi 12 mars 1982, soit une semaine après son internement à l'hôpital psychiatrique de Quimper, qu'Aurore Yvinou demanda à parler aux « gendarmes de Briec ».

Moins épouvantée par l'horreur de son acte que paniquée par la mise en branle de la machine judiciaire et la perspective d'être toisée de très haut par ces effrayantes statues du commandeur qui ont pour noms greffier, substitut, procureur, juge d'instruction, avocat général, Aurore se raccrocha à des figures familières, certes en uniforme de censeurs, mais des gens du pays, assez bonhommes pour adresser de simples remontrances au voleur de pommes et se borner à frotter les oreilles des caïds bagarreurs des bals du samedi soir, oui, ces hommes-là qui chassaient et pêchaient dans les environs, et cultivaient un bout de jardin comme tout le monde, étaient capables de l'écouter et de la croire, et non pas de la juger sur les apparences, au contraire des cariatides du palais de justice qui, la bouche cachetée et les yeux vides, vous condamnent dès que vous posez le pied sur la première marche du temple dont elles soutiennent le portique.

Ce fut au brigadier-chef Loussouarn, en qualité de premier enquêteur sur l'affaire et d'officier de police judiciaire représentant la brigade de recherche de la gendarmerie, qu'incomba la responsabilité de recueillir, de mettre en forme et de restituer en langage clair et administratif ce que par convention on appela « les aveux » d'Aurore Yvinou.

# 15

Dans l'intervalle d'un peu plus de deux ans entre la tragédie et le procès, chacun fit bande à part, comme on dit au pays.

Après trois mois passés chez son grand-père, Sylviane éprouva le besoin de vivre seule, loin de Menglazeg, le *lieu du crime*. Avec l'aide des services sociaux, elle obtint un deux-pièces cuisine dans une HLM à Quimper et trouva un emploi de caissière dans un hypermarché de la périphérie. En attendant l'épreuve des assises qui raviverait les braises de la douleur, elle mena une vie monastique, ne fréquentant personne et, hormis l'obligation de s'adresser aux clients, ne parlant guère, sinon pour lancer avec hargne à une collègue qui voulait l'entraîner en boîte rencontrer des gars : « Les mecs, faudrait tous leur couper les couilles... »

Elle ne répondit pas aux lettres larmoyantes de sa mère et n'alla pas voir son père. Un dimanche de temps en temps, au début de son installation à Quimper, avant qu'elle passe son permis de conduire et achète une voiture d'occasion, elle prenait le car pour retourner à Karn-Bruluenn, partager le silence de son grand-père. Elle voyait un psychiatre deux fois par mois et le traitement qu'elle suivait repoussait les idées de suicide sous le tapis de sa vie en jachère, dans l'expectation somnolente de jours meilleurs, impalpables et nébuleux.

Comme si la mort de ses petits-enfants, l'opprobre et l'incarcération de sa femme à Rennes n'étaient pas une punition suffisante, Mikelig fut en butte à des ennuis inattendus : par la Caisse d'allocations familiales, une action en recouvrement des sommes indûment perçues, primes à la naissance et allocations pour deux enfants qui n'étaient pas les siens. Bousculé par le bulldozer administratif, menacé de saisie-arrêt sur salaires, d'hypothèque judiciaire et de vente de sa maison à la criée du tribunal, il consulta avec humilité le conseil d'Aurore, un jeune avocat commis d'office pendant sa garde à vue. La cause était indéfendable, l'alternative était simple : négocier avec l'administration un échelonnement du remboursement de la dette, ou payer recta. Mikelig mit sa maison en vente, mais personne ne s'intéresserait avant longtemps à cette maison du crime, supposée maléfique.

Mourir est une façon définitive de faire bande à part.

Au mois de septembre 1984, Léontine fut emportée en moins de trois semaines par un cancer du foie foudroyant. Le mal se manifesta comme une banale jaunisse et Martial s'interrogea sur ce qu'ils avaient bien pu manger que Léontine n'eût pas digéré : rien de différent que d'ordinaire. Au bout de huit jours, de plus en plus jaune, Léontine ne pouvait plus rien avaler, à peine une gorgée d'eau, qu'elle vomissait aussitôt. Elle accepta enfin que Martial appelle le médecin, fut hospitalisée en oncologie, puis en soins palliatifs, pour finir « endormie », afin de lui épargner de trop grandes souffrances.

Martial accepta le décès de sa compagne de misère sans broncher, comme un nouveau coup du sort auquel il pouvait s'attendre. On a beau être pauvre, on n'en prévoit pas moins sa mort, quand on ne veut pas être enterré dans le carré des indigents. Cela faisait au moins dix ans que Martial et Léontine avaient acheté une concession trentenaire au cimetière de Saint-Quelven et payé le monument qui irait dessus. Les pauvres petits noyés avaient inauguré la sépulture. Il restait deux places pour les titulaires. De ce côté, avant de tomber dans le coma, Léontine avait dû partir tranquille, sûre de reposer avec les petits et d'être un jour rejointe par son Martial. « Les autres » n'auraient qu'à se débrouiller, songea-t-il à la sortie de l'église.

Le vieux curé et Sylviane montèrent à l'avant du corbillard, Martial à l'arrière, près de sa Léontine, sur la banquette parallèle au cercueil. Le temps du cheval qui dansait s'était encore éloigné depuis l'enterrement des petits. A présent, ce n'était plus à pied mais en voiture qu'on suivait le corps, une file plus ou moins longue selon la notoriété du mort. Celle de Léontine n'était pas bien grande, à en juger par le petit nombre de voitures à suivre le corbillard : la R6 de Mikelig, avec à ses côtés Aurore, qui avait obtenu une permission pour l'événement ; une 4L de la gendarmerie avec à bord les deux gendarmes chargés de l'amener et de la ramener ; une demi-douzaine d'autos d'anciens patrons de Martial, tenus à la corvée par les usages plus que par les sentiments.

Près de la fosse, le vieux curé ouvrit son livre à la page des dernières paroles et fixa par-dessus ses lunettes, plus longtemps qu'il ne l'aurait fallu, les gens qui lui faisaient face. Son regard accrocha celui de Martial, et ce dernier eut la certitude que, tout comme lui, le curé avait honte pour la morte, accompagnée au cimetière par ces figures de lancer de balles forain : son fils Mikelig, fagoté dans son costume de marié, avec sa chemise à jabot ; sa bru, Aurore, boudinée dans un survêtement qui lui faisait une poitrine et un cul de statuette préhistorique ; sa petite-fille, Sylviane, pour qui il avait beaucoup d'affection, mais qu'il ne comprenait pas. Pourquoi s'acharnait-elle à donner d'elle une idée qui ne correspondait pas à son moral ? Pourquoi provoquer les gens ? Pourquoi vouloir qu'on la méprise ? Au fond d'elle-même, il le savait, elle n'était pas comme ça, ou n'était plus cette fille aux cheveux teints en rouge et juchée sur des espèces d'échasses en liège qui faisaient paraître sa jupe encore plus courte. Enfin, sans doute le curé voyait-il aussi bien que Martial les fantômes du petit Louis et de la petite Capucine, tristes comme des gosses qui n'ont jamais appris à jouer.

Martial s'adressa intérieurement à sa femme : voilà la descendance qu'on a produit, ma pauvre Léontine ; pourtant, on ne méritait pas ça. Il dérivait au-delà du chagrin, dans cette zone dangereuse où la tête s'embrume d'un mélange d'amertume et de dérision, de fatalisme et de désespoir, où des démons d'une voix sardonique vous chuchotent à l'oreille que mieux vaudrait se pendre.

Dans ces conditions, dit-il à sa Léontine – quelles « conditions » ? l'injustice de la mort prématurée ? l'échec de toute une vie ? –, il n'y a pas plus de vie que de mort, rien à foutre de l'un ou de l'autre. Comme s'il se dédoublait et que son esprit le quittait pour gonfler un ectoplasme de même forme que lui, il se regarda lui-même, considéra son enveloppe corporelle au bord de la fosse et songea à tout un tas de choses bizarres, tandis que le curé récitait son texte.

Témoin de sa propre présence à l'inhumation de sa Léontine, il songea que quelqu'un qui n'aurait pas bien connu le vieux curé l'aurait suspecté de ne point forcer son talent, pour cause d'inhumation d'une paour-kaezh treut[1], qui ne méritait pas des ronds de phrase et des prières mielleuses, à attirer le denier du culte. Ce n'était pas cela. Le vieux curé, comme tous les anciens de sa génération, était au bout du rouleau. Qui le lui aurait reproché ? Personne. Il avait repris du service, alors que, perclus des petites misères de l'âge – rhumatismes, cholestérol

---

1. Littéralement : « pauvre hère maigre ». Pauvre d'entre les pauvres.

et diabète qui vous forcent à avaler des pilules et non plus des hosties –, il aurait bien mérité de se faire dorloter à Missilien, la maison de retraite quimpéroise du clergé cornouaillais.

Il avait enterré tellement de gens qu'il avait bien le droit d'être fatigué comme tout le monde, songea Martial, lui-même sur la dernière marche, près de basculer au fond du trou de la lassitude morale et physique. Il se sentait étranger sur ces terres qu'il avait cultivées pour ses patrons, où autrefois chaque parcelle était appelée par son nom, comme une personne.

D'abord, le remembrement avait plongé ces champs-là dans l'anonymat d'étendues sibériennes – on disait cela, « sibériennes », bien que personne n'eût jamais vu la Sibérie, mais à cause, sans doute, du refroidissement de la terre balayée par tous les vents, sans plus aucun talus pour la protéger. Ensuite, très vite, à une vitesse inouïe, les petits patrons de Martial étaient morts les uns après les autres, et là où ils étaient dix, il n'y en avait plus qu'un, non plus un paysan mais un « exploitant agricole » à la tête d'une ferme de quelque cent hectares.

Certes, le triangle entre Menglazeg, Laz et Karn-Bruluenn n'avait jamais été fréquenté comme les grands boulevards parisiens, mais aujourd'hui on pouvait vraiment dire que c'était un désert. On n'apercevait même plus un homme dans les champs, rien que des machines gigantesques qui en deux heures de temps vous moissonnaient vingt hectares de maïs, de jour comme de nuit, si bien que les anciens comme Martial ne connaissaient aucun répit dans le cauchemar : sous le soleil ils entendaient les monstres gronder, et dans leur sommeil clopinaient devant les cisailles géantes qui finalement les rattrapaient et les fauchaient ; coupés en deux, ils se réveillaient en sueur et gigotaient des jambes, tout étonnés d'être encore constitués d'un seul morceau.

Sûrement que le curé, lui aussi, considérait ces machines avec amertume. Un vieux curé ne bénit pas les ensileuses. Lui aussi était né parmi les chevaux et les vaches, avait poursuivi les perdrix et les lièvres à travers les choux, le trèfle et les betteraves. La vocation lui était venue au petit séminaire de Pont-Croix, s'était affirmée au grand séminaire de Quimper, alors il était devenu curé et avait connu le paradis des églises pleines, mais les églises avaient été désertées en même temps que les champs. Peut-être n'arrivait-il pas à pardonner à son bon Dieu d'avoir laissé l'homme multiplier les cochons qu'on nourrissait de maïs et dont on épandait la merde sur les champs moissonnés, jusqu'à ce qu'ils suppurent d'humeurs noires comme la croûte craquelée d'une pustule. Les champs étaient devenus le plafond de l'enfer, qu'on avait peur de crever en marchant dessus.

Martial crut voir le lisier sourdre au fond de la tombe de Léontine.

Les frères Barazer firent descendre le cercueil dans la fosse et récupérèrent leurs cordes, on jeta une poignée de terre dessus et on se sépara, car Martial, faute de sous à gaspiller et surtout faute d'en avoir envie, n'avait pas organisé de café d'après enterrement. Où aurait-il fallu aller, d'ailleurs ? A Briec, à Pleyben, à Châteauneuf-du-Faou ? Le bistrot de Saint-Quelven avait fermé depuis des années.

En jetant à sa mère un regard haineux comme un crachat, Sylviane partit de son côté dans la voiture d'une collègue de son hypermarché de Quimper qui l'avait amenée et l'avait attendue pendant la cérémonie. Avant d'être réembarquée par les gendarmes, Aurore tint à embrasser Martial.

— Alors mon pauvre pépé, comment vous allez faire tout seul, maintenant ?

*Pépé !* Prononcé par cette grosse vache qui avait noyé ses petits-enfants, ce mot lui

écorcha les oreilles. Elle lui parlait comme à un demeuré, elle la droch d'entre les droch.
— J'ai toujours su me débrouiller.
— Quand je serai sortie de prison, je m'occuperai de vous ! cria-t-elle en montant dans la 4L des gendarmes.
— La porte n'est jamais fermée, mais pour les salopes comme toi elle ne restera pas ouverte, marmonna-t-il.
Il tassa sa rancœur dans la R6 de Mikelig et lui dit de passer par Laz, où il paya de sa poche un pain doux, pour que Léontine assiste au moins, de là-haut, à un simulacre de goûter d'après enterrement, à Karn-Bruluenn. Il fit du café frais et ils mangèrent le pain doux en silence. Ce n'est qu'après avoir rincé les bols et donné un coup de torchon sur la table que Mikelig annonça :
— Je vais signer un compromis pour ma maison la semaine prochaine.
— Ah ! Tu as fini par trouver quelqu'un pour l'acheter ?
— Oui.
— Et où tu vas habiter ?
— Ici, si tu veux bien. Provisoirement.
Martial haussa les épaules.
— Des fois le provisoire dure longtemps, dit-il.

La maison de Mikelig fut achetée à vil prix, juste de quoi éteindre la créance de la CAF, par une amie de l'Artiste, une marginale et artisan d'art dans son genre, créatrice évaporée de jouets en bois invendables. Au fur et à mesure des décès de personnes âgées, d'autres artistes viendraient les rejoindre, si bien que le hameau maudit de Menglazeg se transformerait, au cours de la décennie suivante, en pimpant « village d'art » que visitent en été les touristes qui fuient les plages surpeuplées, au bénéfice des Montagnes Noires et des monts d'Arrée.

Mikelig déménagea ses outils, son stock de pièces détachées, de téléviseurs et de magnétoscopes sous l'appentis de Karn-Bruluenn, et emménagea chez son père.

Pendant quelques mois ils vécurent sous le même toit, mais l'un à côté de l'autre. Martial tolérait son fils comme il aurait toléré la présence d'un chien qui n'aboie jamais et vit caché sous la table.

Ce chien-là, à deux pattes, était un bon toutou. Il cuisinait la pitance pour deux et passait ses soirées devant un poste de télé enneigé, avec un casque relié au poste par un fil, pour ne pas déranger Martial qui se couchait sitôt son souper avalé.

Son chemin de vie le prouvait, Mikelig était de ces gens dont le séjour sur terre ne semble qu'une enfilade passive d'heures vouées aux plaisirs et aux déplaisirs du moment, dans l'attente de l'arrêt du défilement du curseur de la vacuité d'une borne à l'autre du néant.

Aussi n'émit-il aucune protestation quand son père lui dit un soir :

— Il faut que tu partes, je préfère vivre ici tout seul.

— Qui te fera tes courses ?

— Je m'arrangerai.

Chassé de Karn-Bruluenn, Mikelig, invalide et prioritaire, n'eut pas à se démener pour obtenir à proximité du CAT de Pleyben un logement HLM. Il fut le premier locataire d'une maisonnette neuve, un trois-pièces cuisine, avec chauffage central, toilettes et salle de bains, un luxe inouï, comparé à la rusticité de Menglazeg. C'était bien trop grand pour un homme seul, mais il argua, et fut entendu, qu'il ne fallait pas oublier qu'Aurore allait revenir un jour ou l'autre.

Il ne l'oubliait pas, son Aurore. Une fois par trimestre, il se rendait à Rennes par le train et prenait un taxi de la gare à la prison. Il lui apportait des lichouseries[1], bien qu'il n'eût pas dû, car elle n'arrêtait pas de grossir. Les yeux souriants, il

---

1. Friandises.

écoutait ses jérémiades : des détenues qui se languissaient de leurs enfants lui menaient la vie dure à elle, l'infanticide.

« Ça passera, disait Mikelig. Après le procès, tu seras libérée.

— Tu crois ? Tu crois que je ne serai pas condamnée ?

— Ben non, puisque tu dis que tu n'as pas voulu.

— Mais au tribunal ils ne me croiront pas.

— Ton avocat sera là pour ça. »

Le procès d'Aurore fut inscrit à la session de l'automne 1984 des assises de Quimper, deux ans et demi après la mort des petits.

## 16

Depuis deux ans et demi beaucoup d'eau avait coulé sous les ponts de l'Odet, mais quand les journaux ranimèrent l'affaire, elle explosa comme une mine à retardement mouillée au fond du canal, et de la gerbe couleur de glaise ressurgirent les fantômes des pauvres petits enfants noyés.

Jamais depuis le procès de Guillaume Seznec la salle des assises du palais de justice de Quimper n'avait autant grouillé de spectateurs. Au sein de cette belle bourgeoise endormie qu'est la préfecture du Finistère, les curieux s'étaient déplacés en nombre pour apercevoir les acteurs de cette deuxième plus belle affaire du siècle, et en premier lieu son abominable vedette, Aurore Yvinou, accusée d'un double infanticide.

L'impression que donna Sylviane au public fut mitigée. Sobrement vêtue, les cheveux sagement coiffés en queue-de-cheval, à peine maquillée, à présent elle n'avait plus l'allure d'une traînée des halliers. Avait-elle réellement changé ou jouait-elle le rôle de composition de la jeune fille sage ? N'eût été ce qu'on savait de son vécu, on n'aurait pas douté qu'elle se fût amendée. La neutralité à son égard s'imposa. Il était impossible de prendre parti pour elle contre sa mère, ni l'inverse.

L'accusée et son mari, cet avorton infirme et cette grosse dondon au souffle court, inspirèrent d'emblée une sourde hostilité. Les chiens grognent après les fous et les faibles.

La défense fit défiler à la barre différents témoins sinon à décharge, du moins de moralité.

L'Artiste dit quelle bonne amie Aurore avait été pour elle, et comment elle avait observé qu'elle aimait ses enfants, pardon, ses petits-enfants, toujours bien mis, bien nourris, bien éduqués.

Basile et Boris abondèrent dans ce sens, en insistant sur le rôle maternel, qui les avait étonnés, de Sylviane à l'égard de ces deux petits donnés pour ses frère et sœur.

Les services sociaux confirmèrent qu'ils avaient cessé de suivre la famille dès lors qu'il fut constaté que les enfants étaient correctement élevés.

A ceux qui l'ignoraient, un garagiste vint expliquer les avantages et les inconvénients de l'embrayage centrifuge de la

2 CV Citroën. Pas de frein moteur, alors si le frein à main ne marche pas, etc.

L'accusation ne disposait d'aucun témoin à charge. Et d'ailleurs, en avait-elle besoin ?

L'avocat général soutint la thèse de la préméditation en s'appuyant sur l'administration d'un somnifère aux enfants, mais voulut bien reconnaître à Aurore des circonstances atténuantes : un passé chaotique, l'isolement dans les Montagnes Noires, le dénuement psychologique de l'accusée aussi bien que celui de ses complices dans le délit de mystification de l'état civil, et l'engrenage infernal de ladite tromperie qui ne pouvait que mener à un drame familial.

Mais, mais... Mais à coups de « quand bien même » anaphoriques, l'avocat général assena la seconde partie de son réquisitoire.

— Quand bien même la menace de sa fille Sylviane de revendiquer sa qualité de mère des petits entraînerait sa terrible décision, quand bien même la perspective que soit révélée la falsification d'état civil troublerait son esprit, quand bien même lui paraîtrait insupportable la perspective que les services sociaux lui ravissent ces enfants qu'elle considérait comme les siens, quand bien même tout cela la rendrait folle de douleur, il n'en reste pas moins que le mercredi 3 mars 1982 elle prend la décision de les tuer, ces pauvres petits innocents. Et de se noyer avec eux ? Peut-être. Mais au bord du canal, après avoir administré un somnifère à ses victimes et verrouillé les portières de la voiture, elle renoncerait à commettre son forfait ? Elle le prétend. Et quand bien même, à la croire, ce que je me garde bien de faire, prise de remords au bord du canal, elle voudrait revenir en arrière, quand bien même cet acte abominable ne serait qu'une simple – c'est avec une amertume dubitative que je prononce cette épithète – *tentative* d'assassinat, il n'empêche que cette tentative aboutit, mesdames et messieurs les jurés : un petit Louis et une petite Capucine, deux petits enfants charmants et pleins de vie, meurent noyés par leur grand-mère, comme des chatons dont on veut se débarrasser. Si je n'avais pas trouvé à l'accusée quelques circonstances atténuantes, bien maigres à dire vrai, j'aurais requis contre elle la peine maximale. C'est faire preuve, à mes yeux, d'une grande mansuétude que de vous demander, mesdames et messieurs les jurés, de condamner Aurore Yvinou à quinze années de prison.

L'avocat de Sylviane, partie civile, n'eut qu'à reprendre à son compte le réquisitoire, en éliminant les circonstances atténuantes.

Celui d'Aurore rebondit sur les « quand bien même » de l'accusation, pour plaider le doute qu'ils introduisaient malgré tout, nonobstant la recherche et l'obtention d'un bel effet de rhétorique, que l'avocat salua.

La tromperie sur l'état civil ? Volonté d'Aurore de protéger sa fille Sylviane, une enfant séduite et abandonnée par son suborneur. Ses propres errements dans le passé, sa première grossesse à seize ans, ses négligences à l'égard de Sylviane bébé, ses deux fils Johnny et Eddy confiés par la DDASS à des familles d'accueil ? Fautes de jeunesse, effacées par l'exemplarité des soins qu'elle avait dispensés aux enfants de Sylviane. Sa récompense ? L'ingratitude de sa propre fille, véritable deus ex machina de la tragédie, qui sous un vil prétexte pécuniaire exerce un odieux chantage sur sa mère.

— Comment n'aurait-elle pas été bouleversée ? Son entendement s'obscurcit, elle délire. Elle n'est plus Aurore Yvinou, grand-mère aimante de ses petits-enfants chéris, c'est Médée qui par vengeance va égorger ses enfants. Détruire ce qu'on aime plutôt que de le perdre. Epouvantable projet que seule la folie peut engendrer. Dans son désarroi, à qui aurait-elle pu réclamer de l'aide ? A son mari, brave homme certainement, mais dont l'entendement est aussi faible que son corps est infirme ? A son beau-père, qui vit reclus dans un ermitage au milieu des landes et des bruyères, et qui ne dit mot ? – comme moi, vous ne l'avez pas entendu. A qui demander de l'aide ? Elle n'a personne pour l'éclairer. Et certainement pas sa fille, dont elle a préservé l'honneur, et qui menace de la dénoncer. Cette fille ingrate, cette fille prodigue, cette fille égoïste qui ne pense qu'à satisfaire ses désirs immédiats – de l'argent, une voiture ! Personne, Aurore Yvinou n'a personne à qui confier son tourment ! Alors, oui, poussée par une force qui va, fore et dynamite sa conscience, elle envisage l'abomination, administre aux enfants ce sirop somnifère, dispose sur la table, comme signe de son désespoir, le livret de famille, et elle monte en voiture et se dirige vers le canal. Mais là, elle renonce, et malgré cela la tragédie se noue. En vertu de quoi ne la croirait-on pas ? Telle que nous la voyons, mesdames et messieurs les jurés, n'est-elle pas l'effigie de la culpabilité ? Non pas coupable d'un assassinat ni même d'une *simple tentative* d'assassinat, mais d'un acte devenu, à l'ultime seconde, involontaire. Je ne vous demande pas de l'acquitter mais de décider d'une peine, mesdames et messieurs les jurés, qui tienne compte, outre les circonstances atténuantes que l'accusation avec talent a bien voulu exposer et qu'il est inutile de reprendre, une peine qui tienne compte, disais-je, de sa culpabilité. Oui, elle se sait coupable, oui je la tiens pour coupable, mais coupable non pas du crime dont on l'accuse, mais seulement d'y avoir songé, et pour y avoir seulement songé, d'avoir d'ores et déjà été condamnée à perpétuité, à la perpétuité de l'affliction et du remords qui, tel l'œil de Caïn, la poursuivront jusque dans sa tombe.

Des applaudissements discrets retentirent et les jurés se retirèrent pour délibérer. Le président de la cour exposa le cœur du débat : croire ou ne pas croire la version de l'accusée. Pour ce faire, il reprit point par point la pièce essentielle du dossier : les « aveux » d'Aurore Yvinou recueillis par le brigadier-chef Loussouarn.

## 17

Audition de Madame YVINOU Aurore, née COUBLANC :

« Je reconnais avoir eu l'idée, quand ma fille Sylviane est tombée enceinte à l'âge de treize ans, de simuler ma propre grossesse pour que l'enfant soit déclaré comme le mien.

« Quand elle est retombée enceinte deux ans plus tard, je n'ai pas pu faire autrement que de recommencer.

« Je l'ai fait pour la protéger de la honte et j'ai élevé ses deux enfants du mieux que j'ai pu.

« Au fur et à mesure que les enfants grandissaient, ma fille Sylviane s'est mise à m'en vouloir et à prétendre que je lui avais volé ses enfants.

« Au soir du mardi 2 mars 1982, alors que nous étions seules, mon mari étant en stage à Quimper, une violente altercation nous a opposées. Ma fille Sylviane m'a réclamé l'argent des allocations que j'avais touché pour les enfants. Elle voulait passer son permis de conduire et acheter une voiture. Elle m'a menacée, si je ne lui donnais pas cet argent, d'aller tout révéler à la gendarmerie et de s'en aller avec les enfants.

« J'ai été bouleversée et je n'en ai pas dormi de la nuit.

« Le mercredi 3 mars 1982, j'ai perdu la raison. L'idée de ne plus voir les petits m'était insupportable et j'ai imaginé de me noyer avec eux dans le canal.

« Il y avait à la maison un flacon de sirop Nopron que le médecin avait prescrit au petit Louis une fois qu'il avait eu la grippe et qu'avec sa fièvre il ne pouvait pas dormir.

« Au goûter, j'ai donné aux enfants deux cuillerées à soupe de Nopron mélangées à des céréales au chocolat.

« J'ai lavé les bols et j'ai mis un couvert avec le livret de famille sur l'assiette pour que ma fille Sylviane sache que c'était à cause d'elle que je l'avais fait.

« Ensuite, j'ai mis les enfants dans la voiture en leur disant qu'on allait se promener. J'ai roulé jusqu'au canal et je me suis arrêtée sur le chemin de halage. Il était environ dix-sept heures. Les enfants dormaient.

« Là, j'ai pris conscience de l'horreur de l'acte que je me préparais à commettre. Je suis sortie de la voiture et j'ai fumé une cigarette. J'ai retrouvé la raison. Je suis remontée en voiture et j'ai voulu faire demi-tour.

« Je ne suis pas une bonne conductrice. Le chemin de halage était glissant et il n'y avait pas beaucoup de place pour faire demi-tour. Mes mains tremblaient et je n'avais pas retrouvé tous mes esprits, encore épouvantée par l'idée que j'avais eue.

« J'ai dû passer la première vitesse au lieu de la marche arrière. Quand j'ai appuyé sur l'accélérateur, la voiture a bondi en avant. J'ai freiné de toutes mes forces, mais les roues ont dérapé sur la glaise mouillée et la voiture a plongé dans le canal.

« La portière de mon côté s'est ouverte et j'ai été éjectée. J'aurais voulu couler à pic mais l'instinct de survie m'a poussée à nager et le courant m'a emmenée jusqu'à l'écluse où j'ai pu m'agripper à l'échelle et remonter sur le chemin de halage.

« J'ai couru vers l'amont. La voiture avait disparu dans le canal.

« Je suis restée prostrée là un moment et puis je ne sais pas pourquoi, au lieu de me jeter dans l'eau, j'ai marché droit devant moi, je suis remontée à travers le bois et je me suis cachée dans une grotte.

« Je reconnais avoir eu le projet de noyer mes petits-enfants, mais je déclare et j'affirme qu'au dernier moment j'ai renoncé à ce projet et qu'il s'agit d'un accident dont je suis responsable. »

A l'audience, lors de l'interrogatoire de l'accusée, le président de la cour d'assises avait tenté de mettre un peu de chair sur ce squelette de récit rédigé par le brigadier-chef Loussouarn.

Sous la sécheresse des mots, y avait-il une âme ? Il incita Aurore à développer son récit, à expliquer ce qu'elle avait pensé et ressenti, comment elle était revenue sur sa décision, comment elle n'avait pu se résoudre à se noyer elle-même, comment elle s'était cachée dans cette grotte...

— Qu'espériez-vous ? Echapper à la justice ?
— Non.
— Vous vouliez être punie ?
— Oui.

Ainsi le confesseur, face au pénitent incapable de dire ses péchés ni de réciter son acte de contrition, est-il dans l'obligation de lui poser des questions, pour n'obtenir en réponse que des « oui » ou des « non » murmurés, presque inaudibles.

— Simulation ! lança l'avocat général. Cette femme est une comédienne ! Elle a joué, à deux reprises, la comédie de la grossesse et de l'accouchement, eh bien maintenant elle nous joue la scène des remords ! Mesdames et messieurs les jurés, c'est vous qu'elle veut noyer ! Dans son fleuve de larmes ! De larmes de crocodile !...

Des « oh ! » de protestation soulevèrent le public.

À Sylviane, le président demanda :

— Et vous, qui avez mis au monde ses deux pauvres petits, avez-vous pardonné ou croyez-vous pouvoir un jour pardonner à votre mère de les avoir, sinon noyés – cela, il appartiendra aux jurés de le dire –, du moins conduits au bord du canal dans l'intention de le faire ?

— Non, répondit Sylviane tout net. Elle les a noyés pour qu'ils ne soient pas à moi. Je ne le lui pardonnerai jamais.

Cette condamnation d'Aurore par Sylviane fut prise avec circonspection par les jurés. Cette fille était rouée. La deuxième fois, c'est volontairement qu'elle s'était fait coller un polichinelle dans le tiroir. Ce que confirma Paulo, pâle figure de don Juan du terroir et minable militaire en costume civil :

— Elle m'avait juré qu'elle prenait la pilule.

Le pauvre Mikelig papillonna de ses paupières à sourire des yeux et répondit « oui » à toutes les questions que le président lui posa. Oui, il était complice de la fausse déclaration d'état civil. Oui, il avait pensé que c'était ce qu'il y avait de mieux à faire. Oui, il aimait sa fille Sylviane. Oui, il aimait ses petits-enfants. Oui, il aimait sa femme.

Quant à Martial, dont la dégaine de vieil ermite fit sensation, à la question du président sur l'opinion qu'il avait de sa belle-fille Aurore, il répondit par un haussement d'épaules. Dans ses yeux, dans ce regard sans cesse rieur qu'il avait légué à son fils, pour la première fois de sa vie, sans doute, une lueur de méchanceté brilla d'un bref éclat. Il répondit :

— Mon fils l'avait dégottée dans les petites annonces.

Il contempla ses mains déformées par le maniement des outils, ses doigts qui ne se dépliaient plus complètement à force d'avoir tenu des manches de bêche, de pioche, de pelle, de hache, de serpe, de faucille, et on aurait pu croire qu'il leur parlait et qu'il les remerciait, ces mains-là, de lui avoir dicté cette réponse.

En plus du compte rendu d'audition d'Aurore, ce furent là quelques moments du procès que le président demanda aux jurés de peser au trébuchet.

Ils tentèrent de démêler, fil après fil, la pelote des comportements absurdes accumulés par la famille Yvinou.

Une majorité de jurés estima l'accusée digne d'un peu de compassion.

Aurore Yvinou fut condamnée à sept ans de réclusion criminelle.

# EPILOGUE

# I

Mikelig et Aurore

Compte tenu de la durée de sa détention préventive et des remises de peine automatiques, Aurore recouvra la liberté au mois d'octobre 1986.

Mikelig vint la chercher à la gare de Quimper. Ils s'embrassèrent deux fois sur les deux joues, sans plus d'effusion qu'un vieux couple de nouveau réuni après une banale séparation de vingt-quatre ou quarante-huit heures. Aurore empoigna le bras valide de Mikelig et serra son homme contre son flanc, en un geste d'appropriation définitive qu'elle renforça d'une affirmation :

— Ah mon petit Mikelig ! Maintenant tu es pour toujours à moi, hein !

Il papillonna des yeux et tous ses traits sourirent.

— Te voilà de retour à la maison, dit-il.

— Il y a une baignoire dans l'appartement ?

— Oui, mais moi je ne prends que des douches dedans.

— Je prendrai un bain ce soir, avant de te faire un câlin.

Mikelig rentra sa tête dans ses épaules et gloussa.

— Tu crois ?

— Depuis le temps que j'attends ça. Pas toi ?

— Oh si !

Ils marchèrent bras dessus, bras dessous, jusqu'à la nouvelle voiture de Mikelig, une R18 presque neuve.

— C'est une automatique, dit-il. Comme ça je suis moins embêté avec mon bras, je n'ai pas les vitesses à passer. Pour toi aussi ce sera plus facile de conduire, c'est juste une question d'habitude.

Un nuage, lourd de réminiscences, assombrit leurs retrouvailles : voiture, boîte de vitesses, canal…

— On ne va pas se mettre à parler de ça, hein ? dit Aurore.

— Non, on n'en parlera plus jamais.

— Le passé est le passé.

Le claquement des portières scella le pacte de l'oubli délibéré. Ils vivraient désormais dans une bulle étanche, imperméable aux miasmes des souvenirs.

Mikelig descendit le boulevard Kerguelen, tourna à droite au carrefour de la poste et prit la vieille route de Brest. Aurore, comme un oiseau curieux, regardait tout autour, les gens, les rues, et bientôt les champs. Mikelig prononçait de temps en temps des mots destinés à lui faire plaisir. « J'ai fait mettre le téléphone dans l'appartement... J'ai fait les courses hier au Leclerc, le frigo est plein... La voiture est presque finie de payer... » A chaque fois, pour signifier qu'elle était sensible à ses attentions, de sa main gauche posée presque au niveau de l'aine, Aurore pressait la cuisse de son petit homme.

Ils traversèrent Briec, dépassèrent la chapelle de Trois-Fontaines, puis la voiture aborda la série de virages serrés qui semblent d'abord monter vers la montagne de Gouézec, pour la laisser sur la droite et redescendre dans la vallée de l'Aulne. A Pont-Coblant, Mikelig se gara sur le parking de l'Auberge du Poisson-Blanc. Il était midi et demi.

— J'ai pensé que ça te ferait plaisir de manger au restaurant, dit-il. Malgré que l'emplacement...

Aurore alluma une cigarette et considéra « l'emplacement » : l'eau marronnasse du canal où flottaient les dernières feuilles mortes des peupliers ; une écluse, en amont ; de l'autre côté, rive gauche, accroché au flanc de la colline, un étagement de maisons qui faisait penser au hameau de Menglazeg, mais en beaucoup plus gai.

— Tu es mignon, dit-elle.

Elle demeura silencieuse encore un moment, puis elle écrasa sa cigarette sous sa semelle et rugit :

— J'ai une faim de loup !

Ils commandèrent le grand menu : terrine de fruits de mer, jambon de Bayonne, rosbif frites, fromage et glace, qu'ils arrosèrent d'une bouteille de bourgueil. Aurore ne laissa pas une miette dans son assiette.

— J'ai dû prendre deux kilos, dit-elle à la fin du repas en tamponnant ses joues écarlates d'un coin de serviette trempé dans son verre d'eau.

— Oh tu n'as pas trop grossi à Rennes.

— Je n'ai pas maigri non plus.

— Heureusement !

Ils remontèrent en voiture, légèrement éméchés. Pleyben n'était plus bien loin.

L'appartement émerveilla Aurore : une cuisine aménagée, une salle à manger avec un grand tableau genre brame du cerf au bord de l'étang, un coin télé avec deux fauteuils et un canapé, une salle de bains avec baignoire, une chambre complète, avec lit, armoire à glace, deux chevets et deux lampes. Tout était bien rangé, tout brillait de propreté. Un bouquet de dahlias trônait sur la table du salon.

— Tu as même pensé aux fleurs ! Ce que tu es chou !

— Ben oui. Des fleurs de saison.

Aurore se laissa tomber dans le canapé.

— Je crois que je vais piquer un petit roupillon.

— Le trajet a dû être fatigant.

— Oui, et je n'avais plus l'habitude de boire autant de vin.

— Qu'est-ce que tu voudras manger au dîner ?

— Oh pas grand-chose. Avec tout ce qu'on s'est mis dans la panse...

— Pendant que tu fais la sieste je vais aller chez le charcutier acheter du jambon et un peu de macédoine.

— Ce sera parfait, mon bichon.

Aurore se réveilla à six heures moins le quart. Elle se fit couler un bain, s'y prélassa et demanda à Mikelig de lui savonner le dos. Il prit le gant de toilette, s'agenouilla et frotta amoureusement ses formes boursouflées, ce corps obèse qu'il aimait autant qu'elle aimait son torse chétif, son bras tordu, son épaule de travers et son dos bossu.

Il lui passa le drap de bain et l'aida à s'essuyer, ensuite il se déshabilla et fit couler la douche. Ce fut au tour d'Aurore de prendre le gant de toilette. Elle le lava en bas et il se dressa, vaillant. Elle le pressa de se sécher en vitesse et, n'y tenant plus après quelque quatre années d'abstinence, l'entraîna dans la chambre, s'allongea sur le dos, écarta les jambes et lui intima de la lécher partout. Elle jouit aussitôt, cria « Viens ! Viens ! », l'empoigna par les aisselles et le hissa brutalement en position, releva les genoux, l'introduisit vivement en elle et ils s'activèrent de concert, pour aboutir en moins d'une minute.

Ils ne se rhabillèrent pas. C'est en pyjama et en chemise de nuit qu'ils prirent l'apéritif. Mikelig déboucha une bouteille de porto.

— Mon péché mignon ! gloussa Aurore.

Ils burent la moitié de la bouteille, tout en mangeant leur repas froid dans la cuisine. Ils regardèrent un peu la télé puis se couchèrent. Aurore s'endormit tout de suite, mais elle se réveilla vers minuit, les nerfs en pelote. Elle tripota Mikelig et ils firent de nouveau l'amour. A ses salves à lui répondirent ses salves à elle, ponctuées de râles de bonheur, à l'acmé d'un accouplement que d'aucuns auraient jugé bestial, alors que s'unissaient dans la fête des sens, en perpétuant des jeux amoureux inventés dans les jardins d'Eden, deux êtres humains qui s'aimaient et allaient s'aimer jusqu'à la fin de leurs jours.

Et pourtant, d'un certain point de vue, ils étaient des monstres. C'était la monstruosité placide de deux animaux qui n'allaient continuer à vivre que pour satisfaire leurs besoins élémentaires : se nourrir, s'accoupler, dormir.

Ils ne s'inquiétèrent jamais de savoir ce qu'était devenue leur fille Sylviane. La rencontrer aurait troublé la quiétude de leur amnésie volontaire. Mais en 1988, dans les affres d'une crise de sentimentalisme suscitée par une émission de téléréalité, Aurore songea que son Johnny et son Eddy étaient majeurs et qu'ils lui avaient peut-être donné des petits-enfants. Elle fut enfiévrée du besoin impérieux de les voir – on ne pouvait guère dire « revoir », puisqu'ils venaient de naître quand on les lui avait enlevés.

Le téléphone facilitait les choses. Elle s'était très vite habituée à son maniement en répondant à des questions de jeux radiophoniques – par exemple composer le numéro et le mettre en mémoire de façon à n'avoir qu'à appuyer sur une seule touche pour être parmi les premières à répondre. Elle téléphona à la DDASS à plusieurs reprises et finit par avoir au bout du fil une assistante sociale un peu compréhensive, qui avait déjà eu à traiter ce genre de requête. Il lui était impossible de donner les coordonnées des deux garçons, mais elle voulut bien essayer de prendre contact avec eux – là où ils étaient, dans les limbes de leur destin d'enfants privés de mère à la naissance – pour leur demander s'ils souhaitaient rencontrer leur maman. Leur réponse fut concise et sans appel : non.

Aurore éprouva plus de rancœur à l'égard de ses fils que de déception face à leur mépris.

— Hé ben qu'ils restent là où ils sont, s'ils veulent pas voir leur mère, et grand bien leur fasse !

Au bout de quelques jours elle les oublia. Définitivement.

Mikelig rendait régulièrement visite à son père. Aurore s'y refusait, ulcérée par la phrase que Martial avait prononcée sur elle aux assises.

— Après comment il m'a traitée devant tout le monde au tribunal, il peut toujours courir !

— Mais qu'est-ce qu'il avait dit, déjà ?

— Que tu m'avais *dégottée* dans les petites annonces.

— Ah ? Je ne me rappelais plus... Mais c'est vrai qu'il a eu tort. Parce qu'on est bien tombés tous les deux, avec les petites annonces...

— Oh oui mon Mikelig, j'aurais pas pu mieux tomber.

— Moi non plus.

Leur sincérité était touchante, et la réalité qu'elle exprimait irréfutable. Pour eux, les dés s'étaient arrêtés sur un double six, au jeu de hasard des petites annonces.

A Karn-Bruluenn, entre taiseux, le dialogue était le plus souvent succinct. « Ça va avec toi ? – Ça va avec moi. Et toi ? » Martial était plus bavard quand Mikelig l'interrogeait sur le passé de la famille.

— Qu'est-ce que t'en as à foutre de tout ça ? bougonnait Martial.

Il répondait malgré tout, évoquait sa mère Maï-Yann qui avait essayé de le tuer à coups de tisonnier et qu'on avait fini par enfermer à l'asile de Morlaix où elle était morte ; se remémorait l'existence, aux environs de Briec, d'une tante, une certaine Jabel, unique sœur de sa mère, qui avait réussi, elle ; il supputait qu'elle avait eu une descendance et qu'il avait des petits-neveux et des petites-nièces de ce côté-là, et par conséquent Mikelig des cousins et cousines au deuxième degré et peut-être au troisième.

Mikelig notait ce que son père lui disait, établissait des fiches, et lorsque plus tard, bien après la mort de Martial, l'informatique apparut, une technique à laquelle il fut initié au CAT, l'ordinateur lui facilita la tâche. Il se mit à éplucher les avis d'obsèques et à s'inviter aux enterrements. Aurore l'accompagnait.

Le premier enterrement auquel ils assistèrent à Briec, de loin, dans l'anonymat, fut celui de Jabel gozh, la grand-tante de Mikelig. Le deuxième, en 2002, fut celui de son fils, et donc petit cousin de Mikelig, Fanch Goasdoué. Là, ils firent sensation, attifés comme ils étaient. Lui, vêtu de son costume de marié et de sa chemise au jabot jauni de rocker des sixties ; elle, dans une robe informe, peut-être bien sa robe de mariée recoupée et teinte en noir.

Après l'inhumation, une fille du défunt, une certaine Jeannette plutôt pikez, interrogea Mikelig et il se présenta en tant que petit-fils de Maï-Yann, dont personne dans la famille de Briec ne savait qu'elle avait eu une descendance. Bien que ces deux droch, ces deux innocents, ces deux cloches fissent un peu honte à ces Goasdoué qui avaient tous si bien réussi, ils furent invités, par curiosité, au café d'après enterrement. Mikelig put compléter ses fiches. Il embellirait ses jours de retraité de nombreux enterrements, en espérant qu'un jour on leur rendrait la pareille, au cimetière. Mais personne, parmi ces cousins et cousines éloignés, ne se préoccuperait de leur existence, ni de leur disparition.

Admis dans une maison de retraite peu après leur soixantaine, ils y coulent des jours heureux dans la torpeur douceâtre, qu'ils jugent parfaite, d'être logés, nourris et soignés sans avoir à lever le petit doigt, tout en étant distraits d'animations régressives qu'ils égaient de leur jeunesse relative.

Enfermés de leur plein gré dans un lieu où la mémoire s'évanouit, ils ont un pied dans le néant.

## II

## Sylviane

A Quimper, Sylviane quitta l'hypermarché où elle était caissière, pour le même travail de caissière, mais mieux payé, dans une grande surface de bricolage qui l'embaucha en CDI.
Elle passa son permis de conduire, acheta une 205 Peugeot GDL d'occasion et continua de mener une vie de misandre, se couchant et se levant de bonne heure, et s'accordant le dimanche de longues marches au bord de la mer, dans des paysages sauvages – la pointe de la Torche, la pointe du Raz, la pointe du Van, le cap de la Chèvre –, lieux géographiques ultimes du Finistère, en breton Penn ar Bed, un « bout du monde » équivoque qui veut aussi bien dire pointe extrême de l'Europe continentale que commencement d'un nouveau monde ouvert sur l'Atlantique, une ambiguïté en correspondance avec les troubles bipolaires de la jeune femme qui, en proie à des pensées morbides, se sentait *finie* et ressentait l'envie *d'en finir*, pour ensuite, dans des

moments d'excitation irrépressible, se persuader qu'elle était *neuve*, prête à un *commencement*, bien qu'elle ne pût concevoir lequel.

Ces bouts du monde où elle allait s'isoler dans le vent et les embruns atténuaient sa souffrance, produisaient le même effet que les antidépresseurs dont elle se sevra progressivement, sous la surveillance de son psychiatre.

Un jour enfin elle put regarder en face la disparition de ses petits et humer le plat exquis du suicide sans être tentée d'y goûter. Elle fut assez forte pour affronter le danger : les imaginer grandir, leur inventer un destin d'adultes comme on se raconte un conte de fées, considérer la tragédie comme un moment de sa vie et la souffrance, irrémédiable, comme une amie intime de qui on ne peut ni ne veut se séparer.

Les visites qu'elle rendait régulièrement à son grand-père à Karn-Bruluenn contribuaient à entretenir cette dichotomie. Elles lui faisaient du mal et lui faisaient du bien. Elles élançaient l'abcès du chagrin et l'adoucissaient du souvenir des jours heureux où sa mémé Léontine lui chantait des comptines en breton, en la laissant touiller la pâte à crêpes ou imprimer dans le beurre tout frais baratté les images en creux des deux « cachets » en bois : une marguerite en feston tout autour de la motte, et la vache au milieu – et quelle hâte on avait d'y arriver, à cette vache, car là où elle était dessinée le beurre semblait mille fois meilleur. La nostalgie enjolivait son passé, Sylviane se disait qu'elle avait été une enfant heureuse, jusqu'au jour où elle avait rencontré son Paulo, dans les champs de haricots verts.

Sur la route de Laz à Karn-Bruluenn, elle détournait son regard des collines derrière lesquelles se dissimulait le hameau de Menglazeg. Le plus souvent, elle venait à l'heure du goûter, apportait des gâteaux et des crêpes, plus « le nécessaire » pour son grand-père, qui ne demandait jamais rien, jamais ne disait je n'ai plus de ceci ou de cela. Elle décidait donc des courses à faire, en fonction d'un rapide inventaire dressé lors de son passage précédent. Selon les besoins du moment, c'étaient : du vin bon marché en cubitainer, un bol de mousse à raser et des lames de rasoir, des chaussettes, un caleçon et un tricot de corps neufs par-ci, par-là.

Martial parlait du temps qu'il avait fait, qu'il faisait et qu'il ferait. Sylviane lui racontait des anecdotes de travail, des histoires de chefs mal lunés, de clientes malpolies, de voleurs pris sur le fait par les vigiles. Martial opinait, mais entendait-il vraiment ? Sous sa fausse indifférence de vieux sage, Sylviane discernait les symptômes du mal qu'elle avait surmonté. Lui aussi était blessé, mais déprimait-il pour autant ? Ce verbe ne semblait pas pouvoir s'appliquer à son grand-père qui, visiblement, prenait plaisir à la moindre petite chose. Par exemple, couper son morceau de gâteau breton en dés, le reconstituer sur la toile cirée et croquer les dés l'un après l'autre, en commençant par un angle, après quoi il récoltait les miettes du bout de l'index et suçait son doigt.

Le cœur de Sylviane fondait quand il clignait des yeux et souriait à un rayon de soleil ; quand, d'une main gourde, il prenait son verre de vin, le portait à ses lèvres, buvait, et reposait précautionneusement le verre sur la toile cirée. Tous ses gestes étaient lents et médités.

Un après-midi, Sylviane songea que son pépé Martial était devenu un arbre, et elle eut l'impression que quelqu'un – sa mémé Léontine, sans doute – l'avait devant elle déjà comparé à un arbre qui jouit de l'air doux et d'une tiède ondée, fait le gros dos sous la grêle et s'emmitoufle de ses branches mortes dans le froid, un très vieil arbre que le vent ne peut plus agiter et qu'aucun tourment ne pourra plus atteindre.

Quand elle tomba amoureuse et quitta Quimper, le plus difficile pour elle fut d'abandonner son grand-père.

Au printemps 1990, la grande surface de bricolage s'agrandit. Des ouvriers d'une entreprise de Loire-Atlantique vinrent monter la charpente métallique de l'extension. Ils logeaient dans des baraques de chantier où ils se préparaient leur tambouille. Comme on peut le penser, ces types en déplacement essayaient de draguer les caissières à la sortie du magasin.

L'homme qui allait devenir son mari ne fit pas de gringue à Sylviane, ou bien alors c'était un sacré malin, qui savait s'y prendre avec les filles, en leur disant des choses gentilles et non pas des conneries du genre : « Alors, quand est-ce qu'on se mélange, tous les deux ? » La première fois qu'il lui adressa la parole, ce fut pour lui dire qu'il trouvait ses boucles d'oreilles jolies.

Ses cheveux blonds et fins, son teint discrètement hâlé et ses yeux bleu clair faisaient penser à un acteur russe ou suédois que Sylviane avait vu dans un film à la télé. Elle ne se trompait pas de beaucoup : il était né en France de parents

polonais et s'appelait Jerzy. Il lui demanda s'il y avait à proximité du chantier de jolis coins – « joli », c'était son mot à lui, un peu cucul mais tellement craquant – où il pourrait se promener le soir, sans être embêté par la foule ni le bruit des voitures.
— Vous voulez que je vous montre ?
— Vous viendriez avec moi ?
— Je veux bien.
Ils allèrent se promener à Kerogan, le long de la rive gauche de l'Odet. Les pins maritimes bruissaient sous une légère brise, la marée montait, des cormorans pêchaient. Jerzy n'essaya même pas de lui prendre la main.
Le lendemain, Sylviane l'emmena en voiture à la pointe de la Torche, l'un des lieux ultimes qu'elle avait hantés et qui avaient contribué à sa guérison.
Le samedi soir, ils allèrent dîner en terrasse à Sainte-Marine. Au retour, enfin, ils s'embrassèrent, avant de se séparer. Le samedi suivant, Sylviane l'invita à dîner chez elle et ils firent l'amour. Le dimanche matin, quand le bruit de la cafetière électrique la réveilla, elle crut qu'elle rêvait. Elle se lova sous les couvertures, emplie d'un bonheur inédit, en revivant ce qu'ils avaient fait après dîner, et comment ils l'avaient fait, tout en douceur et avec des trésors de tendresse. Et cet homme-là, au

lieu de se reboutonner et de prendre ses cliques et ses claques, avait dormi à côté d'elle, et s'était levé pour préparer le petit déjeuner. Il vint l'embrasser, elle rit.

— Tu te moques de moi ? dit-il en fronçant les sourcils.

— Mais non, je ris parce que tu es beau.

Comment lui dire qu'elle riait parce qu'elle se sentait neuve, comme si la veille elle avait perdu sa virginité ? Comment lui dire qu'elle riait aussi parce qu'il n'avait pas cet air de fier-à-bras des mecs qui ont eu ce qu'ils voulaient – enfin, des mecs, elle n'en avait connu qu'un, ce pauvre con de Paulo...

Il s'installa dans l'appartement et elle connut une autre sorte de bonheur, celui d'avoir un homme à soi et de lui appartenir. Elle en devenait gaga, au point de respirer l'odeur de sa crème à raser, qu'elle rangeait sur la tablette du lavabo avec le rasoir et le blaireau comme des icônes.

Hélas, le chantier s'acheva et vint le temps de se séparer.

— Je t'aime, Sylviane, dit tout simplement Jerzy.

— Moi aussi, je t'aime.

Elle avait l'impression de le connaître et de l'aimer depuis la nuit des temps.

— Alors, viens avec moi.

— Mais tu es toujours en déplacement.

— Peut-être pas. Peut-être plus, bientôt. Les chantiers navals de Saint-Nazaire vont embaucher des soudeurs, j'ai déposé un dossier. Si je suis pris, on s'installera par là-bas et... on se mariera.

— Se marier ? Mais tu ne me connais pas. Tu sais, j'ai eu une drôle de vie, avant toi.

— Je ne te demande rien.

— Non, mais il faut que tu saches.

Elle lui raconta ses parents misérables, ses enfants noyés, sa mère condamnée aux assises. Elle insista sur les détails dégradants, avec rage, comme on s'arrose d'essence, songea-t-elle, pour s'immoler par le feu, se détruire en se vengeant du destin. Anxieuse, elle attendit que Jerzy craque l'allumette. Qu'il bafouille : « Quelle histoire... Bon, maintenant faut que j'y aille... On se téléphone ? »

— Ma pauvre petite Sylviane, dit-il d'un air grave, voilà pourquoi tu ressemblais à un oiseau blessé.

— Et plus maintenant ?

— Non, plus maintenant.

Il la rassura et lui dit qu'en matière de drames il en connaissait un rayon, non qu'il en eût vécu personnellement, mais ses parents et ses grands-parents, en Pologne... Des choses irracontables.

— On va tout recommencer ensemble. Je veux que tu sois ma femme. Si je ne suis pas embauché aux chantiers navals, on trouvera une autre solution.

Il fut embauché et Sylviane le rejoignit en Loire-Atlantique, d'autant plus sereinement que ce fut pour aller travailler comme caissière près de Saint-Nazaire, dans un magasin du groupe qui l'employait à Quimper.

Ils se sont mariés et ont eu trois enfants. Ils habitent dans un pavillon dont ils sont propriétaires, en pleine campagne, à deux pas de la Grande Brière.

Et c'est ainsi que Sylviane s'est estompée dans les brumes bleutées des jours ordinaires des vies anonymes.

# III

## Martial

L'année où Sylviane partit avec son Polonais en Loire-Atlantique, Martial allait sur ses soixante-seize ans, ce qui représentait une sorte de prouesse, pour quelqu'un dont le corps et l'esprit avaient été bringuebalés sur les montagnes russes du destin. S'il n'avait pas été aussi solide, il aurait capoté en route.

Le chariot à roulettes de sa vie était sorti des bas-fonds sur des rails gondolés : né de père inconnu, une enfance à vous envoyer chez les fous, entre une mère maboule et un père nourricier kog ha yar[1], les combines des bonnes sœurs de l'école primaire pour l'envoyer au séminaire, son refus clair et net de devenir curé, et sa première embauche, tout jeunot, comme journalier dans les fermes aux alentours de Coatarlay, ce coin perdu, là-bas, au centre Bretagne, partagé entre trois départements, Finistère, Morbihan et Côtes-du-Nord.

---

1. Littéralement : « coq et poule ». Hermaphrodite.

Le chariot remonte en grinçant des crémaillères : Martial forcit et devient bel homme et, au retour du service militaire, rencontre Léontine dans la salle de bal de Ti Archerien. Il est un peu timide, elle a des complexes parce qu'elle boite un peu, ils sont faits l'un pour l'autre, ils s'aiment et se marient.

Le chariot roule doucement sur des rails horizontaux, tout en haut du manège : les bonnes sœurs, pour se dédouaner du mauvais tour qu'elles ont joué à Maï-Yann, sa folle de mère, en la mariant au kog ha yar, arrangent avec des nobles l'octroi gracieux à Martial et Léontine de la métairie de Karn-Bruluenn, sur les terres du château de Laz, dans les Montagnes Noires.

Assis sur le seuil de son pennti, Martial – désormais Martial kozh, Martial le vieux – aimait stopper le manège des souvenirs à cet endroit du parcours. Il se remémorait leur arrivée dans ce lieu où ils étaient destinés à demeurer jusqu'à la mort. Ils étaient à bonne hauteur, certes dominés par l'épine rocheuse de Karn-Bruluenn, mais ils surplombaient la plaine et l'Aulne en son milieu, et c'était satisfaisant pour l'esprit de n'avoir rien devant soi à perte de vue, sinon les monts d'Arrée à l'horizon et la montagne Saint-Michel et sa chapelle comme point culminant. Oui, *culminant*, c'est le cas de le dire, monologuait-il dans sa tête, parce qu'ils n'étaient jamais allés plus haut.

Le chariot avait continué de cahoter gentiment sur le plat. En août 1938, Mikelig était monté à bord – un bébé costaud, qui promettait –, et puis, crémaillères relevées et freins desserrés, l'engin s'était mis à descendre en roue libre, de plus en plus vite.

Oui, songeait Martial kozh, à partir de là leur vie n'avait été qu'une longue dégringolade.

Mobilisé en 1939, fait prisonnier en 1940 et expédié pour cinq ans en Prusse-Orientale. Dans les fermes du printemps à l'automne, commando de forêt en hiver. Pas plus malheureux que les autres, sauf qu'il ne recevait pas de colis, Léontine et le petit Mikelig ayant déjà à peine de quoi se nourrir.

Quand les bras d'un homme manquent, comment faire ? Bien soigner la vache pour avoir du lait et du beurre ; glaner du grain sur les éteules pour nourrir les poules, mais après ? Avec quoi engraisser un cochon ? Avec quels sous acheter le nécessaire ? Grâce aux bonnes sœurs, encore, Léontine reçut l'aumône d'un emploi de femme de ménage au château. Seulement voilà, en

1941 le château fut occupé par l'état-major de la Kriegsmarine. Les Allemands gardèrent Léontine comme blanchisseuse. Si c'était pas honteux, laver les caleçons des Boches quand le mari se crève déjà le cul pour eux en Allemagne ! Mais il fallait bien manger, et Léontine se priva de plus d'un repas pour que le petit Mikelig ait plein son ventre tous les jours. Contrairement à ce qu'on aurait pu craindre, hormis quelques mots de travers à la Libération personne ne reprocha à Léontine d'avoir travaillé pour les fridolins.

En juillet 1944 la RAF bombarda le château, les châtelains n'y remirent plus les pieds et, un bien pour un mal, personne ne réclama jamais quoi que ce soit à Martial et Léontine, ni de vider les lieux, ni de payer un loyer. D'août 1944 au retour de Martial en juillet 1945, c'est peu dire que la pauvre Léontine eut du dur. Sans ressources, elle dut louer ses bras dans des fermes, où elle se démolit une santé déjà fragile.

À la descente du camion de l'armée qui le ramena de la gare de Quimper, Martial embrassa une Léontine vidée de ses forces. Elle avait la peau transparente et les yeux cernés des grands malades, ce qu'elle n'était pas pourtant. Elle ne souffrait de nulle part, sauf de partout, de fatigue générale. Jamais, malgré le bonheur d'un mari retrouvé, elle ne se remplumerait. C'est sans doute à cause de cela qu'ils n'avaient pas réussi à fabriquer un autre marmouz. En tant que femme, Léontine avait vieilli avant l'âge.

Mais peut-être que ça venait aussi de moi, songeait Martial kozh. La nature sent cela, quand on sème la graine tout en espérant qu'elle ne lève pas. Alors la nature obéit à votre désir secret et le grain meurt sans germer. Dans le fond, c'était tant mieux. Qu'est-ce qu'on aurait foutu d'un autre héritier ? se disait-il. Et puis j'avais démissionné. J'étais un démobilisé, à tous points de vue. Démobilisé de l'armée et démobilisé du travail de ma propre terre.

Il s'interrogeait : Pourquoi tu as baissé les bras ?

Il se répondait en secouant la tête : Oh je n'ai pas baissé les bras tout de suite !

Il avait dépierré les mauvaises parcelles. En échangeant aux paysans des journées de travail contre du fumier, il avait enrichi les bonnes. En troquant trois journées de sa sueur contre une journée de cheval, il avait labouré tout ce qui était labourable. Il avait emprunté des sous pour acheter deux autres vaches. Il avait bâti un poulailler et des clapiers. Il avait fabriqué des ruches et récolté des essaims alentour à la belle saison – Mikelig dans le rôle du guetteur courait vers lui, à la maison ou dans les champs, dès qu'il en voyait un de suspendu dans un pommier. Bref, il s'était échiné, mais il faut dire qu'en s'échinant il avait à l'esprit les fermes de Prusse-Orientale. La comparaison avec les fermes bretonnes lui avait filé un sacré coup de bambou. C'était à se demander comment ces surhommes-là avaient pu perdre la guerre. Une organisation, une ingéniosité à vous donner envie de vous couvrir la tête d'un sac à patates pour cacher le rouge de la honte. Ce qui l'avait impressionné le plus, c'était l'engrangement de la moisson. Alors qu'en Bretagne les gars se cassaient le dos à transporter des sacs de grain de cinquante ou soixante kilos de la batteuse au grenier, en vacillant sur une échelle bancale ou un escalier extérieur casse-gueule, les Prussiens, eux, se servaient de diables de la cour à la grange, où les sacs étaient montés au grenier à l'aide d'un palan. Là-haut, il y avait d'autres diables et les gars n'avaient plus qu'à rouler le sac jusqu'au tas et le vider. Ça, c'était du boulot !

Plus il se crevait la paillasse à Karn-Bruluenn, plus Martial prenait conscience qu'il avait un siècle de retard et n'arriverait jamais à rien. Quand Mikelig serait grand, peut-être ? Oui, peut-être qu'ils pourraient faire ensemble du cochon hors-sol.

Hardi et déluré, Mikelig grandissait comme les autres gamins de son âge avec qui il courait la campagne, à dénicher les oiseaux et à fabriquer des lance-pierres. En été, les gosses allaient se baigner au canal, près de l'Auberge du Saumon. Le mauvais sort les y attendait, lui et deux autres gamins.

Mikelig attrapa la polio. Il aurait pu en mourir, il survécut, mais sans achever sa croissance et infirme pour toujours, avec son bras gauche tordu et plus petit que le droit, une épaule basse et la colonne vertébrale a-dreuz.

C'est à la suite de ce coup du sort que Martial démissionna pour de bon. Il recula vers le début du siècle, au loin jusqu'à sa jeunesse de journalier. Il laissa tomber sa terre – enfin, cette terre dont il disposait par charité – et recommença de louer ses bras aux fermiers propriétaires, pour un maigre salaire, parfois déclaré aux assurances sociales, parfois payé de la main à la main. Léontine trouva quelques ménages à faire chez des commerçants de Laz. Ils ne gardèrent qu'une vache, pour le lait et le beurre, et les ruches, pour le plaisir de voir s'opérer la transformation de minuscules grains de pollen en sucre au parfum de bruyère – la roche de Karn-Bruluenn en était couverte.

Martial se levait avant le jour et se couchait à la nuit. A la belle saison, il lui arrivait de travailler sept jours sur sept. Léontine était à la peine, aussi. Pour deux heures de ménage, elle se tapait dix kilomètres aller-retour, la grande côte à l'aller, à pied, en poussant son vélo, la descente au retour, en freinant des talons quand les patins des freins étaient usés et que Martial n'avait pas eu le temps de les remplacer.

Ils ne s'éloignèrent de Karn-Bruluenn qu'à l'occasion de deux décès – on ne peut même pas dire à l'occasion de deux enterrements, puisque les morts avaient déjà été enterrés.

Après la mort de Ténénan Yvinou, son père nourricier et officiel, Martial et Léontine se rendirent en car à Coatarlay, puis à pied à Ker-Askol, dans l'espoir de récupérer un peu de l'héritage. Le kog ha yar et Maï-Yann, la mère de Martial, étaient propriétaires du pennti. Le kog ha yar avait gagné beaucoup de sous dans l'exercice de ses trois métiers : journalier, chaisier de l'église de Saint-Eflamm et, surtout, rebouteux plus ou moins sorcier. De l'héritage, il ne restait rien.

Martial interrogea le fils de la ferme voisine, Restidiou, où il avait travaillé avant de partir au service militaire. Il apprit que sur la fin le kog ha yar était devenu fou. Il distribuait ses sous. Et s'il ne les distribuait pas, des petits malins qui connaissaient ses cachettes venaient se servir eux-mêmes, chapardaient un billet sur cinq, puis un sur quatre, et ainsi de suite jusqu'à épuiser le magot.

Le pennti était vide. Les petits malins avaient aussi embarqué la vaisselle, les meubles – la table, les bancs, les chaises, l'armoire, le lit clos –, la cuisinière et tous les outils. A son air de beg-sukret[1], Martial soupçonna le fils de Restidiou d'avoir fait partie de l'équipe de déménageurs. Les seules choses qu'ils n'avaient pas pu voler, c'étaient la bâtisse et les terres.

Martial et Léontine se rendirent chez le notaire de Coatarlay pour savoir ce qu'il en était. Bien sûr, Martial héritait, mais sa mère Maï-Yann aussi. Or, enfermée à l'asile des Augustines de Morlaix, elle était sous tutelle. Régler la succession de Ténénan Yvinou soulèverait une montagne de problèmes. Il fallait attendre la mort de Maï-Yann.

Deux ans plus tard, Martial reçut une lettre des Augustines l'informant que sa mère avait été rappelée à Dieu et qu'elle

---

1. « Qui aime les sucreries. » Hypocrite, sournois, mielleux.

avait été inhumée au couvent, dans le coin du jardin réservé aux pensionnaires. Il pouvait, s'il le souhaitait, venir récupérer ses « biens personnels ».

Martial et Léontine prirent le train à Quimper et en furent pour leurs frais. Les « affaires » de Maï-Yann consistaient en quelques vêtements, une trousse de toilette et un missel doré sur tranche, que Martial dit aux bonnes sœurs de garder. Il évoqua le pennti et les terres de Ker-Askol. Les bonnes sœurs furent évasives : il fallait voir avec le notaire de Coatarlay.

Malgré ou peut-être grâce à son handicap qui l'empêchait de vadrouiller, Mikelig apprenait bien à l'école. Il aimait la lecture. Léontine lui achetait au café-tabac de Laz des illustrés avec des expériences de chimie ou de physique à réaliser, comme par exemple fabriquer un poste à galène – à l'origine, sans doute, de son apprentissage de réparateur de radios et de télévisions.

Martial lui dicta une lettre et la réponse du notaire ne tarda pas, très compliquée, avec des histoires d'hypothèque légale du Conseil général et de testament, dont il n'y avait que la conclusion à retenir : Ker-Askol revenait aux Augustines de Morlaix.

— Les bonnes sœurs m'ont roulé, ricana Martial. C'est bien fait pour ma gueule.

Fût-elle justifiée, comprit-il, par les frais d'hébergement de Maï-Yann chez les Augustines de Morlaix elles-mêmes subventionnées par le Conseil général, la captation – à ses yeux – de son modeste héritage par le serpent à deux têtes de l'administration et d'une congrégation imprima le fer rouge de l'autodérision dans le sentiment de culpabilité récurrent qui le taraudait quand il considérait son impuissance à aller de l'avant.

— Je suis un zéro, ricana-t-il, en éprouvant une sorte de plaisir destructeur à se reconnaître comme un moins que rien.

— Mais non, tu n'es pas un zéro, lui répondit Léontine. C'est la vie qui nous joue des tours.

Aux pieds de son Martial, Léontine déposait d'inépuisables trésors d'indulgence. Ses échecs ne flétrissaient pas la gloire de son homme, et peu lui importait qu'il n'eût que ses mains pour arborer son humble fierté de travailleur de la terre, et tant pis s'il avait préféré les mettre au service des autres, puisque c'était pour mieux fusionner avec la nature et laisser Karn-Bruluenn revenir à sa virginité d'antan, terre vierge de machines et de produits chimiques, terre de bruyère pour les abeilles, terre à mulots pour les buses et les renards, terre où s'endormir tous les deux côte à côte quand les oiseaux se taisent, et communier le matin en silence pour écouter ensemble le chant du monde des friches fécondes et des talus échevelés.

Mais l'ouragan avait ravagé leur îlot et le chariot des montagnes russes avait déraillé. Cette pauvre petite Sylviane engrossée deux fois et sa grosse coche de mère qui fait semblant d'accoucher, pour finir par noyer les petits, la saleté. Jamais on n'aurait dû marcher dans la combine. Si on n'avait pas marché dans la combine, les petits ne seraient pas morts. Quand on est con, c'est pour la vie, se disait-il.

Le chagrin empoisonna le sang de Léontine, sur son lit de mort plus jaune qu'une fleur d'ajonc au soleil après la pluie. Tant mieux pour elle, finalement, songeait Martial, comme ça au moins elle avait débarqué du chariot avant qu'il n'arrive en enfer : le procès de la tueuse, qui n'en prend que pour sept ans.

Tant que Sylviane vint le voir, environ deux fois par mois, en lui apportant le nécessaire, Martial resta à peu près propre sur lui. Mais quand elle s'en alla à Saint-Nazaire et ne donna plus de ses nouvelles que par des cartes de bonne année, il n'eut plus que ses abeilles pour lui tenir compagnie, et encore se raréfiaient-elles dans les ruches, à cause des pesticides qui leur détraquaient la boussole.

Il cessa de soigner sa personne, négligea sa barbe et ses cheveux, et à vrai dire tout cela ne poussait plus bien vite ni bien dru, la vieillesse faisant qu'ailleurs, sur son torse et ses jambes, il perdait ses poils. Deux ans plus tard, ses joues et son menton étaient mangés d'une barbe poivre et sel, et sa tête emperruquée d'une boule de neige frisée qui lui cascadait sur la nuque. Sous les sourcils hirsutes, ses yeux semblèrent s'enfoncer dans leurs orbites et ses paupières s'affaissèrent pour ne laisser subsister que les deux traits d'un regard perçant de chat haret.

Martial kozh fut affublé du surnom d'homme de Cro-Magnon, que des vieux de son âge, des anciens patrons à lui pour la plupart, venaient voir pour se distraire.

— Alors Martial kozh, toujours solide au poste ? lui lançait-on.

— Je vais bientôt manquer de mon louzoù[1], répondait-il.

— Je t'amènerai quelques bouteilles la prochaine fois.

— Ne traîne pas trop, sinon je serai à sec.

— T'inquiète pas !

---

1. Médicament.

Son louzoù, c'était l'eau-de-vie de cidre dont les voisins lui faisaient l'aumône, le lambig à confectionner ses grogs, une douceur qu'il s'accordait tous les soirs, au lieu d'une fois de temps en temps à l'époque de Léontine.

L'année de ses soixante-dix-neuf ans, il eut peur de manquer. Les vieux cassaient leur pipe les uns après les autres en emportant avec eux dans la tombe leurs droits de distiller. Plutôt que de parier sur la longévité des derniers détenteurs de droits, Martial kozh décida d'assurer sa fin de vie de buveur de grogs.

Sous l'appentis, il y avait une demi-barrique qui datait du temps où il allait presser les pommes de ses maigres pommiers chez un paysan voisin. Elle n'était pas pourrie. Il la soufra pour éliminer les araignées, la rinça plusieurs fois, puis la laissa remplie d'eau pendant quelques semaines de façon que les douelles se dilatent de nouveau.

Aux visiteurs occasionnels de l'homme de Cro-Magnon, il fit passer le message : il était acheteur de toute quantité de lambig. Acheteur ? N'en avait-il donc pas assez avec celui qu'on lui donnait ?

— J'ai une demi-barrique à remplir.

— Quoi ? Une demi-barrique ? Cent dix litres ? Tu veux bouffer ta quigne[1] ?

— Je transforme mes économies en liquide. Je suis sûr au moins qu'elles ne perdront pas leur valeur.

Bien que sa retraite fût à peine supérieure au minimum vieillesse, Martial avait de quoi manger – et du reste, il s'en foutait : avant sa mort, personne n'irait voir si ses caleçons et ses tricots de corps étaient troués, et sa veste et ses deux pantalons en velours étaient inusables. Il avait donc de quoi acheter, au cul de la camionnette du gars de l'Eco de Châteauneuf-du-Faou qui klaxonnait deux fois par semaine au bout du chemin, son pain, son beurre, son lait et ses patates, un morceau de lard rôti, une bouteille de *Grappe fleurie*. Question sucre, il avait tout ce qu'il fallait : les abeilles lui fournissaient des trente et quarante kilos de miel chaque année. S'il voulait varier ses menus, il tuait un lapin de son clapier ou bien achetait, à prix d'ami, un poulet à un voisin. Si bien que de cette misérable retraite que lui apportait le facteur, il épargnait chaque mois quelques sous, à l'abri dans la boîte à

---

[1]. Local. Probablement du breton « kign », peau, écorce, ou du français « quignon ». « Bouffer sa quigne », manger son capital, se mettre sur la paille.

biscuits en fer-blanc qui avait été le coffre-fort de Léontine, de son vivant.

On s'en moquait dans son dos, de ses économies. Ça ne devait pas aller chercher bien loin. En 1976, l'année où il prit sa retraite, proche du minimum vieillesse, Martial était payé trente francs par jour, quand le SMIC horaire approchait les neuf francs. Ah on pouvait dire qu'il avait enrichi ses patrons, ce droch de Martial ! Se payer sa tête n'empêchait pas de compatir, en se roulant douillettement dans la douce hypocrisie de ceux qui n'ont connu aucun malheur : cette histoire d'enfants noyés à l'écluse de Menglazeg avait dû lui couper les bras et les jambes de la volonté. Mais pas les cheveux ni la barbe, rigolait-on. Et on ajoutait la formule euphémique, qui veut néanmoins tout dire : « Il est rendu bien bas ! »

— Mais qui boira tout ça ?
— Moi !
— Tu comptes mourir centenaire ?
— S'il en reste après mon départ, vous le boirez à ma santé !

Cinq litres par-ci, dix litres par-là, en trois mois la barrique fut remplie. Rasséréné, sûr de ne pas manquer de louzoù, Martial recommença de s'occuper lentement à des tâches dérisoires.

Les lames des couteaux de la ménagère branlaient dans leurs manches en corne. De ces douze couteaux reçus en cadeau de mariage, un seul avait été perdu, depuis 1937. Il ôta les onze lames, jeta les manches au feu, et entreprit d'en tailler d'autres dans des rejets de houx bien durs et bien lisses, mis de côté il y avait des lustres pour en faire des manches d'outils, et qu'il coupa à la longueur requise.

Ils étaient trop gros, il lui fallut les réduire, avec son meilleur couteau de poche, qu'il affûtait toutes les heures. A chaque passage, il n'enlevait que de microscopiques copeaux, un vrai travail de patience, qui lui épluchait la mémoire.

Avec chaque copeau un souvenir tombait sur ses genoux. Un cheval qui hennit comme un pivert et se cabre contre le mur d'un hangar ; un hêtre géant, en Prusse-Orientale, qui reste d'aplomb alors que le passe-partout en a fait le tour ; une betterave en forme de cœur de veau que les vaches refusent de manger ; d'étranges vagues agitent la jambe d'un pantalon mis à sécher sur un buisson de lande, une vipère en sort et se déroule et sinue vers son trou ; et mille autres souvenirs épars, disparates et extravagants, desquels l'espèce humaine était absente, comme si la mémoire de Martial l'avait rayée de l'univers.

Après le dégrossissage des manches, Martial les polit longuement à l'aide d'un vieux morceau de papier de verre craquelé qui ne râpait plus beaucoup ; ensuite, au moyen d'une vrille, il en perça les bouts d'un trou de la longueur de la tige des lames et fit une encoche de la moitié de cette longueur. Il avait tout calculé dans sa tête : enfoncer la tige dans le trou, jusqu'au fond, et comme ça branlait un peu, forcément, resserrer le bois sur l'encoche d'un bout de fil de cuivre tourné à la pince. Enfin, il cira les manches, plusieurs fois, jusqu'à ce qu'il obtienne une jolie patine, puis rangea les couteaux dans la ménagère qu'il laissa ouverte afin de pouvoir contempler son œuvre à loisir. Ce travail lui prit quatre mois.

Ce fut sa dernière occupation.

Un soir d'automne, il sentit le mal venir en lui, dans le ventre ; quelque part au-dessous de l'estomac, une douleur sourde, obsédante et tenace, qui risquait de le tenir debout toute la nuit. Avant de se coucher, il força sur le lambig et s'endormit. Il fut réveillé à l'aube par le mal. Il prit son petit déjeuner, résista à la douleur jusqu'à midi, puis se résolut à se confectionner un grog bien tassé en guise

d'apéritif. Un quart d'heure plus tard, il ne souffrait plus. Il s'apostropha à voix haute :
— Ah ! Ah ! Martial ! Heureusement que t'as des réserves de louzoù, hein !

Il n'était pas question d'appeler le médecin. A quoi bon ? Pour être emmerdé dans ses derniers jours ? Il se savait foutu, et foutu pour foutu autant crever chez soi plutôt qu'à l'hôpital avec des tuyaux branchés sur tous les trous.

Il augmenta les doses de sa morphine du pauvre. Pour qu'elle soit plus douce à avaler et qu'elle ne lui ronge pas l'estomac, il inventa une préparation d'apothicaire : autant de miel que de lambig, plus une goutte d'eau chaude, dans des récipients dont la capacité augmenta au fil des jours.

Un mois après que le mal se fut déclaré, Martial trouva le bon contenant, correspondant à la posologie nécessaire pour endormir sa tumeur, à savoir un bol d'un litre qu'il remplissait à moitié de miel, sur lequel il versait ensuite un demi-litre de lambig, et pour finir la goutte d'eau bouillante destinée à tiédir le mélange, qu'il dégustait à la cuiller, comme une soupe un peu épaisse.

Il dégustait ce potage antidouleur matin et soir, et avec la soupe au café qu'il prenait à midi dans le même bol, c'était tout ce qu'il mettait dans son ventre malade. Cependant, afin que le gars de l'Eco de Châteauneuf-du-Faou n'aille pas chanter sur tous les toits qu'il devait être malade puisqu'il ne le voyait plus, Martial continua de se traîner une fois par semaine au bord de la route afin de lui acheter, en plus du pain nécessaire à la soupe au café, du lard et du jambon, qu'il balançait dans le trou de fumier.

Compte tenu de ce qu'il avait tiré de la barrique avant de tomber malade, à raison d'un litre de lambig par jour il avait de quoi tenir environ trois mois. S'il n'était pas crevé avant, une fois sa réserve épuisée il se tirerait une balle dans la bouche. Il avait fait un essai sans charger le fusil : le canon du lebel était long, mais il pourrait appuyer sur la détente avec son gros orteil. Il aurait pu en finir tout de suite, mais comme il ne souffrait pas, ça lui plaisait bien de rester sur terre, allongé sur son lit, la douleur anesthésiée mais pas les idées.

Sa cervelle courait les champs de sa mémoire comme un vieux griffon détraqué. La truffe au sol, elle remontait en zigzaguant des pistes embrouillées et des ronciers du souvenir délogeait des images prodigieuses de sensations hallucinées, encore plus étranges et plus précises que celles d'avant l'apparition du mal. Un ver de terre coupé sous la bêche, quarante ou cinquante ans auparavant, et qui maintenant raboute ses tronçons sous ses yeux. Un lacet de chaussure cassé en faisant le nœud, en Prusse-Orientale, et qu'il renoue allongé sur son lit, en songeant que le nœud ne passera pas dans les œillets. Une vache qui agite la queue et s'asperge le cul d'un tas de virgules noires – une nuée de taons que Martial chasse de son oreiller.

Sur quelle image son cœur s'arrêta-t-il de battre ? On ne sait s'il mourut un matin, un midi, un soir ou une nuit pendant son sommeil.

Le gars de l'Eco de Châteauneuf-du-Faou donna l'alerte après que Martial n'eut plus répondu à ses coups de klaxon cinq semaines de rang.

Le corps était desséché, presque momifié, une pure merveille de la nature. Il restait moins de dix litres de lambig dans la barrique. Alors on plaisanta :

— Y a pas à dire, l'alcool conserve...

Sylviane n'eut pas le courage de se déplacer. Revoir Karn-Bruluenn, Saint-Quelven, le canal et ses parents était au-dessus de ses forces. Elle fit livrer un somptueux coussin de fleurs sur le ruban dédicatoire duquel étaient imprimés, en lettres dorées, les mots « A mon grand-père chéri ».

— Peuh ! railla Aurore, « mon grand-père chéri » !... Comme si elle avait jamais aimé quelqu'un, cette salope...

Il n'y eut ni avis d'obsèques dans les journaux, ni messe, ni cérémonie civile. Martial fut enterré comme un chien, par son fils et sa bru, dégottée dans les petites annonces, ricana-t-il sans doute dans l'au-delà.

Au cimetière de Saint-Quelven, les frères Barazer l'allongèrent sur les cercueils des petits noyés et de sa Léontine, puis ils refermèrent la tombe.

A une demi-heure de voiture des stations balnéaires de Cornouaille, à proximité des voies express, des gares et des aéroports encombrés, toute leur vie Martial et Léontine étaient restés à l'écart de la société d'abondance, de gaspillage et de crédit facile. Bien avant de le quitter, depuis longtemps réduits à l'état de concept sociologique aberrant, ils n'étaient déjà plus de ce monde.

Pourtant, ils ont bel et bien existé, se sont aimés, ont vieilli et sont morts dans la réalité, pour beaucoup inconcevable, des derniers paysans que rien n'a pu déraciner.

Si leur belle-fille n'avait pas noyé leurs arrière-petits-enfants à l'écluse de Menglazeg, rien n'aurait entaché leur bonheur de vivre, même pas le dénuement, dont ils ne mesuraient pas la profondeur, ignorant la multiplication des nantis dans un univers de richesses en expansion.

Quelques semaines après son décès, le nom de Martial fut gravé sur la stèle, sous celui de Léontine. Deux noms, deux prénoms et quatre millésimes pour résumer deux vies et un amour partagé jusqu'à la fin.

Bientôt, quand auront disparu tous ceux de leur génération, ce seront deux noms, deux prénoms et quatre millésimes qu'effleureront d'un regard indifférent les visiteurs du cimetière en déposant sur les tombes voisines les chrysanthèmes de la Toussaint.

On devrait toujours songer que sous chaque pierre tombale reposent des destins insoupçonnés.

*Composition et mise en pages :* FACOMPO, LISIEUX

Achevé d'imprimer
en avril 2012
par Rotocayfo
pour le compte de France Loisirs, Paris

Numéro d'éditeur : 67813
Dépôt légal : mai 2012
Imprimé en Espagne